Manfred Herrmann

Check Jack

Ein Berndorf-Roman

W0392547

Impressum:

Selfpublishing
© Manfred Herrmann 2018

Titelcover: Stefan Wenczel - www.stewie.at

Kontakt:
Manfred Herrmann
Gartengasse 21
2504 Sooß

Für die Mama, die immer gesagt hat, ich soll etwas Lustiges schreiben.
Ich fürchte, lustiger wird es nicht.

Für den Papa, den in Berndorf jeder kennt, weshalb heimlich rauchen als Kind sehr schwierig war.
Dafür schaut der Feuerwehrkommandant in dem Buch auch ein bisschen so aus wie er.

Für die kleine Schwester, die immer ein viel braveres und unkomplizierteres Kind war als ich. Das hat sich bis heute nicht geändert.
Übrigens kann ich mir auch bis heute nicht erklären, wie manchmal, ganz von selbst, Geld aus ihrer viereckigen, grünen Plastikspardose verschwinden konnte.

Ich hab euch alle lieb.

Damit das klar ist und es keine Klagen gibt:

Berndorf ist eine reale Stadt im Triestingtal in Niederösterreich. Die Schauplätze in diesem Buch gibt es also wirklich, wenngleich ich mir bezüglich der Innengestaltung diverser Orte Freiheiten genommen habe. Nicht sicher bin ich mir, ob alle genannten Lokale und Geschäfte im Jahr 1992 tatsächlich unter den verwendeten Namen existiert haben.
Handlung und Personen dieses Romans sind jedoch frei erfunden.
Ausgenommen hiervon sind zwei Personen des öffentlichen Lebens: Der Dvorak Felix und der Niavarani Michael. Die gibt es bekanntermaßen ja wirklich. Hier ist Fakt, dass der Dvorak und der Niavarani beide das Stadttheater Berndorf intendiert haben. Alles was darüber hinausgeht, sind nur frei erfundene Klatsch- und Tratsch-Geschichten, wie sie in einer Kleinstadt eben vorkommen können.

Ach so – wahr ist übrigens auch noch, dass ich als Kind tatsächlich einmal den Jack Unterweger in Berndorf gesehen habe. Aus dieser Erinnerung entstand schließlich dieses Buch. An dieser Stelle möchte ich anmerken, dass ich als Kind viel braver war, als die Buben in diesem Buch es sind. Eben deshalb ist damals nach meiner Jack Unterweger Sichtung auch genau nichts passiert.
Wäre ich aber weniger brav gewesen, wäre sicher alles genau so geschehen, wie im Folgenden beschrieben.

Manfred Herrmann

Check Jack

Ein Berndorf-Roman

FLEISCHWERKE
ALTES BAHNWÄRTERHAUS,
Check Jack -
OHASAMAPLATZ,
ANNAKAPELLE
CAFÉ LAGLER
MARGARETENKIRCHE, STILKLASSEN
BÄRENSCHLÖSSL
MAUSOLEUM
WEHRBÄR

Sightseeingtour

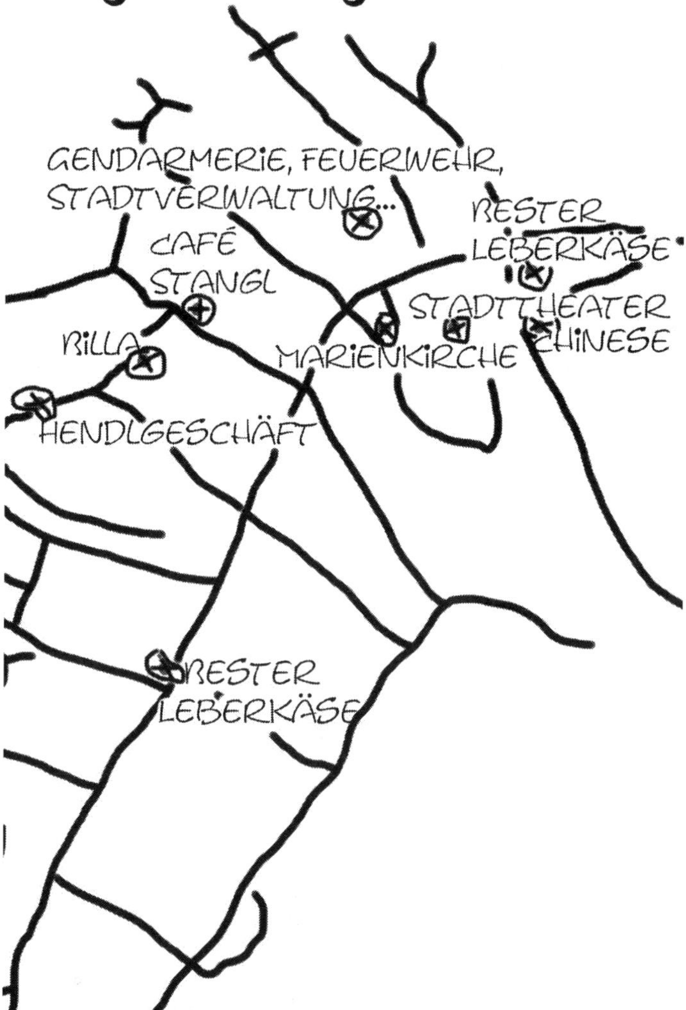

Check Jack

Der dreizehnjährige Moritz Michael, rollte mit seinem BMX-Rad ein zweites Mal an dem Pärchen vorbei. Möglichst unauffällig, wie er hoffte, weil geheuer war ihm die Sache nicht.

Die beiden saßen auf einer der massiven Steinbänke vor der Berndorfer Hauptschule. Diese Steinbänke stehen ja auch heute noch dort. Mit der Lehne in Richtung der beiden Stilklassen-Schulen, zwischen denen wiederum die Margaretenkirche steht. Damals alles in Auftrag gegeben vom Krupp Arthur, der ja quasi schuld daran ist, dass Berndorf sich vom Bauerndorf zur Industriestadt gewandelt hat. Aber ein Trottel war der Krupp nicht. Weil so Steinbänke, da hat man mit der Instandhaltung wenig Probleme. Vielleicht malen jugendliche Vandalen hin und wieder ein Graffiti drauf, aber kaputt werden kann da eigentlich nichts. Die sind für die Ewigkeit. Deshalb haben der Michael und seine Freunde, die Steinbänke immer auch ganz gerne für Tricks mit ihrem BMX-Rädern und Skateboards benutzt.

Aber an dem Tag eben nicht. Weil der männliche Teil von dem Paar, der sah dem Moritz Michael verdächtig nach Jack Unterweger aus. Aber ganz sicher war er sich auch nicht. Weil damals, also 1992, Anfang Februar muss das gewesen sein, da gab es ja noch kein Internet und wenn man nicht in der Kunstszene unterwegs war, dann kannte man den resozialisierten Frauenmörder natürlich nur aus dem Fernsehen und der Zeitung. Also resozialisiert war der Unterweger

zu dem Zeitpunkt ja schon wieder nicht mehr wirklich, weil man ja erneut einen Haftbefehl gegen ihn erlassen hatte, nachdem elf Prostituierte in einem Stil getötet worden waren, der die Ermittler irgendwie an den Jack erinnert hatte.
So genau wusste der Michael das alles nicht, weil mit dreizehn hat man ja auch andere Sorgen, als sich um die Details von Serienmorden zu kümmern. Aber dass der Jack mit seiner minderjährigen Freundin auf der Flucht war, darüber wusste natürlich jeder Bescheid.
Und der Mann auf der Steinbank sah dem Jack schon sehr ähnlich. Selbe komische Scheitel-Frisur und Statur und er wirkte auch recht verzweifelt, hatte fast ständig den Kopf in die Hände gestützt, was dem Moritz Michael die Identifikation natürlich erschwerte. Auf der Lehne der Steinbank saß seine Freundin, eine junge Dunkelhaarige, beugte sich ständig zu ihm hinunter, umarmte ihn, tröstete, und der Michael hätte gerne gehört, was die beiden redeten, aber so nahe traute er sich nicht heran. Weil der Jack war zwar ein Frauenmörder, für männliche Jugendliche also wahrscheinlich harmlos, aber natürlich war er auch auf der Flucht. Da konnte man ja nicht wissen, was er tun würde, wenn er sich entdeckt fühlte.
Der Michael drückte sich in einigem Abstand schräg hinter der Bank herum und tat so, als würde er Bunny-hops und andere Kunststücke mit dem BMX üben. Zwischendurch zog er sich seine grüne Jacke aus. Die mit der aufgerissenen Innentasche, durch die man Schokoladentafeln aus dem Supermarktregal prakti-

scherweise direkt ins Innenfutter der Jacke verschwinden lassen konnte. Für Februar war es ein ungewöhnlich warmer Nachmittag.
Dann plötzlich: Hallo Michi, und der Michael drehte sich erschrocken um, aber es war nur sein Freund, der Durr Roland, ebenfalls auf einem BMX. Das war keine Überraschung, weil beide Buben, gleiches Alter, gleiche Schule, gleiche Klasse, Wohnorte nicht weit voneinander weg, beide leidenschaftliche BMX-Fahrer, sonst auch jede Menge Blödsinn im Schädel und Treffpunkt war damals eben immer bei der Kirche.
Dann natürlich gleich Geflüster: Schau mal, nicht so auffällig, Jack Unterweger, glaubst du, weiß nicht, fahr mal vorbei, okay, weiß auch nicht, schaut aber schon so aus, aber nicht sicher, schau, jetzt gehen sie, was jetzt… .
Natürlich gab es für den Michael und den Roland nur die Option, dem mutmaßlichen Jack und seiner Freundin unauffällig zu folgen. Weil Berndorf an der Triesting hat schon damals weder besonders viele, noch besonders attraktive Angebote zur sinnvollen Freizeitgestaltung für Jugendliche gehabt.
Und selbst wenn – welcher gesunde, normale Jugendliche, würde eine pädagogisch wertvolle Freizeitgestaltung schon der Verfolgung und Beschattung eines mutmaßlichen Serienmörders vorziehen?
Also folgten sie den beiden in sicherem Abstand, erst die Franz-Schubert Straße entlang, wo der grantige alte Glockner Franz wohnte, der immer drohte, seinen Schäferhund auf sie zu hetzen, wenn sie mit

ihren Rädern nicht sofort von der Nähe seines Zaunes verschwinden würden.
Der Schäferhund war tatsächlich zum Fürchten, weil sobald irgendjemand in die Nähe des Gartens kam, spurtete der Hund mit Vollgas heran, prallte dann einmal mit voller Wucht gegen den zwei Meter hohen, mit Spitzen besetzten Eisenzaun, stellte sich hernach auf die Hinterbeine, bellte dann aber nicht, sondern zog stattdessen die Lefzen zurück, zeigte knurrend sein eindrucksvolles Raubtiergebiss und schnappte immer wieder nach oben, in Richtung der Störenfriede. Seine Hand hätte man da nicht über den Zaun halten dürfen, die wäre von dem irren Killerhund unwiederbringlich zerfleischt worden.
An diesem Tag allerdings, blieb der Hund ganz ruhig, als der Serienmörder und seine Freundin am Zaun vorbei schlenderten. Den beiden Buben fiel das natürlich auf und sie dachten schon, der wahnsinnige Köter sei heute wohl im Haus oder mit seinem grantigen Herrchen auf Ausflug, was gelegentlich ja vorkam. Aber als sie selbst an dem Garten vorbei radelten, prallte der Hund wie gewohnt gegen den Zaun und begann mit seinem furchteinflößenden Knurren und Schnappen.
Das machte die Sache für den Michael und den Roland natürlich noch mysteriöser, weil das Hundevieh machte normalerweise keinen Unterschied und verhielt sich allem und jedem gegenüber höchst aggressiv.
Also wieder Palaver, während sie dem Unterweger und seiner Freundin die Escherstraße entlang, Rich-

tung Ohasamaplatz folgten, von wegen böse Ausstrahlung und der Hund spüre das, das wäre ja sicher ein Beweis, dass er es ist, und jetzt müssten sie wirklich aufpassen.

Jetzt hatten die beiden natürlich gut daran getan, sicherheitshalber ein wenig mehr Abstand zu lassen, aber beim Ohasamaplatz wurde ihnen das zum Verhängnis, weil der Jack dort mit seiner Freundin nach oben in die Kuhlmannstraße einbog, und die beiden somit aus ihrem Sichtfeld verschwanden.

Der Michael und der Roland beschleunigten ihre BMX-Räder natürlich sofort, aber als sie bei der Kreuzung ankamen, waren die beiden Flüchtigen nirgendwo mehr zu sehen.

Natürlich schlussfolgerten die beiden Freunde richtig, von wegen der Unterweger müsse hier irgendwo in einem der Häuser entlang der Kuhlmannstraße untergekommen sein, aber es sei jetzt blöd, dass man den Namen der Freundin nicht wisse, weil dann könnte man die Schilder bei den Klingeln checken, oder überhaupt gleich ins Telefonbuch schauen.

Aber andererseits wäre es natürlich auch irgendwie unlogisch, wenn sich der Jack im Haus der Freundin verstecken würde, weil von der weiß die Polizei ja. Also wahrscheinlich noch irgendwer, der dem Unterweger hilft, oder vielleicht hat er sogar jemanden ermordet. Wenn, dann naturgemäß eine Frau, natürlich mit der eigenen Unterwäsche erdrosselt und die Leiche irgendwo beseitigt, damit er das Haus oder die Wohnung benutzen kann.

Ja, das ist die einzig logische Erklärung, so wird es

sein, aber das hilft einem jetzt natürlich nicht weiter, weil man kann ja schlecht die ganze Straße durchklingeln, um zu schauen, ob irgendwo der Jack Unterweger die Tür aufmacht.
Aber aufgeben wollten der Moritz Michael und der Durr Roland auch nicht gleich. Im Nachhinein gesehen, wäre es wahrscheinlich besser für alle Beteiligten gewesen, aber sind wir uns ehrlich – wie oft hat man schon die Chance, das Versteck eines gesuchten Killers ausfindig zu machen? Der Ruhm für die beiden wäre grenzenlos gewesen, vor allem die Anerkennung von den Freunden und Schulkollegen. Damit wären sie auf ewig in die Geschichte von Berndorf eingegangen. Aber sie konnten ja schlecht einfach bei der Polizei anrufen, nur mit der Information, dass vermutlich der Unterweger mit Freundin in Berndorf unterwegs war, und dass er wahrscheinlich irgend eine Frau in der Kuhlmannstraße umgebracht hatte, um sich dort zu verstecken.
Also beschlossen sie, erst einmal ein bisschen die Straße rauf und runter zu patrouillieren. Vielleicht sah man ja etwas durch ein Fenster, oder der Jack würde von sich aus wieder auf die Straße kommen. Auch war es mittlerweile dämmrig geworden, was tarnungstechnisch natürlich ein Vorteil war.
Man kann es dem Michael und dem Roland jetzt natürlich nicht krumm nehmen, dass sie die Gelegenheit damals auch gleich nutzten, um durch das Erdgeschossfenster von einer der Genossenschaftswohnungen in den Häusern am oberen Ende der Kuhlmannstraße zu schauen.

Und zwar nicht, weil sie den Jack darin vermuteten, sondern weil dort im Fernsehen auffällig oft Pornos liefen und die Vorhänge dabei meist nur schlampig zugezogen waren.
Die Jugendlichen heute haben es diesbezüglich ja viel leichter. Die laden sich ihre Pornos einfach aus dem Internet – Kindersicherung hin oder her. Aber damals gab es für Jugendliche nur Magazine, die man im Altpapiercontainer fand oder in der Trafik mitgehen ließ, oder die man bei den Eltern mancher Freunde entdeckte. Bei letzteren fand man mitunter auch entsprechende Videokassetten. Der Zugang zur Pornographie war also prinzipiell da, aber das Material viel weniger umfangreich, und dessen Sichtung und Aufbewahrung vom organisatorischen her natürlich wesentlich schwieriger als heutzutage. Von daher, nahmen die Teenager damals die Gelegenheit, im Schutze der Dunkelheit und von ein paar Hecken zusätzlich verborgen, einen Porno durch ein Fenster mit anzuschauen, immer sehr gerne wahr.
Informationen diesbezüglich, verbreiteten sich unter den Jugendlichen natürlich schnell und wer glaubt, das Fenster-Kino in der Kuhlmannstraße sei damals das Einzige gewesen, der irrt.
Auch an diesem Tag hatten die Söhne vom Moritz und vom Durr Glück, denn der weiße Vorhang mit dem Blumenmuster war in der Mitte einen kleinen Spalt offen. Also sahen sie in dem ansonsten dunklen Raum ganz deutlich die Filmszene, in der ein stämmiger Kerl mit reichlich Brusthaar und Goldkettchen um den Hals, eine üppige, dauergewellte Blondine,

von hinten so richtig durchvögelte. Neu für die beiden Spechtler war dabei nur die Tatsache, dass die Hände und Füße der Frau mit Eisenketten an die Bettpfosten gebunden waren.
Interessanterweise verhielt es sich bei allen Berndorfer Pornofenstern so, dass man immer nur den Fernseher sah, niemals aber den Zuschauer oder die Zuschauerin. Oder beide – man wusste es ja nicht.
Dieses eine Mal aber, wurde die Regel von der Ausnahme bestätigt. Gerade als der Film eine Großaufnahme des in die nass glänzende Scheide eindringenden Genitals zeigte, tauchte ein Pärchen zwischen Fernseher und Fenster auf.
Da rutschten dem Michael und dem Roland die Herzen in die Hose und ihre Erektionen verschwanden ebenso schnell, wie sie zuvor gekommen waren. Denn die Frau war jung und dunkelhaarig und wurde von dem Mann zu Boden gedrückt. Um ihren Hals lag eine Strumpfhose und die zog der Mann jetzt zusammen, während er sein Becken gegen ihres presste und mit kurzen, harten Bewegungen in sie stieß.
Die beiden Freunde sahen den Mann nur von hinten und es war dunkel, aber er hatte unverkennbar einen Jack Unterweger Scheitel und war bedeutend älter als die Frau.
Der Michael und der Roland wichen erschrocken vom Fenster zurück.
Ganz kurze Diskussion nur: Scheiße, was jetzt, müssen Polizei und jetzt sofort, bevor tot.
Diesbezüglich kann man den beiden wirklich keinen Vorwurf machen. Im Nachhinein kann man natürlich

leicht sagen, es wäre besser gewesen wenn und so weiter. Aber die beiden reagierten den Umständen entsprechend völlig richtig. Sie schwangen sich auf ihre Fahrräder, rasten die Kuhlmannstraße hinunter zur Telefonzelle am Ohasamaplatz und wählten den Polizeinotruf.

Kuhlmannstraße, Adresse so und so, Mord, Frau erwürgt, auf die Frage wer da spreche natürlich keine Antwort und sofort wieder aufgelegt, dann rauf auf die Räder und nichts wie weg. Da waren sie wirklich auf Zack gewesen.

Einsatz

Wahrscheinlich eh nur ein Lausbubenstreich.
Ja, wahrscheinlich.
Aber Einsatzbefehl ist Einsatzbefehl, da kann man nichts machen und wer weiß, weil ausgeschlossen ist es ja nicht.
So redeten der Werner Max und der Biermann Matthias miteinander, während sie mit Blaulicht und Vollgas vom Polizeiposten am Kieslingerplatz wegfuhren. Heute ausnahmsweise mit dem richtigen Gendarmerieauto, also dem mit Blaulicht und Streifen und Aufschrift und so. Weil ansonsten waren die Kriminalpolizisten in Berndorf ja eher inkognito unterwegs. Also nicht nur in Zivilkleidung, sondern auch mit einem blauen Ford Escort. Das wussten zwar eh alle Drogendealer, Raufbolde, Junkies, jugendliche Vandalen, Einbrecher und so weiter, aber da es in Berndorf logischerweise mehr blaue Fords als reguläre Blaulichtautos gab, war es für die Kriminalisten natürlich trotzdem ein bisschen ein Vorteil.
Schon fünf Minuten nach dem Notruf trafen der Werner und der Biermann beim Tatort ein. Gute Zeit, vor allem auch bei einem Würgemord, weil wenn da der Todeskampf ein bisschen länger dauert, besteht natürlich die Chance, das Opfer vielleicht doch noch retten zu können.
Jedenfalls lieferten die beiden einen filmreifen Einsatz: Vollbremsung, raus aus dem Auto, Türen offen gelassen, Blaulicht blinkt weiter, Dienstwaffe gezogen, gegen die Tür gehämmert, Polizei, aufmachen,

sofort, am Türgriff gerüttelt, aber abgesperrt, erneut mit Vollgas gegen die Tür gehämmert und dann wollte der Biermann Matthias sie schon eintreten, aber gerade in dem Moment öffnete die Austerlitz Angelika im blauen Seidenmäntelchen die Tür. Hinter ihr ein älterer Mann in Jogginghose, oben ohne, reichlich Brusthaar, mit Jack Unterweger Scheitel, aber natürlich nicht der Jack selber.

Ja, was ist denn, Mord gemeldet, nein, alle lebendig, aber erwürgt angeblich und ach so, nun ja, das ist jetzt peinlich ein bisschen, weil, aber kommt doch rein.

Drinnen hatten der Werner und der Biermann das angebliche Verbrechen dann schnell aufgeklärt. Weil die Austerlitz Angelika, die war halt sexuell ziemlich aufgeschlossen, was zumindest der Biermann Matthias eh schon gewusst hatte, weil er die Angelika auch anderweitig kannte, weshalb das Gespräch damals auch ein bisschen unangenehm für ihn war. Jedenfalls hatten die Austerlitz und ihr Freund nur Würgespiele gemacht, was zwar nicht alltäglich und auch nicht ganz ungefährlich, aber eben auch kein Verbrechen war.

Der Freund stellte sich – sehr förmlich – als Herr Eichelberger vor, Martin mit Vornamen, aus Wien eigentlich, ja, fünfundvierzig sei er, hier der Ausweis, gerne, kein Problem, weil er hat ja nichts ungesetzliches getan und ohnehin sei er in der Wiener Sadomaso Szene sehr bekannt und geschätzt, aber wer denn den Notruf abgegeben habe?

Gute Frage, weil anonym und gleich aufgelegt, aber

dann sah der Werner Max – messerscharfer Kriminallistenverstand eben – die Hülle von der Pornokassette auf dem Fernseher liegen und den Spalt beim Vorhang und schlussfolgerte ganz richtig, jemand müsse gespechtelt und die falschen Schlüsse gezogen haben. Wahrscheinlich Kinder, weil die Stimme hatte laut Notrufzentrale ziemlich jung geklungen. Deswegen eben auch der Verdacht bezüglich Lausbubenstreich und nicht gleich Großeinsatz, sondern nur die zwei Berndorfer Kripobeamten alarmiert. Gute Entscheidung, wie man jetzt wisse, aber natürlich trotzdem für alle unangenehm, und in Zukunft die Vorhänge bitte gut zumachen.
Aber ja, natürlich, und kostet das jetzt etwas, nein, kostet nichts, also alles gut, danke für euren Einsatz, beruhigend zu wissen, ja, nein, keinen Kaffee, danke. Außerdem das Auto draußen mit Blaulicht und heute noch Dienst, viel Arbeit, aha, ja dann, alle Gute, schönen Abend, Wiedersehen, oder hoffentlich doch nicht, haha, ja, müsst ihr halt vorsichtig sein, haha.
Wieder im Auto drehte der Matthias das Blaulicht ab und fuhr dann langsam die Kuhlmannstraße hinauf. Der Max füllte irgend ein Formular aus und keiner von den beiden sah aus dem Seitenfenster, weil sonst wären ihnen vielleicht die beiden Buben mit den BMX-Rädern aufgefallen, die sich an der Ecke zur Conrad-von-Hötzendorf-Straße herumdrückten.
Weil nach dem Notruf hatten der Michael und der Roland ihre sogenannte Ginzkey-Runde im Rekordtempo zurückgelegt: Franz-Karl-Ginzkey-Straße hinunter, nach links in die Margaretenstraße, und dann zweite

links, eben die Conrad-von-Hötzendorf-Straße wieder hinauf. Von dort hatten sie nämlich einen guten Blick auf den Tatort schräg gegenüber.
Jetzt, da die beiden Polizisten wieder abgefahren waren, einfach so, ohne dass Verstärkung, Rettung, Spurensicherung, Hundestaffel, Hubschrauber oder zumindest ein Leichenwagen eingetroffen wären, waren sie natürlich enttäuscht und schon auch ein bisschen verwirrt.
Weil sie hatten ja auch beobachtet, wie die Frau die Tür aufgemacht hatte. Also war sie offensichtlich nicht tot. Den Mann im Hintergrund hatten sie auch kurz gesehen. Also konnte der auch nicht der Jack Unterweger gewesen sein, weil sonst hätten ihn die Polizisten ja mitgenommen.
Daraus ergab sich natürlich die Schlussfolgerung, der Jack müsse noch irgendwo hier sein und das Ganze sei wohl wirklich ein Missverständnis gewesen. Wirklich verwirrend war für die beiden eigentlich nur, was jetzt Porno und Würgen miteinander zu tun hatten. Weil so aufgeklärt und abgebrüht waren die beiden damals eben doch noch nicht und ein Google, wo man einfach Sex und würgen eingeben konnte, gab es damals ja noch nicht.
Jetzt war den beiden natürlich klar, dass es sinnvoll gewesen wäre, die Straße weiterhin zu observieren, aber dem entgegen stand, dass es schon sieben Uhr war und beide um spätestens halb acht zuhause sein mussten. Da konnte man nichts machen, frei laufender Serienmörder hin oder her.
Morgen ist auch noch ein Tag, wahrscheinlich schläft

der Jack jetzt sowieso schon, wo soll er sich auch sonst viel verstecken, also gut, dann bis morgen und stillschweigen, ja?
Das Stillschweigen mussten sie sich natürlich gegenseitig nicht lange versichern, weil das mit dem Pornoschauen wäre peinlich gewesen und gemeinsam mit dem anonymen Notruf hätten sie als Strafe wohl mehr Hausarrest ausgefasst, als der Unterweger Haft für die Morde.

Gerede

Hast du schon gehört, gestern, Einsatz, Blaulicht, bei der Austerlitz, ja wirklich, weiß nicht warum, aber niemand verhaftet, wieder gefahren.
Na irgendwas wird schon gewesen, weil die Flitschen hat ja dauernd Besuch, halb Berndorf geht bei der aus und ein und sicher auch Drogendealer und wahrscheinlich ist sie selber ja auch – weiß man ja nicht.
Irgend einen Grund wird es schon gehabt haben, umsonst kommt die Polizei ja nicht und wenn nicht verhaftet, dann sicher auf freiem Fuß angezeigt und wahrscheinlich wird man eh bald erfahren, wie was und wann. Spätestens dann, wenn die Austerlitz ins Häfen geht.
Na hoffentlich genügen ihr die Wärter dort, weil bei dem Verschleiß ...
Ja, wäre schon interessant was die damit verdient, weil arbeiten tut die ja nichts, hat sie auch noch nie und aufs Arbeitsamt geht sie auch nicht. Aber die Genossenschaftswohnung kostet ja nicht viel, vom Vater übernommen, Gott hab ihn selig.
Richtig! Der war ein braver Mann. Gestraft halt auch mit seiner Frau und seiner Tochter, weil die hat das von der Mutter, das Freizügige, während er immer brav in der der Fabrik, drei Schichten, sehr fleißig. Aber die zwei Weibsner haben alles durchgebracht, so weit man weiß.

Derart redete man am nächsten Tag, einem Samstag, überall im schönen Berndorf. Kein Kaffeehaus, kein

Wirtshaus, kein Supermarkt in dem der Blaulichteinsatz in der Kuhlmannstraße nicht zur Sprache gekommen wäre. Weil in Berndorf hatte damals jede Straße tausend Augen, was wiederum fünfhundert mitteilungsfreudige Münder bedeutete, von denen ein jeder es mindestens fünf Ohrenpaaren weitersagte, deren Besitzer es dann wiederum...

In einer Stadt mit achttausend Einwohnern funktionierte die Mundpropaganda damals natürlich schneller, als jegliche andere Form der Nachrichtenübermittlung. Heutzutage übrigens auch noch. Mit der Berndorfer Pappalatur kommen der Zuckerberg Mark und der Herr Google nicht mit.

Aus den Gesprächen damals war unschwer herauszuhören, dass die Austerlitz Angelika kein sehr hohes Ansehen genoss. Insbesondere den Frauen war sie ein Dorn im Auge. Die wussten es zwar nicht, waren sich aber ziemlich sicher, dass die Aufgeschlossenheit von der Austerlitz auch mit finanziellen Zuwendungen zu tun hatte.

Und wenn dem so war, dann mussten sich nicht nur die Frauen mit den gutaussehenden Männern Sorgen machen, sondern auch jene, die ihren Ehegatten sämtlichen Sexappeal mithilfe von deftiger Hausmannskost schon lange weg-gemästet hatten.

Die Männer sahen das Thema Austerlitz Angelika naturgemäß entspannter und immer mit einer gewissen, durchaus menschlich-männlichen Neugier. Zumindest solange, wie die eigene Frau nicht dabei war, oder sonstige Umstände es verlangten, den eigenen guten Ruf aufrecht zu erhalten, indem man sich über

so viel Unmoral ausreichend echauffierte.
Natürlich war offiziell kein verheirateter Mann je bei der Austerlitz Angelika gewesen. Oder wenn, dann nur mit einem sehr triftigen Grund. Beispielsweise weil ein Handwerkspfusch zu erledigen war. Von daher konnte natürlich auch kein Mann wissen, wie genau es sich mit dem Preis-Leistungsverhältnis bei der Austerlitz verhielt.
Inoffiziell – weil ja jede Straße in Berndorf eintausend Augen hat – wusste man natürlich schon, wer nur offiziell noch nie bei der Austerlitz gewesen war und wer sie tatsächlich – noch! – nicht besucht hatte. Dabei erfuhren in den meisten Fällen aber weder die Gattin, noch andere, dem betreffenden Mann oder seiner Frau nahestehende Personen davon. Weil so funktionierten Klatsch und Tratsch nun einmal schon seit Urzeiten, quer durch alle Kulturen und Epochen hindurch, und fanden in Berndorf an der Triesting, Bezirk Baden, Niederösterreich, schließlich zu höchster Vollendung.

Diesen Blaulichteinsatz Nachbesprechungssamstag verbrachte der alte Weinknecht Franz – so wie fast jeden Samstag – im Cafe Lagler, wo er mit seiner Herrenrunde Karten spielte. Wenn die Runde vollzählig war, saßen sie zu siebent im Lokal und hinter vorgehaltener Hand wurden sie auch als die glorreichen Sieben bezeichnet. Weil der Weinknecht und seine Kollegen hatte alle im zweiten Weltkrieg an der russischen Front gekämpft. Entweder inklusive Gefangennahme und Kriegsgefangenschaft, oder sie waren schwer verwundet und im letzten Moment ausgeflogen worden. Dementsprechend hatten die glorreichen Sieben nur noch dreizehn Beine, dreizehn Augen, zwölf Arme und fünfundsechzig Finger, wobei zwei Finger allerdings nicht dem Krieg, sondern Arbeitsunfällen in der Nachkriegszeit geschuldet waren.

Jedenfalls hörten natürlich auch die glorreichen Sieben vom Blaulichteinsatz bei der Austerlitz Angelika, redeten aber nur kurz und mit mäßigem Interesse darüber. Weil wenn man im Krieg gewesen war, hatte man natürlich ganz andere Sachen erlebt und als Soldat, störte man sich an leichten Mädchen ja sowieso nicht. Entsprechend schimpften der Weinknecht Franz uns seine Kameraden lieber über die zunehmende Laschheit und Verweichlichung der Jugend, über die Schwulen, die anscheinend immer mehr wurden, und generell über die Ausländer, die ebenfalls immer mehr wurden, so wie damals die Juden.

Weil die Idee vom Hitler war ja prinzipiell schon sehr gut gewesen, so von wegen arische Rasse und deutsche Nation und so, und wegen der Lager – nun ja, wissen konnte man das ja nicht, aber irgendwas hätte man ja auch machen müssen, weil unschuldig waren die in den KZ´s natürlich auch nicht alle gewesen und man sehe ja, dass es ohne dem Jud und dem Kommunist gleich viel besser geworden sei, wenngleich die Methoden natürlich schon ein bisschen extrem, aber irgendwie natürlich auch ein bisschen notwendig gewesen waren. Jedenfalls alles bei weitem kein Grund, den Führer gleich ganz schlecht zu reden.

Während sie also so über die guten alten und schlechten neuen Zeiten redeten, tranken die glorreichen Sieben natürlich auch ein Achtel nach dem anderen und ehe sie es sich versahen, war es Abend geworden und somit Zeit, den taktischen Rückzug in Richtung Eigenheim oder Mietwohnung anzutreten.
Der Weinknecht Franz hatte dabei den weitesten Weg, obwohl sich seine Wohnung und das Cafe Lagler in der selben Straße befanden. Nämlich in der Hochstraße, und zwar der Lagler in der Hochstraße 1 und der Weinknecht Franz in der Hochstraße 2. Allerdings führt die Hochstraße von der Kreuzung Brunntalstraße-Hermannsplatz in 2560 Berndorf, bis zur Kreuzung Gutensteinerstraße-Hochstraße im Nachbarort Pottenstein, Marktgemeinde, Postleitzahl 2563, wo die Hausnummern der Hochstraße ebenfalls mit 1 anfangen.
Von daher, hatte der Weinknecht Franz also eine Wegstrecke von knapp zwei Kilometer vor sich, was ihm aber nichts ausmachte, denn obwohl schon einundachtzig Jahre alt, war er immer noch sehr rüstig und gut zu Fuß und dem Herrgott auch dankbar, dass er ihm im Krieg weder Bein noch Arm, sondern nur ein Auge genommen hatte.
Je nach Tagesverfassung – die in gewissem Zusammenhang mit der Anzahl der konsumierten Achterl stand – brauchte er für den Rückweg normalerweise nicht länger als eineinhalb Stunden. Wobei er gewohnheitsmäßig auf dem einen oder anderen Holzbankerl Rast machte. Weil die Hochstraße ist ab der Kreuzung Spitalgasse in Berndorf, bis zu ihrem ande-

ren Ende in Pottenstein, nur mehr ein knapp zwei Meter breiter Asphaltstreifen, der am Waldrand oberhalb der Eisenbahnschienen entlang führt, weshalb die Hochstraße wohl auch Hochstraße heißt. Gewissermaßen ein besserer Wanderweg also, der natürlich auch entsprechend mit Rastbänken ausgestattet ist.

Wie meistens, rastete der Weinknecht gleich auf der ersten Bank, in der Senke nach Kreuzung Hochstraße-Spitalgasse, schräg gegenüber vom alten Bahnwärterhaus. Ein bisschen schwindlig war ihm, was aber gewiss nicht am Alter lag. Nachdem er einige Minuten lang sein verbliebenes rechtes Auge geschlossen und vor sich hin gedöst hatte, ging es ihm wieder besser. Als er weiterging blickte er zufällig nach rechts, in Richtung der Bahngleise, zu denen entlang des Zaunes vom Bahnwärterhaus ein schmaler Weg führte.

Und im hohen Gras am Wegrand fiel dem alten Weinknecht Franz etwas auf, was der heutigen, verweichlichten, schwulen und ständig unachtsamen Jugend ganz sicher entgangen wäre. Aber als Kriegsveteran wusste der Weinknecht sofort, dass es sich bei dem hellen Fleck nur um eine Hand halten konnte.

Natürlich hielt er Nachschau und betrachtete, mit dem abgeklärten Blick des Kriegsveteranen, die zur Hand gehörende Leiche. An der Front hatte er Schlimmeres gesehen. Trotzdem – der nackte, von Hautabschürfungen übersäte, in unnatürlicher Verrenkung daliegende, nur mit Unterhose und BH bekleidete Frauenkörper ließ auch ihn nicht kalt.

Aber am schlimmsten fand er, was mit dem Gesicht des Opfers passiert war. Ohne es selbst zu merken, zupfte er einige Sekunden nervös am Rand seiner schwarzen Augenklappe herum, während vor seinem inneren Auge längst vergessen geglaubte Kriegserinnerungen auftauchten. Dann wandte sich der alte Weinknecht abrupt um und ging zum Bahnwärterhäuschen um die Polizei anzurufen.

Wieder Einsatz

Diesmal war es also kein Lausbubenstreich gewesen. Deshalb nicht nur der Max Werner und der Matthias Biermann am Einsatzort, sondern Großeinsatz, inklusive der Kollegen aus Baden, Spurensicherung, Hundestaffel und am Acker vom Gritsch-Bauern, nur 50 Meter vom Tatort entfernt, war sogar ein Polizeihubschrauber gelandet.
Natürlich auch überall Flutlicht, weil Nachteinsatz und großräumige Sperre rund um den Tatort, die dann erst Sonntag Mittag wieder aufgehoben wurde, weil die Spurensicherung auch bei Tageslicht noch einmal alles absuchen wollte.
Der Biermann und der Werner, stellten während der Begutachtung der Leiche natürlich sofort einen kriminalistischen Zusammenhang zum gestrigen Austerlitz-Notruf her. Weil die Leiche war ebenfalls dunkelhaarig, schlank und mit der selben guten handvoll Brüste ausgestattet, wie die Angelika. Mit der Altersbestimmung – die Austerlitz war damals 28 gewesen – verhielt es sich ein wenig schwieriger. Weil bei der wächsernen Bleiche von Leichen ist das Alter natürlich immer schwieriger zu schätzen. Das de facto nicht mehr erkennbare Gesicht erschwerte die Identifizierung natürlich ebenfalls.
Also was glaubst du, ist sie es?
Weiß nicht, könnte schon sein, ist schon seltsam mit dem Notruf und den Würgespielen. Da werden wir jetzt auf jeden Fall schauen müssen ob die Austerlitz noch lebt.

Ja stimmt und falls nicht, dann ist auf jeden Fall dieser Eichelberger Martin hauptverdächtig, ja genau.

Nach einer kurzen Besprechung mit den Kollegen, setzten sich der Werner Max und der Biermann Matthias also in ihren blauen Ford und fuhren Richtung Kuhlmannstraße, um bezüglich der Befindlichkeit von der Austerlitz Nachschau zu halten. Der Biermann war sich aber ziemlich sicher, dass die Leiche nicht die Angelika war. Weil – wie gesagt – er kannte sie ja auch anderweitig, also genauer gesagt von gelegentlichen Treffen in einem Hotel in Baden. Die lagen zwar schon eine Weile zurück, aber soweit er sich erinnern konnte, hatte die Angelika ein auffälliges Muttermal oberhalb der linken Brust gehabt. Das war ihm irgendwie immer aufgefallen, wenn er sich hinuntergebeugt hatte, um ihre Brustwarzen zu küssen.

Aber das wollte er seinem Kollegen jetzt natürlich nicht auf die Nase binden. Weil was ein Zweiter weiß, wissen alle, und da hätte er mit der Austerlitz ja auch gleich in der Kuhlmannstraße verkehren können.

Außerdem konnte der Biermann den Werner Max zwar prinzipiell eh halbwegs leiden, aber der Max war mit 27 eben auch noch sehr jung, recht frisch verheiratet und sein erstes Kind, ein Mädchen, war erst vor einem halben Jahr auf die Welt gekommen. Der hatte noch Ideale, der Kollege Werner, also von wegen ehelicher Treue, ewiger Liebe und so weiter. Diese Ideale wollte der 47 jährige Biermann seinem jungen Kollegen natürlich nicht nehmen, weshalb er mit ihm auch nicht darüber redete, dass sich ein Mann nach 27 Ehejahren und der Aufzucht von drei

Kindern, hin und wieder einfach nach ein bisschen jugendlicher Abwechslung sehnte.
Jedenfalls war der Biermann recht zuversichtlich, die Austerlitz Angelika lebendig anzutreffen.

Noch mehr Gerede

Also wirklich, das hätte ich mir nicht gedacht – die Austerlitz das Opfer, nicht der Täter. Also deshalb der Polizeieinsatz und nachher dann wahrscheinlich umgebracht, weil die Polizei nichts hat machen können.
Aber von wem und warum?
Weiß man noch nicht, aber sicher ist sie selber auch schuld. Klar, tragisch natürlich, weil tot ist immer tragisch. Auch bei so einer wie der Austerlitz. Aber selber schuld natürlich auch, muss man schon sagen, weil der Umgang – da muss man sich nicht wundern.
Genau. Wahrscheinlich auch wirklich was mit Drogen. Die hat ja immer das Haschisch gespritzt, so weit man weiß. Wahrscheinlich high gewesen und dann gestritten. Werden ja alle ganz aggressiv von der Gifterei. Weiß man ja.
Was heißt woher ich das weiß? Trottel. Weiß man halt. Steht ja auch in der Krone.
Aber ist es jetzt schon fix, dass es die Austerlitz ist? Weil das Gesicht hat man ja nicht sehen können.
Na sagen tut die Polizei natürlich nichts. Aber warum hätte sie gestern in der Nacht sonst noch bei der Austerlitz läuten sollen? Und hat ja niemand aufgemacht. Habe ich ja genau gesehen. Den Schlosser haben sie dann geholt, damit der ihnen die Tür aufmacht. Aber die Austerlitz nicht da. Wie auch, wenn sie tot bei den Schienen im Schmied-Wald liegt.
Beim Bahnwärterhaus beim ehemaligen, habe ich gehört.
Ja, der alte Weinknecht hat sie gefunden. Hat gesagt,

so ein schrecklich zugerichtetes Gesicht hat er im ganzen Krieg nicht gesehen.
Hat er dir gesagt?
Nein, seinem Nachbarn, dem alten Müller, und der hat es seiner Frau erzählt, und die ihrer Tochter, die dann mit meiner Tochter telefoniert hat. Aber ganz schrecklich ist das mit dem Gesicht. Wirklich furchtbar.
Na wie jetzt?
Na nicht mehr da! Kannst du dir das vorstellen? Nur noch eine ganz blutige Masse muss das gewesen sein. Ganz schrecklich. Der arme Weinknecht, dass der das noch sehen muss auf seine alten Tage.
Eine Melange noch bitte. Aber der Weinknecht war im Krieg, der wird das schon aushalten.
Aber so etwas Schlimmes hat er im Krieg auch nicht gesehen. Sogar die Augen haben gefehlt. Kannst du dir das vorstellen?

Eichelberger Martin

Nachdem die Austerlitz nicht in ihrem Haus anzutreffen gewesen war, und die Spurensicherung am Tatort auch keinen Hinweis auf die Identität der Leiche gefunden hatte, fuhren der Biermann und der Werner am Sonntagvormittag gleich nach Wien. Weil falls die Leiche wirklich die Austerlitz Angelika war, dann war der Eichelberger wahrscheinlich der letzte Mensch, der sie lebend gesehen hatte.

Der Biermann war sich zwar immer noch ziemlich sicher, dass es sich bei der gesichtslosen Frau nicht um die Austerlitz handelte. Aber jetzt hatte man den Leichnam – der im Gegensatz zum Gerede der Leute durchaus noch zwei Augen beherbergte, die übrigens genau so rehbraun waren wie die von der Austerlitz – erst einmal in die Pathologie nach Baden verfrachtet. Da musste der Biermann Matthias jetzt natürlich erst einmal abwarten, ob er sich bezüglich des Muttermals nicht vielleicht doch getäuscht hatte.

Und bis dahin war aufgrund der Umstände eben davon auszugehen, dass es sich um die Austerlitz handelte und festzustellen, ob der Eichelberger Martin ein Alibi hatte.

Zum Glück hatte sich der fleißige Werner Max die Adresse notiert gehabt und um Punkt zehn Uhr läuteten die beiden an einer Wohnungstür in Rudolfsheim-Fünfhaus.

Sie mussten noch einmal läuten und dann vehement an die Tür klopfen, bis ihnen ein verschlafen dreinschauender Eichelberger Martin, mit nichts als ei-

nem knappen Herrenslip bekleidete, die Tür öffnete.
Aha, die Herren Inspektoren, ja bitte, kommen Sie rein, was kann ich für sie tun?
Wo waren Sie am Samstag Nachmittag, was haben Sie gemacht, gibt es jemand der das bezeugen kann?
Ja, natürlich, Zeugen genug, hier die Namen, Adressen weiß ich nicht, ist ja alles recht anonym bei uns, will man ja nicht, dass jeder alles weiß, aber warum fragen Sie?
Nein, weiß ich nicht wo die Angelika ist. Bin am Samstag Vormittag wieder nach Wien, ja, dafür gibt es auch Zeugen, aber warum, ist was passiert?
Darüber dürfen wir nicht reden, danke für die Kooperation, wir überprüfen das, halten Sie sich bitte zur Verfügung, falls wir noch Fragen haben, hier meine Karte, falls Ihnen was einfällt.
Nein, tut mir leid, wir dürfen da wirklich nichts sagen, aber kein Grund zur Beunruhigung und falls doch, hören Sie von uns.
Insgesamt stellte sich das Gespräch mit dem Eichelberger Martin also als unergiebig heraus. Weil der war tatsächlich schon am Samstag Mittag in einem Sado-Maso Café in Wien aufgetaucht, hatte dort einige organisatorische Dinge erledigt und dann am späten Nachmittag eine, sowie am frühen Abend eine weitere Session geleitet, bei der sich unterwürfige Damen und Herren, vor Publikum, ihren Doms und Dominas unterworfen hatten. Das Alibi war unschwer zu überprüfen gewesen, weil der Biermann und der Werner bei ihren Ermittlungen in dem besagten Café, ein paar der genannten Personen gleich

direkt angetroffen hatten.
Einigen musste zwar erst der Knebel aus den Mund genommen werden, aber alle bestätigten die Anwesenheit des Eichelberger Martin und sprachen in den höchsten Tönen von ihm. Weil der Martin war einfach eine bekannte Größe im SM-Geschäft, lebte auch davon, indem er Sessions und Workshops organisierte, hatte auch schon den einen oder anderen Film gedreht, hielt sich immer und ohne Ausnahme an die Spielregeln und wusste genau, wie er zu führen hatte, wie man die Fesseln richtig anlegte, wie fest er zuschlagen konnte und wann es Zeit war, mit dem Würgen aufzuhören.
Während der Fahrt zurück nach Berndorf, witzelte der Werner Max, dass der Eichelberger Martin in der Szene wohl mehr Verehrung genießen würde, als der Jesus in der Kirche. Woraufhin der Biermann zurück witzelte, dass dies ein unfairer Vergleich sei, weil der Jesus ja ganz offensichtlich kein Dom, sondern ein Sub gewesen war, und er sich eben deshalb auch hat kreuzigen lassen.
Das war dem Werner Max dann doch ein bisschen zu viel und er lenkte das Thema wieder Richtung Mordfall, von wegen, man müsse jetzt schauen, ob die Kollegen von der Gendarmerie bei der Befragung der Nachbarn etwas herausgefunden hätten.
Aber viel zu reden gab es da nicht und so schwiegen die beiden die restliche Fahrt über. Was dem Biermann ganz recht war, weil es ihm Gelegenheit bot, endlich ein wenig seine müden Augen auszuruhen, während sein Kollege den blauen Ford lenkte. Im

Eindösen zermarterte er sich das Hirn darüber, ob die Austerlitz ihm eigentlich jemals etwas über ihr Privatleben erzählt hatte.

Ohasamaplatz

Am Sonntag Nachmittag trieben sich der Moritz Michael und der Durr Roland beim Ohasama-Platz herum. Natürlich hatten sie zuvor den mittlerweile freigegebenen Tatort überprüft, für den Fall, dass die Spurensicherung etwas übersehen hatte. Da aber weder Beweismittel und enttäuschenderweise auch keine Blutspuren zu finden gewesen waren, observierten sie nun wieder die Kuhlmannstraße. Weil für die beiden Jungs war klar, dass nur der Jack Unterweger als Austerlitz-Mörder in Frage kam und der Jack sich irgendwo hier versteckt hielt.
Allerdings spielte in die Detektivarbeit auch die Sache mit der Schulgruppe aus Ohasama hinein. Weil Ohasama, das lag irgendwo in Töhuku, oder wie das hieß, jedenfalls irgendwo recht weit oben im Norden, auf der größten Insel Japans. Von dort kamen regelmäßig Schülergruppen zu Besuch nach Berndorf, und umgekehrt, schickte man natürlich auch immer ein paar von den Berndorfer Gymnasiasten auf die Insel.
Heute gibt es Ohasama als Stadt ja nicht mehr wirklich, weil sie 2006 in die Stadt Hanamaki integriert wurde. Ohasama existiert also quasi nur noch als Schwesterstadt von Berndorf und von daher kann man sagen, dass Berndorf auch ein bisschen die Identität von denen gerettet hat, die lieber Ohasamaer geblieben wären, als Hanamakianer zu werden. Für die Austauschschüler muss das heutzutage natürlich ein bisschen verwirrend sein, wenn sie als Hanamakianer abreisen und als Ohasamer ankommen.

Aber so ist das eben.
Jedenfalls hatte der Durr Roland aufgeschnappt, dass wieder eine solche Schulgruppe aus Japan da war. Angeblich sehr viele Mädchen dieses Mal und damit hochinteressant, weil die Japanerinnen ja prinzipiell fesch und gerüchteweise auch sexuell schon sehr super und so.
Nicht, dass der Durr Roland und der Moritz Michael da schon viel eigene Erfahrung gehabt hätten. Aber schauen kostet ja bekanntlich nichts und obwohl die beiden den Tagesplan der Japanerinnen nicht kannten, erschien es ihnen doch wahrscheinlich, dass die Mädchen wohl auch den Ohasamaplatz besuchen würden. Dort gab es zwar außer einem Straßenschild mit japanischen Schriftzeichen und ein bisschen Wiese und japanischen Pflanzen nicht viel zu sehen, aber so ein Besuch gehörte sich wohl trotzdem.
Blöderweise tauchten weder die Japanerinnen, noch der Unterweger Jack auf, was den Moritz Michael schließlich auf den Gedanken kommen ließ, dass eine Wohnungsdurchsuchung bei der Austerlitz vielleicht einen kriminalistischen Fortschritt bringen könnte.
Weil natürlich hatten der Durr Roland und er auch vom Besuch der Polizisten mitsamt Schlosser und Schloss knacken gehört. Da konnte es nicht schaden, einfach einmal nachzuschauen, ob die Tür noch offen war.
Der Durr Roland – sowieso immer für jedes Abenteuer zu haben – war da natürlich sofort dabei. Die beiden warteten nur noch ein wenig zu, bis es dämmrig

genug geworden war, radelten dann Richtung Austerlitz Haus, versteckten die Räder hinter der Hecke, die sie auch beim Pornofensterln geschützt hatte, fanden die Tür tatsächlich unversperrt vor und huschten flink in die Dunkelheit dahinter.
Mithilfe der kleinen Taschenlampe, die der Durr Roland, gemeinsam mit einem Butterfly-Messer, eigentlich so gut wie immer in der Innentasche seiner Jacke mitführte, durchsuchten sie erst das Unter- und dann das Obergeschoss. Weil die Wohnungsanlagen in der Kuhlmannstraße sind irgendwie so reihenhausmäßig angelegt, wobei man durch den selben Eingang jeweils in eine Wohnung im Unter- und eine im Obergeschoss kommt. Mit der Zeit sind aber viele der Wohnungen zu einer zusammengelegt worden, und der Vater von der Austerlitz hatte die Obergeschosswohnung dazu genommen, nachdem die alte Faust Hannelore – immer grantig und bis zum Schluss mit Haaren auf den Zähnen – im stolzen Alter von 99 Jahren und zur Erleichterung vieler, endlich verstorben war. Also ausgerutscht war sie damals, spätabends, auf einer Eisglatze am Gehsteig, Höhe Kuhlmannstraße 5. Weil die Alte war sogar mit 99 noch rüstig und bösartig genug gewesen, um im Winter „ihre Straße“ rauf und runter zu patrouillieren und sofort jeden anzuzeigen, der nicht ordnungsgemäß Schnee geschaufelt und gestreut hatte. Wahrscheinlich war die, unter einer feinen Schicht Schnee verborgene, Eisglatze kein Zufall gewesen. Aber weil die Gendarmen damals von den dauernden Anzeigen auch schon genervt waren, haben sie nicht so genau nachgeforscht,

und auch nicht nachgefragt wie es sein konnte, dass die alte Faust erst am nächsten Morgen entdeckt worden ist, obwohl durchaus einige Fußspuren im Schnee ringsherum zu erkennen gewesen waren.
Im Obergeschoss entdeckten der Durr Roland und der Moritz Michael keine kriminaltechnisch verwertbaren Spuren. Hochinteressant waren zwar die Entdeckung eines Dildos am Nachtkästchen neben dem Doppelbett, sowie einiger anderer Dinge in der Schublade des Nachtkästchens, die wahrscheinlich ebenfalls mit Sex zu tun hatten, deren genaue Funktion den zwei Buben aber rätselhaft blieb. Aber bezüglich Unterweger und Austerlitz Mord half ihnen das natürlich nicht weiter.
Schließlich beschlossen sie, sich noch einmal das Untergeschoss vorzunehmen und einen genaueren Blick auf die Videokassetten im Regal unter dem Fernseher zu werfen. Vielleicht gab es ja dort einen sachdienlichen Hinweis zu entdecken.
Schau einmal her, drei Schwarze und eine Rothaarige, die Neger haben ja wirklich ...
Hey! Was macht ihr da!
Das Licht ging an und eine große Gestalt kam rasch auf die beiden erschrockenen Buben zu.

Besprechung Austerlitz

Zur selben Zeit, als der Durr Roland und der Moritz Michael die Austerlitz-Wohnung durchsuchten, saßen der Biermann Matthias und der Werner Max mit ihren Kollegen in einer Besprechung bezüglich Austerlitz-Fall. Wobei Austerlitz-Fall nur die interne Bezeichnung war, weil momentan eben alles dafür sprach, dass die gesichtslose Leiche die Austerlitz war.

Bestätigt war allerdings noch nichts. Außer die Todesursache – massive Gewalteinwirkung gegen den Kopf im Bereich des Gesichtes. Tatwaffe ein stumpfer, nicht näher zu definierender Gegenstand. Die Gerichtsmedizin versuchte, anhand des Gebisses die Identität herauszubekommen, aber damals war noch nicht alles in irgendwelchen Computern gespeichert gewesen. Außerdem war Sonntag, die Zahnärzte also geschlossen und blöderweise hatte man auch noch keine Ahnung, zu welchem Zahnarzt die Austerlitz eigentlich ging.

Überhaupt gestalteten sich die Ermittlungen schwierig, weil die Austerlitz Angelika keine lebenden Verwandten mehr hatte. Die Mutter war damals kurz nach dem Vater verstorben. Der Vater an Herzinfarkt, mit 55 Jahren, die Mutter zwei Jahre später, ebenfalls mit 55, an einem Baum, um den sich ihr alter VW-Käfer wickelte, nachdem sie versucht hatte, über die ausgesprochen kurvige und finstere Vöslauer-Straße, von einem Heurigen in Großau zurück nach Berndorf zu fahren.

Wobei es damals eigentlich weder finster noch kurvig, sondern der Wagen an einem sonnigen Sommernachmittag, auf gerader Strecke ins Schleudern gekommen war. Warum genau, also ob das jetzt ein technischer Defekt gewesen ist, oder doch die 3,5 Promille die man im Blut dann nachgewiesen hat, ließ sich im Nachhinein nicht mehr mit Sicherheit feststellen. Weil die Austerlitz-Mutter bekanntermaßen eine sehr geübte Trinkerin mit reichlich Fahrpraxis gewesen ist.

Jedenfalls hatten die Austerlitz-Eheleute nur die eine Tochter gehabt, sonst keine Kinder und auch keine Verwandten mehr.

Die Austerlitz Angelika selber, pflegte in Berndorf ebenfalls nur sehr lockere Bekanntschaften und von daher, hatten die Befragungen in der Nachbarschaft keine weiterführenden Hinweise erbracht.

Das einzig vielleicht Interessante war, dass es einen Exmann von der Austerlitz gab. Weil mit 20 hatte sie den Baier Markus geheiratet. Oder heiraten müssen, wie erzählt wurde, weil sie schwanger geworden war. Ob wirklich von ihm ist nicht sicher, aber er war damals eben gerade ihr Freund und damit Vaterschaftshauptverdächtig. Kurz nach der Hochzeit hat die Austerlitz das Kind allerdings wieder verloren. Im fünften Monat, tragischerweise, wobei manche auch munkelten, die Fehlgeburt sei Absicht gewesen, weil die Austerlitz so jung noch gar kein Kind gewollt hätte.

Mit 24 hatte sich die Austerlitz Angelika dann wieder scheiden lassen. Grund, so sagten sie Leute, sei na-

türlich ihre sexuelle Freizügigkeit gewesen, weil eine wie die Austerlitz, die könne sich nicht auf einen Mann beschränken, die sei wohl ein bisschen nymphomanisch und da sei es nur allzu verständlich, dass die Ehe mit dem Baier Markus nicht so harmonisch verlaufen ist.
Die Scheidung war mittlerweile vier Jahre her und so weit man wusste, hatten der Baier und die Austerlitz keinen Kontakt mehr zueinander. Aber die Kripobeamten strebten natürlich trotzdem ein Gespräch mit dem Baier Markus an. Der allerdings in seiner Wohnung in der Hernsteiner-Straße nicht anzutreffen gewesen war. Das musste natürlich nichts heißen, aber trotzdem würde man es morgen erneut versuchen.
Des Weiteren hatte man natürlich herumgefragt, ob außer der Austerlitz noch irgendwo irgend eine Frau vermisst wurde, hatte diesbezüglich aber keine Hinweise gefunden.
Von daher – so einigte man sich – könne man nun ohnehin nichts tun. Alle sollten heimgehen und sich ausruhen. Morgen würde man weitersehen.
Dem Biermann Matthias war das nur recht, weil als Kripo-Beamter hatte er am Wochenende eigentlich frei, sofern kein Mord oder sonstiger schwerer Kriminalfall zu lösen war. Eben deshalb war er ja auch zur Kripo gegangen und hatte auch nichts dagegen gehabt, in Berndorf stationiert zu werden, wo eher selten jemand ermordet wurde.
Trotzdem blieb er jetzt unter dem Vorwand, schnell noch einen liegengebliebenen Bericht von letzter Woche fertig schreiben zu müssen, im Besprechungs-

raum sitzen.
Nachdem alle gegangen waren, griff er nach den Tatortbildern und betrachtete sie noch einmal eingehend. Nein, da war kein Muttermal auf der Brust. Aber war wirklich die Austerlitz die mit dem Muttermal gewesen? Weil in dem Jahr, indem er mit der Austerlitz verkehrt hatte, war er auch öfters mit der Hadrigan Silke in dem Hotel gewesen. Das war jetzt schon wieder zwei Jahre her und das Licht hatte er dabei immer ein bisschen gedimmt gehabt. Nicht wegen der Silke oder der Angelika, sondern weil er sich schon ein bisschen für seinen mittlerweile doch recht beachtlichen Bauch geniert hatte.
Und irgendwie war er sich mittlerweile wirklich nicht mehr sicher, zu welcher Brust das Muttermal jetzt gehörte.
Noch einmal studierte er die Bilder. Nein, das war nicht der Körper von der Austerlitz, und natürlich auch nicht der von der Hadrigan, entschied er schließlich. Doch irgendetwas daran erschien ihm sehr vertraut. Aber er kam nicht darauf.

Baier Markus

Der Moritz Michael und der Durr Roland brachten vor lauter Schock kein Wort heraus. Der Roland dachte nicht einmal daran, aus seiner Innentasche das Butterfly-Messer zu ziehen, welches er ja eigentlich für genau solche Notwehrsituationen ständig mit sich führte. Aber der Mann vor ihnen war einfach zu furchteinflößend. Nicht der Jack Unterweger – das hatten sie gleich gesehen – aber in Anbetracht der Umstände vielleicht trotzdem ein Mörder.
Und zwar ein ausgesprochen solider. Zwei Meter groß, Schultern wie ein Wandschrank, Muskeln wie der Schwarzenegger Arnold und ein kahlgeschorener, vor lauter Wut hochroter Schädel.
In Schockstarre verfallen starrten sie den Typ einfach nur an, nicht wissend, dass er der Exmann von der Austerlitz war. Weil der Baier Markus hatte, nach einer ausgiebigen Disconacht in der Gaslight-Bar in Weißenbach, gleich bei einem Freund übernachtet. Erst am späten Nachmittag war er wieder munter geworden. Da hatte er dann von dem Mord an seiner Ex gehört. Weil Weißenbach ist ja nicht weit weg von Berndorf und so etwas spricht sich natürlich schnell herum. Natürlich war er da gleich ganz fertig mit den Nerven, setzte sich in sein Auto und fuhr in die Kuhlmannstraße. Was hätte er auch sonst tun sollen?
Jetzt sagt schon, was tut ihr hier, ihr Rotzpipen? Her mit der Videokassette, jetzt redet schon, ihr Kripplviecher, ihr elendigen.
Dann, weil die beiden immer noch nichts sagten, hol-

te der Baier Markus aus und verpasste dem Durr Roland eine gewaltige Ohrfeige. Nicht mit ganzer Kraft, weil das hätte der Bub möglicherweise nicht überlebt, aber schon so, dass es dem Roland den Kopf ganz ordentlich zur Seite geschleudert hat. Tagelang hat er das dann noch im Nacken gespürt.
Vor Schmerz stiegen dem Durr Roland die Tränen in die Augen und sein Mund klappte immer wieder auf und zu, aber vor lauter Schock bracht er erst recht wieder kein Wort heraus.
Das war aber auch gar nicht der Plan vom Baier Markus gewesen, weil der wusste schon ganz genau, wie man so ein Verhör führte. Er holte einfach erneut aus, diesmal in die Richtung vom Moritz Michael, dem die Angst, jetzt auch so eine gewaltige Watschen zu bekommen, die Sprachsperre sofort auflöste. Wie ein Wasserfall sprudelten die Worte aus ihm heraus, angefangen von der Unterweger-Sichtung bei der Margaretenkirche, über die Verfolgung und den potentiellen Würgemord, bis hin zum anonymen Notruf.
Der Baier Markus fragte nicht viel nach. Nur den Mann, der die Angelika gewürgt hatte, ließ er sich ein zweites Mal beschreiben und nachdem der Moritz Michael damit fertig war, holte er noch einmal drohend in Richtung Durr Roland aus.
Ob das jetzt auch wirklich alles so stimme, wie es sein Freund erzählt hat und er solle gut aufpassen was er jetzt sage, weil wenn er eine Lüge probiere, dann würde die nächste Watschen nicht nur so eine leichte Ohrfeige sein, wie die von vorhin.

Woraufhin der Durr Roland alles bestätigte und am Ende mit ich schwöre, ganz ehrlich, noch einmal bestärkte, aber sicherheitshalber trotzdem den Kopf einzog, nur falls er versehentlich irgendwo gelogen hatte und ihm der furchteinflößende Kerl doch noch eine tuschen würde. Aber der Baier Markus zeigte sich mit der Antwort zufrieden.
So, und jetzt schleicht euch und wenn ich euch noch einmal hier in der Nähe erwische, dann setzt es was, ihr Rotzpippen ihr unnötigen.
Und als Abschiedsgruß gab er dem Moritz Michael noch einen gut gezielten Tritt mit. Genau aufs Steißbein, wodurch dem Michael das Sitzen dann genau so lange wehtat, wie dem Roland das Kopf hin und her drehen.

Während sich die beiden Buben schleunigst Richtung Ohasamaplatz verzogen und dort im Schutz der japanischen Ziersträucher erst einmal eine Beruhigungs-Marlboro rauchten, durchsuchte der Baier Markus nun seinerseits die Wohnung seiner ermordeten Exfrau.
In ihm gärte es ziemlich. Eine grausliche Mischung aus Wut und Enttäuschung und Trauer war das. Weil die Scheidung war damals von der Angelika ausgegangen. Aber laut ihr nicht wegen dem Verlangen nach anderen Männern, sondern weil er sie geschlagen hatte. Dabei war ihm eh nur ein oder zweimal die Hand ausgekommen. Gut, vielleicht auch dreimal, aber zumindest das vierte Mal, als er die Angelika mit dem Handrücken geschlagen und ihr dabei die Nase

gebrochen hatte, konnte man ihm ganz sicher nicht anlasten. Das hatte sie ja ganz bewusst provoziert gehabt. Hätte sie halt nichts sagen sollen, in Richtung es gäbe sicher auch bessere Männer wie ihn und auf seine 13 Zentimeter brauche er sich erst recht nichts einzubilden.

Es hatte ihm dann eh gleich leidgetan, als die Angelika mit blutender Nase und so – aber da war es schon zu spät gewesen. Angeschrien hatte sie ihn, er solle sich jetzt sofort schleichen, weil sonst würde sie die Polizei rufen. Und da er damals bereits eine Vorstrafe wegen Körperverletzung gehabt hatte, war er auch wirklich gegangen.

Am nächsten Tag, um Punkt neun Uhr, hatte die Angelika auch gleich bei ihrem Anwalt geklingelt, ihm die Nase gezeigt, die Sachlage geschildert und sich die entsprechenden Papiere schreiben lassen. Unter Androhung einer Anzeige unterschrieb er natürlich sofort und durfte danach noch genau einmal in die Wohnung, um sich seine persönlichen Sachen abzuholen. Da hatte er erst begriffen, was für einen starke und bewundernswerte Frau die Angelika eigentlich war und sich unsterblich in sie verliebt.

Sie jedoch hatte ihm jeden persönlichen Kontakt untersagt. Aber anrufen hatte er sie dürfen und manchmal redete sie dann etwas länger mit ihm. Meist von wegen, er müsse eine Aggressionstherapie machen und dann könnten sie sich vielleicht auch einmal persönlich auf einen Kaffee treffen.

Der Baier Markus war jedoch nie der Meinung gewesen, dass er ein Aggressionsproblem hat, machte des-

halb auch nie eine Therapie und traf die Angelika nie mehr persönlich, außer ein paar Mal rein zufällig beim Einkaufen.
Verliebt jedoch, war er die ganzen vier Jahre seit der Scheidung in sie geblieben, auch wenn er zwischenzeitlich natürlich mit anderen Damen geschlechtlich verkehrt hatte. Dafür eine zu finden war ja nie ein Problem für ihn gewesen, denn es gab wenige Frauen, die sein kräftiger, von Testosteron durchfluteter Körper nicht scharf machte. Er war halt schon ein richtig geiles Mannsbild und sich dieser Tatsache auch bewusst. Nur, so ein starke Frau, die eine Scheidung genau so schnell und sauber durchgezogen hätte wie die Austerlitz Angelika, hatte er nie mehr ins Bett bekommen. Die Angelika war ihm auf ihre Weise ebenbürtig und damit die einzige Frau, mit der er sich eine Zukunft vorstellen konnte.
Aber jetzt war sie tot.
Der Baier Markus saß auf ihrem Bett, den Kopf in die Hände gestützt, und brütete über dieses Dilemma nach. Er wusste nämlich, auf wen die Beschreibung von den beiden neugierigen Buben zutraf. Das konnte nur der Eichelberger Martin sein. Weil damals, in der glücklichen Ehezeit, bevor ihm das erste Mal die Hand ausgerutscht war, begann sich die Angelika für Sadomaso zu interessieren. Er war ebenfalls nicht abgeneigt gewesen und so hatten sie, in einem einschlägigen Café in Wien, einen Anfängerworkshop beim Eichelberger Martin gemacht. Weil so ein Sadomaso ist eine Kunst für sich, das muss man schon sagen.
Jedenfalls hatte es der Angelika sehr gut gefallen.

Dem Markus dann doch weniger, was für die Angelika aber eh okay war. Weniger okay hatte sie jedoch sein Argument gefunden, nachdem ihm das erste Mal die Hand ausgerutscht ist. Nämlich, dass sie ja ohnehin auf SM stehe und warum sie da jetzt so ein Drama daraus mache. Aber er hatte sich dann eh entschuldigt und das Thema Sadomaso war für den Rest ihrer Ehe ad acta gelegt worden.

Aber jetzt hatte der Eichelberger Martin – den der Baier Markus schon bei der SM-Session damals nicht leiden konnte – ganz offensichtlich seine geliebte Angelika umgebracht.

Kurz spürte der Markus ein Schluchzen in seiner Brust aufsteigen. Aber er unterdrückte es, weil Männer nicht weinen. Dann stand er abrupt auf und verließ die Wohnung.

Papa Durr

Eigentlich hatten sich der Durr Roland und der Moritz Michael nach der dritten Beruhigungs-Marlboro, einander wieder versichert, niemanden etwas von den Geschehnissen zu erzählen. Weil da stand viel auf dem Spiel für die beiden: Pornofensterln, anonymer Notruf, Nachschau in der Austerlitz Wohung – das wäre Hausarrest bis mindestens zu den Sommerferien gewesen, wenn nicht sogar noch länger. Das konnte man keinesfalls riskieren und das mit dem Pornoschauen wäre ohnehin zu peinlich gewesen.
Jetzt war aber blöderweise der Papa vom Durr Roland, der Durr Horst, ausnahmsweise um die selbe Zeit wie der Roland daheim eingetroffen. Normalerweise kam er erst später heim, weil er Malermeister war, einen kleinen Malerei-Meisterbetrieb in Pottenstein führte und am Abend dann häufig noch Kundenkontakte pflegen musste. Meistens im Cafe Sunshine, aber immer wieder auch bei diversen anderen Heurigen und Wirten im Triestingtal. Weil die Aufträge kamen nun mal nicht von selbst, da musste man schon etwas dafür tun, und zwar nicht nur unter der Woche, sondern auch an Sonn- und Feiertagen, wie er seiner resignierten Frau, der dünnen Durr Lisi und seinem – so schien es ihm manchmal – nichtsnutzigen Sohn immer wieder erklärte.
Jedenfalls fiel dem Durr Horst der Handabdruck im Gesicht seines Sohnes sofort auf und er wollte stante pede wissen, ob und mit wem er gerauft hätte und ob der andere wenigsten schlimmer aussehe als er.

So weit wäre das noch kein Problem gewesen, weil der Durr Roland ja prinzipiell kein schlechter Lügner war und ohne Umschweife einräumte, wieder einmal mit seinem verhassten Klassenkameraden, dem Kratochwil Peter, gerauft zu haben. Das war tatsächlich schon öfter vorgekommen, also eine gute Ausrede, vor allem auch, weil sich der Durr- und der Kratochwil-Papa aus irgendwelchen Gründen nicht gut leiden konnten.
Blöderweise sah der Durr Horst noch einmal genauer hin und stellte fest, dass der deutlich erkennbare Abdruck viel zu groß für eine Kinderhand war.
Warum lügst mich an, ich lüge nicht, jetzt sag schon die Wahrheit, der Kratochwil, red keinen Blödsinn, jetzt red schon, wer hat dich geschlagen, der Abdruck, das war ein Erwachsener, der Kratochwil war es, ehrlich ich schwöre, jetzt reicht es mir aber, niemand schlägt meinen Sohn, sag jetzt, oder... , der Kratochwil, wirklich – und da ist dem Durr-Papa nichts anderes übrig geblieben, als das er seinem Sohn schweren Herzens halt auch noch eine Ohrfeige hat geben müssen. Aber eh nicht so fest und mit der linken Hand, also auf die andere Seite und nicht auf die schon verletzte Backe. Der Durr Roland war sich im Nachhinein nicht sicher, ob es umgekehrt nicht gescheiter gewesen wäre, weil so taten ihm in den nächsten Tagen beide Gesichtshälften weh.
Aber auf jeden Fall war diese zweite Watschen in so kurzer Zeit einfach zu viel für ihn. Da ist er damals zusammengebrochen wie heute ein Taliban beim Folterverhör in Guantanamo. Nur mehr geheult hat er

und unter Tränen alles haarklein gestanden. Allein dass sie wegen dem Porno durchs Fenster geschaut haben, hatte er noch irgendwie gerade so weglassen können. Darauf ist er dann auch sein restliches Leben lang immer ein bisschen stolz gewesen. Dass er trotzdem noch die Kraft gehabt hatte, zumindest ein Detail für sich zu behalten.

Nach dem Geständnis hatte der Durr Horst seinen Sohn dann in sein Zimmer geschickt. Zu seiner Überraschung ganz ohne Hausarrest oder weitere Moralpredigten. Seine Mama, die das ganze Verhör über einfach nur wortlos dagestanden war, hatte ihm dann noch einen Kakao gebracht und ihm auf ihre unbeholfene Art erklärt, er solle sich nichts daraus machen, der Papa sei eben oft müde weil er so viel arbeiten müsse, und dann würden solchen Sachen eben passieren.

Es soll heute keiner sagen, die Durr Lisi sei eine schlechte Mutter gewesen. Aber selber hat sie es damals eben auch nicht leicht gehabt, obwohl sie nur 40 Kilo auf die Waage brachte, weshalb die Leute sie heimlich statt Durr Lisi auch Dürr Lisi nannten.

Über die Dürr Lisi haben die Leute überhaupt immer gerne und viel getratscht. Wegen ihrer Magersucht. Aber damals hatten die Leute in Berndorf noch nicht viel Ahnung gehabt von psychischen Erkrankungen. Da war Magersucht mehr so ein Spleen, den jemand eben hatte. Etwas, das man sich auch wieder hätte abgewöhnen können, wenn man nur wollte. Wie Zigarettenrauchen, Bier trinken, Depressionen oder schwul sein. Mit ein bisschen Willenskraft wäre das

schon gegangen.
Jedenfalls muss man sagen, dass sich die Dürr Mutter so gut um ihr Kind gekümmert hat, wie es mit 40 kg Körpergewicht eben gegangen ist.
Während die Durr Lisi ihrem Sohn also ihren dünnen Trost spendete, saß der Horst am am Küchentisch und dachte nach, was er mit diesen Informationen jetzt anfangen sollte. Die Sache mit dem Unterweger Jack tat er gleich als Fantasterei ab. Aber an der Beschreibung hatte er schon erkannt, um wen es sich bei dem Mann in der Austerlitz Wohnung gehandelt haben musste. Und er konnte es dem Baier Markus auch nicht wirklich übelnehmen, dass er seinem Sohn eine Watschen gegeben hatte. Hätte er selber ja auch nicht anders gemacht.
Am besten war es wohl, Stillschweigen über die Sache zu bewahren. In Berndorf wurde ja alles gleich publik und sicher war es fürs Geschäft nicht gut, wenn herauskam, dass sein Sohn durch fremde Fenster schaute. Da konnte er zwar noch argumentieren, er habe ihm dann eh gleich eine Watschen gegeben, aber trotzdem – Stillschweigen war wohl das Beste.

Blutmontag

Nach diesem mörderisch ereignisreichen und ungewöhnlich warmen Wochenende, hatte es in der Nacht auf Montag wieder abgekühlt und zu schneien begonnen. Bei Tagesanbruch lag die schöne Kruppstadt bereits unter einer so sauberen weißen Schneedecke, dass man einfach das Gefühl bekommen musste, an einem solchen Tag gäbe es nichts, das dieses wunderbare, kleinstädtische Idyll irgendwie stören könnte. Trotzdem wurde es dann einer der ereignisreichsten Montage, den Berndorf je erlebt hat und wie es hoffentlich nie mehr einen erleben muss.

Der Metzger Mario – heute ja bekannter Stadtkünstler – hat diesem Tag später sogar eines seiner Bilder gewidmet: *Rosen im Schnee* heißt es. Ein Aquarell. Kann man sich heute sogar im Stadtmuseum anschauen. Ein Straßenbild, gemalt so, wie wenn man auf der Kreuzung Hermannsplatz-Alexanderstraße stehen und Richtung Hermannsplatz schauen würde. Also rechts der alte Posthof, links Poststüberl, Sparkasse, Billa, dazwischen eben die weiß verschneite Straße und darauf rote Flecken, die Rosen ähneln und wie eine Spur, immer kleiner werdend, in die unscharfe Ferne führen.

Und am Ende der Spur, ganz klein und natürlich auch unscharf, eine menschliche Gestalt. Aber so super gemalt, dass man nicht sagen kann, ob sie laufend der Spur folgt, oder ob sie verletzt da liegt. Manche ortskundige Kulturbanausen witzeln da gerne, die Gestalt wäre einfach nur durstig und sicher auf dem Weg ins

Café Lagler am anderen Ende vom Hermannsplatz gewesen.
Aber am besagten Montag, es muss so gegen halb zehn Uhr vormittags gewesen sein, saßen beim Lagler nur die glorreichen Sieben. Die hatten sich nämlich zu einer Sonder-Kartenrunde verabredet. Weil sie ja alle im Krieg gewesen waren und wussten, was so ein schrecklicher Leichen-Anblick für posttraumatische Belastungsstörungen auslösen konnte. Da mussten die Veteranen jetzt natürlich zusammenstehen und für den Weinknecht Franz da sein. Das hatten auch die fünf noch verbleibenden Ehefrauen der glorreichen Sieben eingesehen und aufs Herummeckern wegen des extra-Termins verzichtet. Aber weniger wegen der Posttraumatik, sondern weil sie hofften, danach von ihren Männern ganz exklusiven Tratsch über die Austerlitz-Leiche zu hören.
Die glorreichen Sieben hatten sich gegenseitig schon mit einigen Trauma-hemmenden, rot-weiß-roten Spritzern versorgt, als plötzlich ein junger Mann in blauer Arbeitskleidung herein kam und direkt zur Bar stürmte. Im ersten Moment waren die glorreichen Sieben noch erstaunt, dass jemand um diese Zeit schon so dringend an die Bar musste, wahrscheinlich also wirklich extrem alkoholsüchtig war, aber dann begann der neue Gast gleich ganz hektisch in Richtung Kellnerin zu reden, von wegen Telefon, schnell, Polizei, Schießerei, einer angeschossen, also ein Gendarm, ja wo denn, beim Billa, ja wieso denn, na egal jetzt, Notruf, schnell, da rennt einer Amok und vielleicht kommt er ja hierher.

Die Kellnerin stellte ihm dann auch gleich das Telefon auf die Bar und der junge Mann wählte den Notruf.
Ja Hallo, Schießerei, Amoklauf beim Billa und so weiter, aber wie sich später herausgestellte, war die Polizei zu dem Zeitpunkt eh schon informiert, weil der angeschossene Gendarm über Funk noch Hilfe hatte anfordern können, bevor er bewusstlos geworden ist.
Die glorreichen Sieben, die immer an einem Tisch an den großen Fenstern des Cafés saßen, hatten natürlich gleich die Köpfe eingezogen und kauerten nun – alle sieben in einer Reihe – auf der langen Sitzbank unter dem Fenster, lugten vorsichtig über die Lehne, bereit, beim ersten Anzeichen von Feindbeschuss sofort vollends hinter die Deckung abzutauchen. Die Kellnerin sperrte geistesgegenwärtig die Tür ab und suchte dann wieder hinter der Theke Schutz, während der junge Mann völlig planlos mitten im Lokal stand.
Die glorreichen Sieben merkten natürlich sofort, dass der Kerl niemals eine richtige militärische Ausbildung genossen hat. Ist ja immer häufiger vorgekommen, dass die verweichlichte Jugend lieber irgend so einen Zivildienst gemacht hat.
Kopf runter junger Mann, wenn du überleben willst. Oberstes Gebot im Krieg. Erde fressen dann bleibst du am ehesten am Leben. Ihr jungen Leute wisst das nicht mehr, ein bisschen Drill würde euch schon nicht schaden und jetzt komm her zu uns. Da setz dich auf die Bank, Ausschau halten, du hast noch bessere Augen als wir, aber aufpassen, Kopf unten las-

sen, und beim ersten Schuss sofort runter, und erzähl uns jetzt was passiert ist beim Billa.
Und gerade in dem Moment als der junge Mann zum erzählen anfangen wollte, ist tatsächlich eine Kugel durch das Fenster geflogen. Nur ganz knapp an der Glatze vom einbeinigen Klein Ferdinand vorbei. Daraufhin haben sich die glorreichen Sieben sofort von der Bank rutschen lassen. Aufgrund ihres Alters hat das nicht mehr ganz so schneidig ausgesehen wie man es aus den Kriegsfilmen kennt. Aber trotzdem, eine Top-Reaktion.
Nur der junge Mann war wie erstarrt sitzen geblieben. Typischer Schock wie es eben vorkommt, wenn die jungen Rekruten ihre erste Schlacht erleben. Aber der Weinknecht Franz packte ihn dann eh gleich beim Kragen und riss ihn runter, wobei der Hinterkopf des Burschen blöderweise mit der Tischkante kollidierte. Eine böse Platzwunde hatte sich der Rekrut dabei zugezogen und wurde auch kurz bewusstlos. Aber besser als eine Kugel im Schädel. Von denen aber glücklicherweise eh keine mehr gekommen ist.
Im selben Moment, als der Weinknecht Franz dem jungen Mann – potentiell quasi – das Leben gerettet hatte, erklang von draußen das Geräusch im Schnee durchdrehender Reifen. Ein Motor heulte auf. Kurz darauf noch einmal dasselbe. Dann war es einige Augenblicke lang ganz still und dann endlich, hörte man irgendwo Folgetonhörner und ein Gendarmerieauto raste mit Blaulicht beim Lagler vorbei. Aber nicht Richtung Hochstraße, so wie die ersten beiden Fahrzeuge, sondern Richtung Brunntalstraße. Weil

man dem Amokläufer den Weg abschneiden wollte, hieß es nachher offiziell. Aber inoffiziell wusste man in Berndorf natürlich schon, dass der junge Gendarm in dem Auto vor lauter Aufregung einfach nur falsch abgebogen war.
Die Kriegsveteranen erkannten, dass die Gefahr damit wohl vorüber war und hievten sich ächzend auf die Sitzbank zurück, was wesentlich länger dauerte als das Abtauchen zuvor. Den bewusstlosen Burschen ließ man erst einmal unter dem Tisch liegen, wo das Blut aus seiner Kopfwunde langsam in den braunen Spannteppich sickerte.
Die Farbe vom Spannteppich war hier insofern ein Glücksfall, weil das getrocknete Blut darauf so gut wie gar nicht aufgefallen ist, und deshalb auf einen Austausch des Teppichs verzichtet werden konnte. Da zeigten die glorreichen Sieben noch fünf Jahre später auf die betreffende Stelle, wenn sie jemanden vom blutigen Montag erzählten. Die kaum sichtbaren Blutspuren waren eine Zeitlang dann fast schon so etwas wie eine inoffizielle Sehenswürdigkeit von Berndorf. Da sind Leute von überall her gekommen, nur weil sie aus morbidem Interesse heraus, diese Spur des Berndorfer Verbrechens anschauen wollten.
Die Kellnerin – Balkon-Michi haben sie damals übrigens alle genannt, ihres großen Vorbaus wegen – wählte dann gleich noch einmal den Notruf, von wegen jetzt auch Schießerei im Café Lagler und einer liege erschossen unter dem Tisch. Weil die Balkon-Michi hatte nur den Schuss gehört und sich sofort hinter die Bar geduckt, also nicht mitbekommen,

wie der Weinknecht Franz den jungen Mann aus der Gefahrenzone gerissen hatte.
Gleich nachdem sie aufgelegt hatte, erwachte der Tote aber glücklicherweise wieder zum Leben, kroch auf Händen und Knien unter dem Tisch hervor und hievte sich stöhnend auf einen Stuhl. Die Balkon-Michi versorgte ihn dann auch gleich mit einem Geschirrtuch für die Kopfwunde, sowie mit einem großen Schnaps für die Nerven.
Die glorreichen Sieben verhielten sich weit weniger fürsorglich. Er solle sich nicht so anstellen, die jungen Leute heutzutage, wegen so ein bisschen einer Kopfwunde, da hätten sie im Krieg ganz andere Sachen aushalten müssen. Er solle jetzt erst einmal zum Stöhnen aufhören, endlich erzählen was vorgefallen sei aber vorher sagen, wie er eigentlich heiße, weil das gehöre sich schon, wenn ein junger Mann ältere Männer trifft, zumal der älteste von ihnen, der Herr Weinknecht, ihm ja wahrscheinlich, möglicherweise, vielleicht, sogar ziemlich sicher das Leben gerettet habe. Außerdem möchte die Michi ihnen doch auch eine Runde Schnaps bringen, weil für sie alte Menschen sei das Ganze ja sicher noch viel belastender, als wie für den Jungspund.
Daraufhin brachte die Kellnerin eine Runde Schnaps, während sich der Jungspund als Mayer Peter vorstellte. Techniker bei einer Kühlfirma sei er und gerade dabei gewesen, sich eine defekte Kühltruhe vorne bei der Kassa anzuschauen, als irgendwo hinten bei der Feinkost plötzlich eine Schreierei anfing. Worum genau es ging hätte er nicht verstanden, weil zu weit

weg. Gesehen auch nichts, weil Regale im Weg. Aber dann hätte sich wohl ein zufällig anwesender Gendarm in Uniform eingemischt, und im nächsten Augenblick hätte er nur mehr etwas gehört von wegen tu die Waffe weg. Danach zwei Schüsse, ganz kurz hintereinander, und hernach sei der Gendarm in den Gang getorkelt, den er von der Kühltruhe aus einsehen konnte. Der Beamte habe sich die Hand auf die Schulter gepresst und hinten bei der Fleischtheke habe der Amokläufer geschrien. Irgendwas von wegen ich bringe alle um. Dann hatte der Amokläufer noch einen Schuss abgegeben. Da habe er natürlich Panik bekommen, sein Werkzeug und alles liegen gelassen und sei einfach nur davongelaufen, so schnell er eben konnte und erst hier, zweihundert Meter weiter, wieder zur Besinnung gekommen.
Ja, aber das könne man doch nicht machen, warf ihm der Klein Ferdinand daraufhin vor, einfach davonlaufen. Da hätte er doch schon ein bisschen Zivilcourage zeigen müssen. Sich durch eine Regalreihe anschleichen und den Täter überwältigen. Schusswaffe hin oder her. Früher hätte es das nicht gegeben. Als junge Burschen damals, da wären sie bei so etwas gleich zur Stelle gewesen!
Aber zum Glück ist in dem Moment auch schon ein Rettungsauto mit Blaulicht angekommen. Die Balkon-Michi hat auch gleich die Tür aufgesperrt und die Sanitäter retteten den Mayer Peter vor weiteren Moralpredigten.

Wenn man jetzt in Berndorf ins Stadtmuseum geht

und sich das *Rosen im Schnee*-Bild anschaut, dann kann man natürlich auch hineininterpretieren, die kleine, entweder laufende, oder liegende Gestalt sei der Mayer Peter gewesen. Erst sei er geflohen, dann aufgrund der Kopf-Tischkante Kollision bewusstlos geworden.
Aber in einem Interview in einer Morgensendung von Radio Niederösterreich hat der Metzger Martin einmal gesagt, die Gestalt sei überhaupt mehr symbolisch zu verstehen. Natürlich könne es auch der Mayer Peter sein. Aber der Gendarm damals, habe sich mit seiner Schusswunde in der Schulter ja auch in diese Richtung davon geschleppt, bis zu seinem Streifenwagen bei der Kreuzung Neugasse-Hermansplatz, von wo aus er noch per Funk Verstärkung angefordert hatte, bevor er vor Schmerzen und Blutverlust bewusstlos wurde.
Des Weiteren könne man in dem Bild aber auch die Flucht und Verfolgung des Amokläufers generell sehen und die Gestalt sei der Amokläufer, der am Ende eben doch gefasst wird.
Seine persönliche Lieblingsinterpretation – so der Metzger Mario damals – sei aber die, dass es in Berndorf eben keine wirkliche Wirklichkeit gibt, sondern nur das, was die Menschen dieser Stadt für die Wirklichkeit halten. Und diese Wirklichkeit würde in der Hauptsache von Menschen geformt, die mehr über den anderen wissen, als über sich selbst.
An dieser Stelle hat der Radiointerviewer damals kurz nachdenken müssen. Dann lachte er einmal laut auf und leitete auf eine anderes Thema um, was schade

war, weil der Metzger Mario eigentlich ein wirklich profunder Kenner der Berndorfer Seele ist. Aber trotzdem interessieren sich die Leute eben mehr für die sichtbare Wirklichkeit seiner Bilder, als für die subjektiven Realitäten dahinter.

Kurze Verfolgung

Der Biermann Matthias und der Werner Max hatten gerade ihren blauen Ford Escort gestartet, als um neun Uhr fünfundzwanzig über Funk die Meldung einging, von wegen Schusswechsel beim Billa, ein Beamter verletzt, Verdächtiger bewaffnet und höchst aggressiv.

Die Blicke der beiden Beamten trafen sich. Erwartungsvolle Aufregung in den Augen vom Werner. Der wollte ja auf der Karriereleiter noch weiter, und ein Einsatz wie dieser konnte da natürlich förderlich sein.

In den Augen vom Biermann eher so etwas wie stoische Resignation. Sie hatten ja mit dem Mord jetzt ohnehin schon genug zu tun. Gerade hatten sie eigentlich zur Wohnung vom Baier Markus fahren wollen, schauen ob er da ist, eine gemütliche, stressfreie Befragung. Das wäre dem Biermann viel lieber gewesen, als gefährliche Schießereien. Zumal der Tatort gerade mal 300 Meter vom Posten entfernt war, was die Wahrscheinlichkeit, den Täter noch anzutreffen, natürlich stark erhöhte.

Entsprechend riss der Werner Max auch schon dreißig Sekunden später die Beifahrertür auf, wand sich geschmeidig aus dem Wagen und war mit drei großen Schritten beim Kofferraum, in dem die schusssicheren Westen lagen. Er hatte sie schon fast fertig angezogen, bevor noch sein Kollege mit dem Aussteigen fertig war. Weil der Biermann hätte sich gerne mehr Zeit gelassen. Erst einmal außen abgesichert und so.

Um den verletzten Gendarmeriebeamten kümmerte sich zu diesem Zeitpunkt blöderweise bereits dessen Kollege. Der war nämlich ins Geflügelgeschäft zur Mehlstaub Elfriede gegangen, um die Backhendel für die Mittagspause vorzubestellen, während sein Kollege beim Billa ein paar Mehlspeisen für den Kaffee danach hatte besorgen wollen. Ist natürlich ein Schock für den Einen gewesen, den Anderen bewusstlos und angeschossen im Dienstwagen zu finden. Zumal beide ja auf einen gemütlichen Innendienst eingestellt gewesen waren. Außerdem hat es den beiden später einen strengen Verweis eingebracht, von wegen Einkaufen während der Dienstzeit.
Jedenfalls musste der Biermann jetzt wohl oder übel ebenfalls die kugelsichere Weste anlegen und sich dann mit gezogener Dienstwaffe – Hollywood like! – gemeinsam mit dem Werner Max dem Tatort nähern. Auf dem Gehsteig ringsherum standen natürlich schon jede Menge neugieriger Passanten. Bei beinahe allen Wohnungen im Posthof waren, trotz der winterlichen Kälte, die straßenseitigen Fenster geöffnet. Logenplätze quasi, vorwiegend von Hausfrauen und Pensionisten besetzt. Viele davon mit einer Decke über den Schultern oder gleich mit Winterjacke und Pudelmütze bekleidet.
Zurück treten, weg vom Eingang, keiner darf hinein, Abstand halten, scheuchte der Biermann die Leute auf dem Gehsteig weg, während sie sich der automatischen Schiebetür näherten.
Aber gerade als die Türhälften zur Seite glitten, raste ein grüner VW-Passat aus der Einfahrt zum Billapark-

platz. Der Wagen schlingerte, als der Fahrer versuchte, auf der Schneefahrbahn die Kurve Richtung Hochstraße zu bekommen. Hinter dem Steuer erkannten die Beamten eine mit einer schwarzen Sturmhaube maskierte Gestalt.

Der Amokläufer bekam die Kurve nicht und prallte mit dem Heck gegen den Steinpfosten eines Gartenzaunes. Der Motor starb ab, wurde aber sofort wieder gestartet.

Die beiden Kriminalbeamten spurteten zurück zu ihrem Ford, wobei der Biermann diesmal schneller war, weil er aus taktischen Gründen ein paar Schritte Abstand zu seinem Kollegen gelassen und deshalb nun eine kürzere Strecke zurückzulegen hatte. Er klemmte sich hinter das Lenkrad, während der Werner Max um den Wagen herum spurtete und sich auf den Beifahrersitz warf.

Vorne trat der Amokläufer aufs Gas, ließ in der Hektik aber die Kupplung zu schnell kommen, woraufhin der Passat einen Satz nach vorne machte und erneut abstarb. Wieder startete er neu, im selben Augenblick in dem auch der Motor des Ford Escort zum Leben erwachte. So begann also die Verfolgungsjagd am blutigen Montag.

Und der Biermann Matthias traute seinen Augen kaum, als der Werner Max das Beifahrerfenster herunter kurbelte, sich hinauslehnte, mit seiner Dienstwaffe auf das Fluchtfahrzeug zielte und ein Projektil abfeuerte.

Nämlich jenes, welches das kleine, bemerkenswert saubere Loch im Fenster vom Café Lagler hinterlas-

sen und nur um Haaresbreite kein weiteres Loch in den Glatzkopf vom Klein Ferdinand gemacht hatte.
Da ist der junge Werner Max damals ein bisschen sehr übermotiviert gewesen. Der Biermann herrschte ihn dann auch gleich an, von wegen spinnst du, du kannst ja nicht einfach und so weiter.
Aber der Werner war damals irgendwie komplett auf Adrenalin gewesen. Du schau, dass du ihn kriegst, gib Gas jetzt. Und bei der Kreuzung Hochstraße-Karlstraße setzte er erneut zu einem Schuss auf das Fluchtfahrzeug an. Aber da wurde es dem Biermann mit seinem hochmotivierten Kollegen einfach zu bunt. Er stieg beherzt auf die Bremse, woraufhin es den Werner Max mit dem Schädel so fest gegen die Windschutzscheibe haute, dass ihm jede Lust auf weiteres Herumballern verging.
Der Metzger Mario sagte später auch einmal, die Rosen-im-Schnee-Spur und der laufende oder liegende Mensch, könne symbolisch auch für die Beziehung zwischen dem Biermann und dem Werner stehen. Weil, die ist ab dem Tag immer schlechter geworden. Quasi von läuft zu läuft nicht mehr.
Gut gelaufen war es in diesem Fall jedenfalls für den Amokläufer, weil der war durch die Vollbremsung seinen Verfolgern aus der Sicht geraten.
Natürlich waren der Biermann und sein beleidigter Kollege dann noch weitergefahren, hatten den Passat aber nicht mehr entdecken können.

Nicht nur Amok, sondern auch Geisel

Um 9:25 war der Funkspruch beim Biermann-Werner Team eingegangen, um 9:29 begann die Verfolgung und um 9:30 hatten sie den Verdächtigen bereits wieder verloren.

Ebenfalls um 9:30 lief die Wondraschek Anna, Hauptschullehrerin, ganz aufgelöst in das Büro vom Schuldirektor. Eigentlich hätte sie gar nicht in die Schule müssen, weil die gehässigen kleinen Monster dort, ihr vor zwei Monaten endgültig zu einen Nervenzusammenbruch verholfen hatten und sie seither krankgeschrieben war. Allerdings war sie gerade in den Billa hineingegangen, als dort plötzlich die Schießerei begonnen hatte.

Schnell, evakuieren, Amoklauf beim Billa, der kommt vielleicht in die Schule.

Jetzt beruhige dich erst einmal.

Was heißt beruhigen, bitte, der kommt sicher in die Schule und erschießt alle Kinder und uns auch.

An dieser Stelle hatte die Wondraschek gleich ihren zweiten Nervenzusammenbruch und brach heulend zusammen.

Da war der Trahbüchler Rudolf, Direktor kurz vor der Pensionierung, natürlich einigermaßen ratlos gewesen. Weil erstens: Amoklauf in Berndorf beim Billa klang schon arg unwahrscheinlich und man wusste ja, wie es um die Nerven der armen Wondraschek bestellt war. Und zweitens: wohin hätte man die Schüler denn evakuieren sollen?

Also rief er zuerst den Schulwart an und sagte ihm, er

solle sicherheitshalber alle Türen versperren. Dann die Schulschwester, damit die sich um die Wondraschek kümmere.
Um 10:00 waren in Berndorf bereits sämtliche verfügbare Kräfte von Gendarmerie und Polizei zugange. Die WEGA war natürlich auch da. Überall Straßensperren, Hundestaffel und kurz sogar zwei Hubschrauber, die aber aufgrund des anhaltenden, immer dichter werdenden Schneefalls wieder abdrehen mussten.
Des Weiteren natürlich auch die Presse, Lokalreporter, sogar ein Filmteam vom ORF und zu jeder halben Stunde informierten alle Radiosender über den Stand der Ermittlungen.
Um 10:15 entdeckte man das Fluchtfahrzeug in der Ingenieur-Eugen-Essenther-Straße, ganz normal am Straßenrand geparkt, allerdings ohne Amokläufer darin.
Um 10:20 fand man die schwerverletzte Adamczyk Jaroslawa, bewusstlos und fast schon ganz eingeschneit, in einer Schneewechte in der Badgasse. Die war – wie sie einen Tag und vier Notoperationen später vom Krankenhausbett aus zu Protokoll gab – gerammt worden von grüne lange Auto, ganz schnell fahren in Gasse und nur mehr gespürt Schlag und dann finster. Fahrer natürlich nix gesehen.
Täterbeschreibung hatte man blöderweise auch keine ordentliche. Weil die Feinkostverkäuferin, die Wunderl Karin, hatte zwar schon aus dem Augenwinkel wen kommen sehen, während sie dem anderen Kunden eine Käsewurstsemmel herrichtete. Aber als die

Schreierei dann begann, hatte der Amokläufer schon seine schwarze Sturmhaube aufgehabt und die Waffe auf den Kunden gerichtet. Sie wisse auch nicht mehr, was genau der Täter geschrien hätte, weil sie eben so geschockt gewesen war, aber irgendwas von wegen knie dich hin, du Hurenbeidl du. Aber dann sei plötzlich der Gendarm dagestanden und irgendwas mit Waffe runter hätte sie gehört. Dann plötzlich der erste Schuss und gleich darauf der zweite und der Gendarm war getroffen zu Boden gegangen.
Dann habe der Amokläufer den Kunden beim Kragen gepackt, von wegen er komme jetzt mit und sie – an dieser Stelle begann die Wunderl Karin bei der Einvernahme derart zu zittern und zu weinen, dass ihr der Beamte zur Beruhigung einen kleinen Jägermeister hinstellen musste – solle ja ihre depperte Goschen halten und nicht die Polizei rufen, sonst würde er sie umbringen. Dann hatte er einen Warnschuss abgegeben, direkt neben ihren Kopf vorbei – sie höre jetzt noch nicht richtig, nur ein Klingeln im Ohr – und dann die Waffe dem Kunden an den Kopf gesetzt und ihn mit sich gezogen, Richtung Lagerhalle.
Damit wusste man jetzt also, dass der Amokläufer auch eine Geisel mit hatte. Wahrscheinlich war sie auf der Ladefläche vom Passat gelegen, gefesselt vielleicht, oder bewusstlos, schlimmstenfalls sogar tot, weshalb der Biermann und der Werner nur eine Person im Auto gesehen hatten.
Diese Ungewissheit, ob die Geisel noch lebt oder nicht, ist natürlich auch so eine Doppeldeutigkeit, die man in dem laufenden oder liegenden Menschen im

Bild vom Metzger Mario lesen kann.
Eigentlich hatte man die Information bezüglich Geiselnahme aus taktischen Gründen zurückhalten wollen und die Wunderl Karin gebeten, darüber Stillschweigen zu bewahren. Das hatte sie auch zugesichert. Aber ihrer besten Freundin hat sie es zu Mittag am Telefon natürlich schon erzählt. Im Vertrauen, versteht sich.
Um 13 Uhr hörte man dann auch das erste Mal in den Nachrichten im Ö3, dass der Amokläufer auch ein Geiselnehmer war.
Ungefähr um die selbe Zeit hat übrigens auch der Herr Direktor Trahbüchler den Telefonhörer nicht mehr zurück auf die Gabel gelegt. Weil es ihm auf die Nerven gegangen ist, dass dauernd Eltern angerufen haben, von wegen, ob ihre Kinder denn eh in Sicherheit seien, wie die Schule denn diese Sicherheit gewährleiste, warum es denn für so etwas keinen Notfallplan gäbe und überhaupt, warum man von dieser Gefahr aus dem Radio erfahren müsse und nicht von der Schule informiert würde.
Außerdem wurden natürlich auch laufend Kinder von ihren besorgten Eltern abgeholt, was bei anderen Eltern wiederum für Ärger sorgte, weil es so ja auch sein könne, dass sich der Amokläufer als Elternteil ausgäbe um in die Schule zu gelangen und alle zu erschießen.
Der Trahbüchler Rudolf – prinzipiell wirklich ein guter Mensch voller Liebe zum Mitmenschen – kam an diesem Tag nicht umhin, sich das eine oder andere Mal einen Besuch vom Amokläufer bei dem einen

oder anderen Elternteil zu wünschen.
Aber der Amokläufer blieb an diesem Tag wie vom Erdboden verschluckt.

Freundschaftsdienst

Alter, jetzt lass mich schon rein.
Aber wieso, was ist denn, wen hast du denn da mit und warum blutet der eigentlich, der muss doch zum Arzt.
Scheiß auf den Arzt, lass mich rein jetzt, sind wir Freunde oder nicht? Hab ich dir damals nicht auch geholfen?
Ja, eh, aber das war ja auch was anderes, und was ist mit dem jetzt, ist das ein Freund von dir? Na gut, komm rein, aber viel Zeit hab ich nicht und – ist das eine Pistole? Um Himmels Willen! Wieso hast du eine Pistole? Und warum ist der gefesselt?
Jetzt halt schon den Rand, ist eh nicht für lange, nur bis sich die Sache beruhigt hat.
Was für eine Sache? Sag mir jetzt was los ist, oder ich schmeiß dich wieder raus.
Einen Scheißdreck schmeißt du mich raus. Weißt ja eh, dass du keine Chance hast gegen mich. Außerdem – willst du wirklich unsere Freundschaft riskieren? Nach allem was wir schon erlebt haben?
Nein, eh nicht, aber der blutet und du hast eine Pistole und gerade habe ich auch Sirenen draußen gehört. Kannst eh dableiben, aber sag schon, was hast du angestellt?
Na dreh halt den Fernseher auf, das werden sie es wohl eh gleich sagen. Aber jetzt muss ich das Arschloch da erst einmal festbinden. Da, der Stuhl, geh, stell mir den her da.
Was? Hör zu, was soll das werden? Ich helfe dir doch

nicht bei so etwas. Pick ihm lieber ein Pflaster auf die Wunde am Schädel.
Ein Pflaster? Haben sie dir komplett ins Hirn geschissen? Ich mach dem Arsch da höchsten noch ein zweites Loch in den Schädel. Aber eines wo nachher kein Pflaster mehr hilft und jetzt stell schon den Stuhl her. Klebeband hab ich eh noch.
Horch – jetzt beruhige dich einmal. Es gibt sicher eine vernünftige Lösung.
Vernünftige Lösung! Das ist die vernünftige Lösung, du hirnamputierter Hornochse! Hilf mir jetzt bevor ich dir auch eine drüber ziehe!
Ja gut, da der Sessel, aber wieso hast du denn so einen Zorn auf den? Jetzt – Mein Gott! Wieso hast du ihn jetzt k.o. geschlagen? Schau wie der den Schädel hängen lässt. Lebt der noch? Was ist wenn der tot ist?
Der lebt schon noch, war eh nicht so fest. Und jetzt hol was zum Trinken und dreh den Fernseher auf.
Aber um Mittag habe ich einen Termin. Bis dahin musst du weg sein.
Scheiß auf deinen Termin, oder muss ich dir doch noch eine... ?
Na gut, ich hol uns was zu trinken. Aber beruhige dich, okay? Ich brauch keinen Ärger. Okay? Sonst war es das wirklich mit unserer Freundschaft.

Klassen mit Stil

Der Moritz Michael und der Durr Roland sahen am blutigen Montag, während der Religionsstunde, immer wieder zur Tür ihres Klassenzimmers, in der Hoffnung, auch sie würden frühzeitig von ihren Eltern abgeholt werden. Dabei fiel ihr Blick immer wieder auf den Spruch über der Tür.
Ora et labora stand dort, in weißen Lettern auf rotem Grund gemalt. Bete und arbeite. Der Grundsatz der Benediktiner Mönche, wie ihnen die Geschichtslehrerin einmal beigebracht hatte.
Das steht natürlich auch heute noch dort. Aber nicht, weil die Haupt- und Volksschulen in Berndorf irgendwie religiös wären, sondern weil die Klassen dort in zwölf verschiedenen Stilen gestaltet sind. Da kann man sich gewissermaßen von 2500 vor Christus, bis 1814 nach Christus, quer durch alle Baustile lernen. Ägyptisch, Dorisch, Pompej, Byzantinisch, Maurisch, Rokoko, Romanisch, Gotisch, Römisch, Barock, Stil Luwdwig XIV, Empire. Also alles da, was das geschichtsinteressierte Schülerherz zu wissen begehrt.
Bauen lassen hat das der Krupp Arthur damals so, weil die armen Arbeiterkinder ja kaum einmal in die Welt hinaus gekommen sind. Außer im Krieg vielleicht. Da hat er ihnen die Welt quasi direkt in die Schule gebracht. Außerdem hatte der Krupp auch eine Zentralheizung einbauen lassen, sowie Duschen. Ein ungeheurer Luxus damals. Da ist es ab 1909 den Arbeiterkindern in der Schule viel besser gegangen, als in ihrem schmutzigen, kalten und beengten Ar-

beiterwohnungen. Rohrstock hin oder her.
1992 hat das den Durr und den Moritz und die anderen Schüler natürlich nicht mehr wirklich interessiert. Weil da konnte man schon zuhause duschen und sich im Urlaub außerhalb Österreichs architektonischen Studien widmen.
Jedenfalls ging, um kurz nach Mittag, tatsächlich die mit schmiedeeisernen Türbändern und wuchtigem Löwenkopf-Türklopfer eindrucksvoll geschmückte, romanische Eichentür auf. Die Mama vom Moritz Michael kam herein und redete kurz in Richtung Religionslehrer, von wegen, sie würde jetzt den Michael mitnehmen, eh schon wissen warum.
Der dicke Religionslehrer – an diesem Tag, wie alle anderen Lehrer auch, sowieso schon resigniert ob der dauernden Störungen – nickte nur müde und deutete mit seinen Wurstfingern in Richtung Moritz Michael.
Gehst mit der Mama mit, gell, und gehst mit Gott, so wie der Petrus damals mit dem Jesus mitgegangen ist, aber nicht so, wie Kinder mit Fremden mitgehen, weil die Heuschrecken damals sind ja auch nicht einfach nur so zum Spaß gekommen.
Der Religionslehrer sagte damals immer so komische Sachen, die niemand richtig verstanden hat. Bei seinen Schülern galt er als ein bisschen komisch im Kopf, war aber trotzdem beliebt, weil solange man dabei leise war, konnte man in seiner Stunde machen was man wollte, während er vorne seine unverständlichen Monologe hielt.
Der Moritz Michael packte auch gleich blitzschnell

seine Sachen zusammen. Dabei Flüsterdiskussion: Frag ob ich mit darf, ich glaub das geht nicht, geh bitte frag, heute ist bis vier Schule und ich mag nicht, der Reli-Lehrer sagt sicher nichts, na gut ich frag. Und dann laut: Darf der Roland auch mit?
Daraufhin war die Moritz-Mutter kurz unsicher, von wegen, ob sie das denn überhaupt dürfe, weil sie sei ja nicht die Erziehungsberechtigte vom Roland. Sie schaute fragend zum Religionslehrer und der setzte schon zu einem Kopfschütteln an, als der Moritz Michael eine rhetorische Glanzleistung vollbrachte. Von wegen: Bitte, der Simon habe damals ja dem Jesus auch das Kreuz tragen geholfen und außerdem hätte der Herr Lehrer in der letzten Stunde auch gesagt, dass man zusammen halten soll, weil geben seliger ist als nehmen, weshalb einem der Fleischhacker auch zuerst die Wurstsemmel gibt und einem erst danach das Geld dafür aus der Hand nimmt.
Durch diese Argumentation hat der Religionslehrer damals so etwas wie eine Seelenverwandschaft mit dem Michael gespürt und seine Meinung geändert. Der Roland solle mitgehen, das sei schon in Ordnung, weil die Weg des Herren nun mal unergründlich seien und man seine Hände sowieso nur dann in Unschuld waschen könne, wenn der Fleischhacker auch die linke Schweinewange hinhalte.
Also durfte der Roland mit. Um halb eins saßen sie schon beim Moritz Michael zuhause im Kinderzimmer und taten so, als würden sie Hausaufgaben machen.
Die Mama vom Michael, Sonja hat sie geheißen, hatte

natürlich gleich die Durr Lisi angerufen, zwecks Beruhigung, dass der Roland bei ihnen sei und er könne gerne bis am Abend da bleiben. Die beiden seien ja so gute Freunde und sie würde ihn dann heimbringen. Für die Dürr Lisi war das in Ordnung gewesen, so wie für sie eigentlich immer alles in Ordnung war, außer die Aufnahme von zu vielen Kalorien.
Der Roland und der Michael hatten natürlich schon in der Schule vom Amoklauf gehört und hätten sich natürlich liebend gerne an der Fahndung beteiligt, durften aber aus Sicherheitsgründen das Haus nicht verlassen. Entsprechend verlegten sie sich also auf das detektivische kombinieren und überlegten, ob der Geiselnehmer entweder der Jack Unterweger, oder der Typ aus der Austerlitz Wohnung sei, der dem Roland die Ohrfeige gegeben hatte. Oder vielleicht auch derjenige, der die Austerlitz gewürgt hatte. Möglicherweise war es aber auch ganz wer Anderer und alles nur ein Zufall. Oder besser gesagt – Gesetz der Serie, weil ja ein Unglück selten alleine, sondern immer dreimal hintereinander kommt.
Kurz überlegten sie auch, ob sie der Polizei nicht vielleicht doch noch einen anonymen Hinweis zukommen lassen sollten, also von wegen dem Mann in der Austerlitz-Wohung. Aber der Durr Roland hatte dem Michael natürlich gleich am Schulweg in der Früh erzählt, dass ihm der Papa eine Watschen gegeben und er alles gebeichtet habe, außer dem Porno schauen. Falls es da also wirklich einen Zusammenhang gäbe, wüsste der Papa vom Roland jetzt eh Bescheid und würde sich schon darum kümmern. Aber ansonsten

wäre es wohl das Beste, die Sache auf sich beruhen zu lassen, bevor der Durr Papa es vielleicht auch dem Moritz-Papa erzählen und sie beide dann doch noch Hausarrest bekommen würden.
In ihren Ermittlungsmöglichkeiten also eingeschränkt, verfolgten sie im kleinen roten Radio vom Michael den Fortgang der Fahndung. Nebenbei fertigten sie aber auch eine Liste mit potentiellen Verstecken für Amokläufer an, die es zu überprüfen galt, sobald sie in den Außendienst zurückkehren durften.

Innendienst

Die Stimmung zwischen dem Biermann Matthias und dem Werner Max war am nächsten Tag nicht besonders fröhlich.
Diskussion von wegen: Warum bist du auf die Bremse gestiegen, ich hätte ihm eine Kugel in den Reifen geschossen, dann hätten wir ihn gekriegt, wie stehen wir jetzt denn da.
Na wie stehen wir denn jetzt da? Du hättest fast den Klein Ferdinand erschossen, was wäre das denn für eine Publicity gewesen und überhaupt – Schusswaffengebrauch ja nur im äußersten Notfall. Wie schaut denn das aus, wenn die Polizei die Veteranen beim Lagler erschießt. Wir wären ihm halt nachgefahren, irgendwann hätten wir ihn schon gekriegt.
Ja, mit deiner Fahrweise ganz sicher, du hättest ihn ja sowieso entkommen lassen, damit du kein Risiko bei der Festnahme hast. Hab ja gemerkt, wie du dir schon beim Anziehen der Weste absichtlich Zeit gelassen hast.
Was willst du mir jetzt damit sagen? Ich bin schon viel länger im Dienst als du, ich weiß schon was ich tue, oder was willst du mir unterstellen?
Du willst gar nichts tun!
Was bitte soll das jetzt wieder heißen?
Na was wohl?
Dir geht's nicht gut, glaub ich!
Mir geht's super aber du bist alt und willst nicht mehr!
Und du bist jung und karrieregeil!

Was heißt karrieregeil, nur weil ich einen Amokläufer und Geiselnehmer festnehmen wollte...
Auf diese Art ist das mehr oder weniger den ganzen Dienstagmorgen zwischen dem Biermann und dem Werner hin und her gegangen. Dann war aber Besprechung mit den Kollegen und da haben sie natürlich nicht gestritten sondern so getan, als wäre eh alles in Ordnung.
Herausgekommen ist bei der Besprechung aber nicht viel. Vom Amokläufer keine Spur, obwohl man die Anrainer in der Nähe des Fundortes vom Fluchtauto natürlich ausführlich befragt hatte. Aber in der Ingenieur-Eugen-Essenther-Straße hatte niemand etwas gesehen.
Vor den Befragungen war natürlich mithilfe des Kennzeichens der Besitzer des Fahrzeuges ermittelt worden. Ein gewisser Herr Neumayer Alexander, 26, wohnhaft in der Margaretenstraße, zu dem man natürlich auch gleich mit Blaulicht hingefahren war. Angetroffen hatte man aber nur seine Frau, die Neumayer Sophie, noch im Morgenmantel und mit Lockenwicklern im Haar. Die war natürlich völlig überrascht, als sie nach dem Türöffnen einem maskierten WEGA-Beamter einfach zur Seite geschoben wurde und die anderen WEGA-Leute, natürlich ebenfalls alle maskiert, gepanzert, mit Helm auf und Sturmgewehr in der Hand, an ihr vorbei in die Wohnung gestürmt waren. Allerdings erfolglos.
Der Neumayer Alexander war an diesem Montag nämlich schon um fünf Uhr aufgestanden und zu Fuß zur Arbeit in die Frühschicht im Berndorfer Film-

bandwerk gegangen. Zu Fuß deshalb, weil ihm sein Autoschlüssel, im Zuge einer kleinen Lokalrunde am Wochenende, irgendwie abhanden gekommen war. Reserveschlüssel hatte er auch keinen mehr gehabt, weil der verlorene Schlüssel blöderweise bereits der Reserveschlüssel gewesen war.
Der Biermann und der Werner waren darüber per Funk verständigt worden und gleich aufs Fabrikgelände gefahren, wo der Neumayer laut Stempelkarte tatsächlich kurz vor sechs seine Schicht angetreten hatte, auch nach wie vor dort anwesend und laut seinen Kollegen zwischendurch auch nicht weg gewesen war.
Das war bislang also die einzige Spur die man hatte. Weil im Fluchtauto steckte tatsächlich noch der Reserveschlüssel im Zündschloss. Was mit einer gewissen Wahrscheinlichkeit bedeutete, dass der Amokläufer und der Neumayer sich irgendwann im selben Lokal befunden hatten. Die Krux an der Sache war allerdings, dass der Neumayer Alexander seine Tour am Samstag, so gegen 14 Uhr, im Café Stangl, in der Alexanderstraße begonnen hatte. Dort am Parkplatz hatte er nach ein paar Spritzern dann auch gleich sein Auto stehen lassen, war zu Fuß weiter ins Gasthaus Wog am anderen Ende der Alexanderstraße gegangen, hatte dort einen Freund getroffen, der ihn nach zwei oder drei Bier ins Salz&Pfeffer nach St. Veit mitgenommen hatte. Von dort weg, begannen die Erinnerungen vom Neumayer Alexander allerdings etwas nebulös zu werden, wie er den beiden Polizisten gegenüber freimütig zugab. Ziemlich sicher sei nach

dem Salz&Pfeffer das Cocktail in Leobersdorf die nächste Station gewesen. Aber dann wisse er nicht mehr genau, ob sie noch woanders in Leobersdorf eingekehrt waren, oder ob sie zurück nach Berndorf zum Reisacher-Heurigen und dann rauf nach Pottenstein ins Café Sunshine seien. Beziehungsweise sei er sich jetzt auch nicht ganz sicher, ob nicht vielleicht doch Sunshine zuerst und dann Heuriger. Beides jedenfalls, bevor sie einen Sprung ins Restaurant Centrelax geschaut hatten. Geendet hätte die ganze Tour entweder in der Gaslight-Bar in Weißenbach oder im Tanzpalast in Baden. Irgend eine Discothek auf jeden Fall. Möglicherweise auch das Bolero in Leobersdorf. Aber nach dem Centrelax seien sie auf jeden Fall schon noch in einigen Lokalen gewesen, bevor es überhaupt spät genug für die Disco geworden war.

Im Endeffekt hatten der Biermann und der Werner eine Liste, auf der so gut wie alle Lokale in Berndorf standen, sowie eine doch recht beachtliche Anzahl an weiteren Fortgehmöglichkeiten im Dreieck Weißenbach-Leobersdorf-Baden. Darunter auch einige Lokalitäten, die an diesem Samstag gar nicht offen gehabt hatten, sowie sogar ein vor drei Wochen komplett abgebranntes Wirtshaus.

Und natürlich hatte der Neumayer Alexander auch keinen blassen Schimmer mehr, wann er sich seines Autoschlüssels denn das letzte Mal gewärtig gewesen war.

Insgesamt also eine nicht besonders vielversprechende Spur. Zwar lag natürlich auch nahe, dass der Amokläufer wusste, zu welchem Auto der Schlüssel

gehört hatte und wo dieses zu finden gewesen war. Was aber auch nicht viel zu sagen hatte, weil der Neumayer prinzipiell ein sehr geselliger Mensch und durch seine häufigen Lokalrunden mit vielen Menschen bekannt war.
Trotzdem musst man das alles überprüfen, wälzte diese Laufarbeit aber so weit als möglich auf die gewöhnlichen Gendarmen ab, um sich die Kapazitäten für die kriminalistische Facharbeit freizuhalten. Dennoch merkte der Biermann an, er würde gerne selber einige der Lokale abklappern, weil er aufgrund seiner langen Dienstzeit hier viele Leute sehr gut kenne und er so vielleicht bessere Chancen hätte, etwas herauszufinden. Das könne er problemlos auch alleine machen, während sein Kollege im Innendienst bleiben, die entsprechenden Berichte schreiben, und Akten studieren würde.
Der Bezirksoberinspektor Gallup, der die Ermittlungsgruppe Austerlitz leitete, die aufgrund eines möglichen Zusammenhangs sowie Personalknappheit jetzt auch die Ermittlungsgruppe Amoklauf Billa war, stimmte dem Vorschlag vom Biermann sofort zu. Nicht weil er sich wirklich Erfolg davon versprach, sondern weil er stinksauer auf den Werner Max und dessen hitzköpfigen Schusswaffengebrauch war. So etwas war für den Ruf der Truppe einfach nicht gut. Da war es nur gerecht, wenn der Werner jetzt Berichte schreiben musste, während der Biermann eine gemütliche Lokalrunde drehen durfte. Um den Werner Max zusätzlich zu ärgern, fand er vor versammelter Mannschaft sogar noch ein paar anerkennende Worte

für den Biermann. Von wegen so etwas lobe er sich, dass auch ein langjähriger Kriminalbeamter die Laufarbeit nicht scheue und er sich gut vorstellen könne, dass die herausragende kriminalistische Erfahrung und die profunde Menschenkenntnis vom Biermann, hier einen Ermittlungsfortschritt bringen könnte.
Abschließend und mit Seitenblick auf den Werner Max dann auch noch von wegen, dass sich die jüngeren Kollegen da ruhig auch ein Beispiel daran nehmen können.
Da musste der Werner Max damals die Zähne zusammenbeißen und die Hände ziemlich fest zu Fäusten ballen, um sich selbst am Protestieren zu hindern. Was der Biermann und der Oberbezirksinspektor Gallup natürlich aus dem Augenwinkel heraus, und mit Genugtuung, bemerkten.
Bei der Gelegenheit vereinbarte der Gallup mit dem Biermann auch gleich, sich mit ihm am frühen Nachmittag im Restaurant Centrelax zu treffen, um über die Ermittlungsfortschritte informiert zu werden.
Eine dreifache Demütigung also für den Werner Max. Innendienst, indirekt vor der Mannschaft getadelt worden und dann durfte sich der Biermann mit dem Herrn Bezirksoberinspektor auch noch zum vier Augen Gespräch treffen.
Was der Werner nicht wusste, war, dass der Biermann Matthias und der Gallup Friedrich gleich alt waren, die selbe Schule besucht hatten und sich auch heute noch dann und wann auf ein Bierchen trafen. Aber das hing keiner von beiden an die große Glocke, weil man ja wusste, welche Eifersucht unter Kollegen oft

herrschte und man da keine Unruhe stiften wollte. Jedenfalls wurde es ein gemütlicher Tag für den Biermann, der es genoss, von seinem übermotivierten Kollegen befreit, eine persönliche Lokalrunde drehen zu können. Inklusive entspannter, zweistündiger Fallbesprechung mit dem Gallup Friedrich im Restaurant Centrelax. Wobei die beiden natürlich auch die Gelegenheit nutzten, um sich jeder eine Fritattensuppe, ein gebackenes Schweineschnitzel, ein Krügerl Bier, zwei Melange und eine Sachertorte zu bestellen. Weil der Biermann und der Gallup hatten nicht nur bei den Frauen, sondern auch beim Essen den selben Geschmack.

Semperit

Wesentlich harmonischer als das Verhältnis zwischen dem Biermann und dem Werner, verlief die Zusammenarbeit zwischen den beiden Nachwuchskriminalisten Moritz und Durr. Die durften am Dienstag glücklicherweise bereits wieder raus und gingen gleich nach der Schule zuerst direkt in die Escherstraße, wo die Eltern vom Moritz Michael ihr apartes Einfamilienhäuschen hatten. Dort holten sie die Liste mit den potentiellen Amokläufer-Verstecken und der Michael nahm sich zur Sicherheit seinen Allround-Wander-Schwert-Verteidigungsstock mit. Das war eigentlich nur ein dicker, entrindeter, an einem Ende ein Stück weit mit rotem Isolierband umwickelter Haselnussstamm. Der Teil mit dem Isolierband war sozusagen der Schwertgriff und der Stock als solches konnte eben als Universalgerät zum Wandern, anstupsen von Tierkadavern, aufhebeln von Maschendrahtzäunen, abwehren tollwütiger Füchse, einschlagen alter Fenster oder eben auch als stumpfe Hiebwaffe gegen Mörder und Amokläufer eingesetzt werden.
Der Roland besaß natürlich auch so einen Stock. Allerdings mit grünem Isolierband-Griff, ansonsten aber baugleich. Mindestens einmal die Woche übten sich die beiden gewissenhaft im Stockkampf, was bislang zu einem gebrochenen kleinen Finger an der linken Hand vom Roland geführt hatte, sowie zu einem eindrucksvoll blauen Auge beim Michael, mitsamt einer Platzwunde darüber. Aber so etwas nahmen sich die Jungs gegenseitig nicht übel. Weil der Weg zum

Samurai musste manchmal eben auch schmerzhaft sein.
Im Nachhinein betrachtet, empfanden es der Durr und der Moritz auch als Fehler, die Wohnungsdurchsuchung bei der Austerlitz ohne ihre Universalstöcke vorgenommen zu haben. Weil da wäre die Sache sicher ganz anders abgelaufen, wenn beide ihre Lieblingswaffe dabei gehabt hätten. Keine Chance hätte der Kerl da gegen ihre Stocktechniken gehabt. Körpergröße und Muskeln hin oder her.
So ein Fehler durfte ihnen kein zweites Mal unterlaufen, weshalb sie auch noch in die Ludwig-Baumannstraße zum Roland nachhause gingen, um seinen Stock und die große Taschenlampe zu holen. Zwecks Verpflegung verstauten sie auch noch einige Müsliriegel und zwei Packungen Sunkist in ihren Jackentaschen. Man wusste ja nicht, wie lange der Einsatz dauern würde.
Dann machten sie sich auf den Weg zum ersten Versteck auf der Liste. Dabei handelte es sich um das verlassene Semperit-Fabriksgelände an der Grenze zu Pottenstein. Also Semperit hieß die Fabrik eigentlich nur für den Durr und den Moritz, weil das Gelände zuletzt, bevor man es endgültig dem Verfall preisgegeben hatte, von der Semperit als Lager für ihre Reifen verwendet worden war. Aber vorher waren es die Zimmermann-Fleischwerke gewesen, vom Franz Zimmermann und seinem Onkel errichtet, die das Gelände 1926 dem Krupp Arthur abgekauft hatten, der dort bereits eine großes Lagerhaus, ein Schlachthaus, eine Wursterzeugung und eine Eisfabrik hingestellt hatte,

um die Ernährung der Arbeiterschaft in seinen Fabriken sicherzustellen. 1944 hat ein Hochwasser dort dann enormen Schaden angerichtet, was aber genau genommen eh schon wurscht war, weil 1945 sowieso die Russen gekommen sind, alles besetzt, die Fabrik erst einmal stillgelegt und sich selber am Lagerbestand gütlich getan haben, während die Bevölkerung am Hungertuch nagte.
Diesbezüglich hatte die Oma vom Michael ihm immer viele Geschichten erzählt. Auch, dass der Betrieb von 1946 bis 1948 als USIA-Betrieb weitergeführt, dann aber doch stillgelegt wurde und später schließlich noch eine Zeitlang als Lagerhaus von der Semperit weiterverwendet worden war.
Was die beiden Buben aber immer wieder zu Expeditionen auf das Fabriksgelände veranlasste, war weniger ihr zeitgeschichtliches Interesse, sondern ihre gesunde Abenteuerlust. Weil im Gegensatz zu heutigen Kindern, die bestenfalls in Computerspielen unheimliche Gebäude betreten und für die ein durchschnittlicher Abenteuer-Kinderspielplatz das Gefährlichste ist, dass sie vor dem Moped-Schein erleben, konnte damals, für den Durr und den Moritz, ein Gebäude gar nicht baufällig genug sein.
Und die Semperit war sowieso ein Traum. Alleine schon das Betreten des Werksgeländes war ein Abenteuer für sich. Der reguläre Zugang über die Werkseinfahrt bei der Vierhausstraße war nämlich nicht möglich, weil das Portierhaus von einer Türkenfamilie bewohnt wurde, die aufpasste, dass niemand aufs Gelände kam. Die fuhren auch regelmäßig mit dem

Auto rund um die Fabrikshallen und hielten nach Eindringlingen Ausschau. Ausserdem war das gesamte Gelände selbstverständlich auch eingezäunt.
Aber der Michael und der Roland wussten natürlich, wie man trotzdem hineinkam. Nämlich die Hochstraße Richtung Pottenstein runter, zu dem Weg neben dem ehemaligen Bahnwärterhäuschen, wo auch die Austerlitz-Leiche gefunden worden war. Diesen Weg dann weiter, über das Schotterbett der Bahngleise drüber, und schon war man in dem schmalen Gehölz zwischen Schienen und Fabrikgelände. Die Sträucher dort reichten bis an den Zaun und verbargen das Loch darin, welches irgendwie schon immer da gewesen, im Laufe der Zeit aber vom Durr, Moritz und einigen anderen Abenteurern sorgfältig erweitert worden war.
Nach dem Loch wurde es dann kritisch, weil ungefähr 50 Meter offene Grasfläche bis zum ersten Gebäude zu überwinden waren. Da bestand natürlich immer die Gefahr, von der Türkenpatrouille entdeckt zu werden. Also wurde diese Strecke prinzipiell im Sprint zurückgelegt.
Keuchend erreichten die beiden nach nur 15 Sekunden die erste Fabrikshalle, schwangen sich dort auf die Anlieferrampe und drückten eine Tür auf, die von außen so aussah als sei sie fest verschlossen. In Wirklichkeit war sie von den zwei Jungs aber schon vor einiger Zeit entsprechend präpariert worden.
Dann zogen sie die Tür von innen wieder zu und waren damit erst einmal außer Gefahr. Zumindest was die Türken betraf. Weil die drehten zwar ihre Runden

aber so weit man wusste, waren sie dabei noch nie aus ihrem Auto ausgestiegen, um auch die Fabrikhallen zu kontrollieren.
Von nun an aber natürlich trotzdem höchste Anspannung beim Ermittlungsteam Moritz-Durr. Weil einerseits alte Gemäuer immer unheimlich sind, sich andererseits hier höchstwahrscheinlich ein Amokläufer versteckt hielt. Oder der Mörder von der Austerlitz. Oder der Unterweger Jack. Oder alle drei sogar.
Entsprechend vorsichtig durchsuchten die beiden also Abschnitt für Abschnitt der doppelstöckigen Halle, beim Betreten eines neuen Raumes stets die Universalstöcke erhoben, jederzeit bereit, damit einen Angreifer blitzschnell k.o zu schlagen. Der Roland würde auf den Magen zielen und wenn der Täter dann zusammenklappte, bekäme er vom Michael eins auf den Schädel und würde bewusstlos werden. Das war eine der sieben Haupt-Angriffs-Abwehr-Techniken die sie – inspiriert von Jean-Claude Van Damme Filmen wie Karate Tiger oder Bloodsport – bislang entwickelt und eingeübt hatten.
Allerdings verlief ihre Suche sowohl in der ersten, als auch in der zweiten und schließlich in der dritten und letzten Fabrikshalle ergebnislos. Was doppelt frustrierend war, weil die Suche viel Zeit in Anspruch genommen hatte und man heute wohl kein zweites Amokläuferversteck mehr würde durchsuchen können.
Ihre zwar geringe, aber für diesen Tag letzte Hoffnung, lag nun in der Durchsuchung des Wasserturms. Dieses graue, rund zwanzig Meter hohe, 1919 vom da-

maligen Stararchitekten Ludwig Baumann entworfenen Betonungetüm, ist heute übrigens das einzige, was von den Fleischwerken noch übrig ist. Alles andere wurde irgendwann komplett geschliffen, aber den Turm hatte man wegen dem Denkmalschutz stehen lassen müssen.

Man kann ihn heute, über eine extra gebaute Brücke, ganz einfach von der Sportpromenade aus erreichen. Wobei man die Brücke nicht gebaut hat, weil der Wasserturm so schön ist und ein Touristenmagnet wäre, sondern in der Hoffnung, das Grundstück durch diese Verkehrsanbindung Richtung B18 besser verkaufen zu können. Prinzipiell ein vernünftiger Gedanke, auch wenn das Gelände bis heute nicht verkauft worden ist und die Brücke deshalb von manchen miesepetrigen Zeitgenossen als Brücke ins Nichts bezeichnet wird.

Der Metzger Mario hat natürlich auch davon einmal ein Aquarell gemalt. Neue Brücke, alter Wasserturm, auf der Brücke ein Spaziergänger mit zwei Hunden an der Leine, unterwegs Richtung Wasserturm. Titel des Bildes ist *Vergangene Zukunft* und gekauft hat es damals ein hochrangiger Politiker, in dessen ehemaligem Büro in der Wiener Löwelstraße das Bild angeblich nach wie vor hängt.

Damals jedoch, war der alte Wasserturm einfach nur der alte Wasserturm. Beziehungsweise für den Durr Roland und den Moritz Michael einfach nur der Turm. Weil Wasser hatten sie da drinnen nie gesehen. Allerdings gab es innen im Turm einen Schacht, wo einige schon leicht angerostete, in die Wand beto-

nierte Steigbügel, den Aufstieg in den Raum unterhalb der Turmkuppel ermöglichten. Dort hatte man durch die reihum angeordneten, mittlerweile glaslosen Fenster, einen fantastischen Rundumblick.
Für Neulinge, die in die Geheimnisse der Semperit eingeführt werden sollten, war die Besteigung dieses Turms auch immer die erste Mutprobe. Wer sich das nicht traute, dem wurden auch all die anderen Geheimnisse, wie beispielsweise, welche Aufzugstüre sich aufhebeln ließ, um in den dunklen Aufzugsschacht dahinter schauen zu können, unter gar keinen Umständen verraten.
Natürlich waren der Durr Roland und der Moritz Michael auch an diesem Tag nach oben geklettert. Dort teilten sie sich auf, spähten immer durch zwei sich gegenüberliegende Fenster und wechselten synchron, alle 30 Sekunden, im Uhrzeigersinn, zum nächsten Fenster.
Plötzlich hörten sie die typischen Geräusche die entstanden, wenn jemand über die Steigbügel den Schacht hinauf kletterte. Erschrocken blickten sie sich an. Hier heroben gab es kein Versteck und auch keine alternative Fluchtroute. Ende Gelände und großer Showdown, wie die beiden Jungs solche ausweglosen Situation bezeichneten.
Natürlich schlug ihnen in diesem Moment das Herz bis zum Hals. Aber Feiglinge waren sie keine und mit ein paar raschen Handzeichen, verständigten sie sich auf Sackgassen-Angriffs-Abwehr-Szenario Nummer zwei.
Die Mauerung des Leiterschachtes reichte noch ein

Stück weit nach oben in den Raum hinein und war nur zur rechten Seite hin offen. Dort postierte sich der Michael mit hoch über dem Kopf erhobenen Allzweckstock. Der Roland versteckte sich im toten Winkel hinter der Schachtmauer. Sollte der Amokläufer durch den Schlag vom Michael wieder erwarten nicht bewusstlos werden und in die Tiefe stürzen, sondern er seinerseits den Michael überwältigen, dann würde der Roland aus der Deckung springen und ihm von hinten noch eins auf den Schädel geben.
Klack...klack - das typische Geräusch eines Steines, der im Schuhprofil stecken geblieben war und nun bei jedem auftreffen auf den Steigbügel dieses Geräusch von sich gab. Seltsamerweise war dies das Einzige, was dem Michael in jenem Moment höchster nervlicher Anspannung durch den Kopf ging. Ganz deutlich sah er vor seinem geistigen Auge einen hellen Kieselstein in der Tiefe eines schwarzen Schuhprofils feststecken.
Klack...klack... und dann tauchte schon der Schädel des Amokläufers in der Öffnung am Boden auf.
In diesem Moment machten sich die vielen Stockkampf-Trainingseinheiten mit dem Roland bezahlt. Dem Michael sein Körpergedächtnis übernahm das Kommando und lies den Stock nach unten sausen.
Im letzten Moment übernahm dann der Michael selbst wieder das Kommando und lenkte die Waffe noch ein wenig zur Seite. Weil der Schädel unter ihm gehörte nicht zum Amokläufer, sondern zur Lang Barbara, die wiederum um ein Haar die Steigbügelleiter losgelassen hätte, als der Stock sie so knapp ver-

fehlte und mit lautem Klacken auf die Betonkante neben ihr prallte.

Dann erst einmal stille Schrecksekunde, während der die Barbara aus dem Schacht kletterte. Gleich nachher natürlich Palaver, von wegen spinnst du, na weiß ich dass du das bist, ja wer denn sonst, na der Amokläufer oder der Austerlitz-Mörder, weil den suchen wir, na schau ich aus wie eine Mörderin, nein, aber einen Amoklauf würde ich dir schon zutrauen, was willst du damit sagen und so weiter.

Aber freundschaftliches Geplänkel, weil sich die drei damals gut verstanden haben. Die Lang Barbara war nämlich eines von den Mädchen, das viel lieber mit den Burschen abhing als mit den Geschlechtsgenossinnen. Auch ihre kohlrabenschwarzen Haare hatte sie immer irgendwie burschikos struppig geschnitten und Röcke oder ähnlichen Frauenkram trug sie auch nie. Eher zerrissene Jeans und T-Shirts mit Motiven von Rockbands darauf. Kurz – die Lang Barbara war eine ziemlich coole Socke und die Burschen hatten damals alle einen Heidenrespekt vor ihr. Die einen von Natur aus, die anderen spätestens dann, nachdem sie ihnen einen gezielten Tritt zwischen die Beine verpasst hatte.

Über die Lang Barbara haben sie in ihrer Jugendzeit auch viel geredet in Berndorf. Von wegen, die sei wohl lieber ein Bub, da stimme hormonell wohl etwas nicht, warum denn keines der voneinander geschiedenen Elternteile zum Arzt mit ihr ginge, das müsse man doch anschauen lassen so etwas, weil nicht das sie am Ende vielleicht sogar noch lesbisch

würde.
Ist sie aber nie geworden. Auch nicht transgender, pansexuell oder einfach nur ein Mann. Vielmehr ist sie heute eine erfolgreiche Ärztin für Urologie, glücklich verheiratet, mit zwei wunderbaren Söhnen.
Von daher also ein Glück, dass ihr der Michael damals keine auf den Schädel gegeben und sie damit über zehn Meter weit in die die Tiefe befördert hatte. Ihm wäre das auch unangenehm gewesen, weil er mochte die Barbara und kannte sie genau wie den Roland schon seit der Volksschule. Jetzt ging die Barbara zwar ins Gymnasium, aber die drei begegneten sich trotzdem recht häufig.
An diesem Tag war ihr einfach langweilig gewesen, wie sie den zwei Burschen erzählte, die bereitwillig ihre Müsliriegel mit ihr teilten und sie von ihren Sunkists mittrinken ließen, während sie im Kreis auf einigen alten Styroporplatten neben dem Eingang zum Schacht saßen und palaverten. Eigentlich hätte sie ja Fernsehen wollen, berichtete sie weiter. Aber ihr Papa sei irgendwie so komisch, seit sie am Montag Nachmittag aus der Schule gekommen war. Der habe die Wohnzimmertür abgesperrt und ihr gesagt, sie dürfe da jetzt die nächsten Tage nicht hinein, weil er habe eine Überraschung für sie, müsse die aber erst fertig herrichten. Das sei schon seltsam, weil Weihnachten ja schon vorbei sei, Ostern heuer erst Mitte April und ihr Geburtstag im August sei. Außerdem bekomme sie außerhalb dieser Anlässe eigentlich kaum einmal ein großes Geschenk.
Darüber grübelten der Durr und der Moritz eine Wei-

le nach, fanden aber ad hoc keine Erklärung. Eltern waren manchmal eben ein wenig seltsam.
Und dann wurde es ohnehin schon dämmrig und damit allmählich Zeit heimzugehen. Also rauchten sie zu dritt noch die letzte Marlboro vom Roland und machten sich dann an den Abstieg.

Stadttheater Berndorf

Am nächsten Tag mussten der Moritz Michael und der Durr Roland die Ermittlungen leider ruhen lassen. Weil Mittwoch Nachmittag fanden seit neuestem immer die Proben für das Abschlussmusical ihrer Schule direkt im Theater statt. *Joseph and the Amazing Technicolor Dreamcoat* stand heuer auf dem Programm. Ihr Deutschlehrer, der Walser Heinrich, war da der Hauptverantwortliche und immer sehr engagiert. Also wurde alle zwei Wochen im Theater geübt, damit die Schüler bei den Aufführungen dann auch wussten, von wo sie wann und wie auf die Bühne mussten.

Jetzt war es aber nicht so, dass der Moritz und der Durr stimmlich-schauspielerisch besonders begabt gewesen wären. Auch hätte es die beiden nicht gestört, wenn der Verkauf Josephs an den reichen Potiphar, sowie auch alles Andere dieser biblischen Geschichte gänzlich ohne ihre Beteiligung passiert wäre. Blöderweise hatte man aber noch einige Statisten benötigt, die als Beduinen verkleidet hinter einem Kamel her trotten mussten. Das war damals auch ein bisschen blöd gelaufen. Weil der Michael und der Roland hatten in der maurischen Stilklasse, während der großen Pause, gerade eine Schwammschlacht gegen zwei andere Jungs ausgefochten, als plötzlich der Walser Heinrich hereingekommen war. Da hatten die vier Buben schon mit dem Schlimmsten gerechnet. Weil Schwammschlacht und kulturhistorisch wertvolle Stilklasse, das geht beim besten Wil-

len nicht zusammen. Umfangreiche Strafaufsätze zur Geschichte der Berndorfer Schulen, waren da noch das geringste pädagogische Mittel, um Schülern den Wert ihrer Lernumgebung vor Augen zu führen.
Der Walser Heinrich hatte aber so getan, als bemerke er die Wasserflecken auf den Wänden, die feuchte Kleidung der Schüler und den tropfenden Schwamm in der Hand vom Roland nicht. Dafür sagte er ganz trocken, er brauche für Joseph noch ein Kamel und Beduinen als Statisten. Ob sich denn jemand freiwillig dafür melden möchte?
Natürlich verstanden der Durr, der Moritz und die beiden anderen Buben diesen Wink mit dem Zaunpfahl und zeigten enthusiastisch auf, verbunden mit Wortmeldungen in Richtung ja bitte, das wollen wir unbedingt. Woraufhin der Walser Heinrich seine Wahrnehmungsstörung bezüglich Schwammschlacht beibehalten und die Klasse mit einem zufriedenen Nicken wieder verlassen hatte.
Prinzipiell waren der Michael und der Roland der Meinung, hier Glück im Unglück gehabt zu haben. Weil die Rolle des Kamels hatten die anderen Jungs bekommen, die zu zweit in ein entsprechendes Kostüm gezwängt, quer über die Bühne stapfen mussten, während sich ihre eigene Verkleidung auf einen Turban und ein übergeworfenes Nachthemd beschränkte. Am Zügel geführt wurde das Kamel im Übrigen von zwei weiteren Jungs, die sich freiwillig gemeldet hatten, nachdem dem Walser Heinrich der Zusammenhang zwischen den Lackstiften in ihren Händen, sowie den auf dem Spiegel am Bubenklo notierten

Englischvokabeln für ficken und Schule entgangen war.
Im Großen und Ganzen fanden der Durr und der Moritz die Proben im Stadttheater gar nicht mal so unspannend. *Any Dream Will Do,* der berühmte Anfangs- und Endsong des Musicals, ging ihnen mittlerweile zwar schon schon gewaltig auf die Nerven. Aber dafür waren sie mit ihrer Statistenrolle schon früh im Stück an der Reihe und hatten nachher reichlich Zeit, sich davonzustehlen und im Theater auf Entdeckungstour zu gehen. Insbesondere der Schnürboden mit seinen vielen Rollen und Seilen faszinierte sie immer wieder aufs Neue. Dort oben saßen sie oft, spähten auf die Bühne hinunter und rauchten in einem versteckten Winkel die eine oder andere Zigarette. Dass dort aufgrund des vielen trockenen Holzes natürlich größte Brandgefahr und strengstes Rauchverbot herrschte, störte sie nicht weiter. Ihr Hauptaugenmerk lag darauf, nicht erwischt zu werden. Wofür ihre Chancen durchaus gut standen, weil die Tür zum Schnürboden natürlich abgesperrt war. Den Schlüssel dafür hatten sie – und dieses Mal tatsächlich rein zufällig – in einem kleinen Spalt zwischen Fußboden und Mauer neben der Tür entdeckt, als dem Michael die Zigarette, die sie damals vor der Tür hatten rauchen wollen, beim Herausnehmen aus der Packung hinuntergefallen und in eben diesen Spalt gerollt war. Es war eine ziemliche Fummelei gewesen, den Schlüssel, der seinem angerosteten Aussehen nach schon lange dort gelegen hatte, mithilfe eines Stückes Draht aus dem Spalt zu angeln. Aber seither waren

der Durr und der Moritz eben stolze Schnürboden-Schlüsselbesitzer und schlossen sich für ihre Rauchpausen dort ein. Dieses Geheimnis haben sie klugerweise auch lange für sich behalten. Vor allem nachdem das Berndorfer Stadttheater um ein Haar abgebrannt wäre.
Entsprechend verkrümelten sie sich auch diesen Dienstag, gleich nachdem sie ihre Kamel-Beduinen-Strafexpedition durch die ägytisch-berndorferische Theaterwüste absolviert hatten, auf den Schnürboden. Nachdem sie gestern am Wasserturm die letzte Marlboro geraucht hatten, war ihre Wahl dieses Mal auf eine Packung Maverick gefallen.
Ihre Zigaretten kauften sie immer in der Tabaktrafik in der Badgasse. Offiziell der Michael für die Mama und der Roland für den Papa. Inoffiziell wusste der glatzköpfige Trafikant mit der stets heiseren Stimme natürlich sehr wohl, dass alle Elternteile vom Moritz und vom Durr Nichtraucher waren. Weil die kauften zwar ihre Zeitungen und Lottoscheine bei ihm, jedoch nie Zigaretten. Aber ihm war natürlich auch klar, dass der minderjährige Gelegenheitsraucher von heute, leicht zum kettenrauchenden Stammkunden von morgen werden konnte. Und wenn schon die Eltern ihrer Aufsichtspflicht nicht nachkamen, warum sollte er sich dann nur aufgrund irgendwelcher Jugendschutz-gesetzlicher Überlegungen einmischen? Außerdem hatte er selber ja auch schon als Kind die ersten Lungenzüge gemacht und es hatte ihm bisher nicht geschadet. Seine chronische Heiserkeit kam ja nicht von den Zigaretten, sondern vom vielen Hus-

ten. Der wiederum erblich bedingt war. Weil ja sein Vater, von dem er sowohl die Trafik, als auch dessen Liebe zur filterlosen Camel geerbt hatte, auch schon immer anfällig auf der Lunge gewesen war.
Während der Walser Heinrich auf der Bühne unter ihnen mit dem Chor den richtigen Einsatz übte, dämpfte der Michael die Zigarette auf dem Holzboden aus. Dann kurzes Palaver, von wegen ob sie das kleine Flascherl Jägermeister, welches dem Roland beim Billa versehentlich in die Innentasche seiner Jacke gerutscht war, schon jetzt oder erst später kosten sollten und überhaupt - wie sie sich die Zeit bis zum Probenende vertreiben könnten. Weil einfach gehen war nicht möglich, da es am Ende immer eine Besprechung gab, bei der alle anwesend sein mussten. Schließlich einigten sie sich darauf, den Jägermeister später zu trinken und einfach so ein wenig auf Erkundungstour zu gehen. Vielleicht ließ sich ja unter den Bars im Buffetbereich etwas verlorenes Kleingeld finden. Da waren sie schon öfter erfolgreich gewesen und irgendwoher musste das Geld für die teuren Zigaretten ja auch kommen. Schließlich konnte man nicht alles immer nur aus den Geldbörsen der Eltern nehmen. Da musste man sehr gut aufpassen und konnte immer nur ein bisschen was vom Kleingeld herausnehmen, damit es nicht auffiel.
Als sie die Tür zum Schnürboden öffneten und wieder schlossen, entstand ein bisschen eine Zugluft und ein Stück Tabak der schlampig abgedämpften Zigarette glomm auf.

Gebratene Nudeln mit Huhn

Mittwoch, so gegen halb zwei am Nachmittag, und damit einige Zeit vor dem Theaterbrand, saß dem Michael sein Papa, der Durr Horst, alleine an einem Ecktisch beim Chinesen, Ecke Anton-Wildgans-Straße und B18. Er war stinkwütend und stierte in die Speisekarte, ohne sie richtig zu lesen.

Ringsherum und oft auch gleich über mehrere Tische hinweg, unterhielten sich die zahlreichen, vom billigen Mittagsmenü angelockten Gäste lebhaft. Hauptthema waren natürlich immer noch der Amoklauf vom Montag und der Austerlitz-Mord vom Samstag.

Glaubst du, die finden den noch, wer das wohl gewesen ist, warum gerade beim Billa, vielleicht hat der die Austerlitz auch umgebracht, ja wahrscheinlich sogar, aber warum die Geisel, und wieso wollte er den Klein Ferdinand erschießen, wollte er nicht, hat ja nur durchs Fenster geschossen, aber doch nicht der Amokläufer, das war die Polizei, ja wirklich, wusste ich nicht, ja echt, na so was, wieso schießen die beim Lagler ins Fenster, war der leicht beim Lagler auch drinnen, nein, bei der Verfolgung, der Dingsbums, na wie heißt er gleich, mit dem der Biermann seit einiger Zeit immer im blauen Ford herumfahren muss, der Dings, der, na, der Werner Max, ja, genau der, den kenne ich, der ist eh so ein Unsympathler, na typisch Kieberer halt … .

Nach einer Weile ist dann die kleine, hübsche Chinesin, die bei allen einfach nur Lin geheißen hat, weil ihren richtigen Namen niemand aussprechen konnte, zum Durr Horst an den Tisch gekommen. Die Lin, wie immer super herzlich, quasi das ganze Land des Lächelns in ihrem freundlichen Gesicht und die sanft formulierte Frage, ob er denn schon gewählt habe und falls nicht, könne sie acht Schätze empfehlen, die seien nämlich diese Woche Aktion und Spezialität vom Küchenchef.

Im Gegensatz dazu das griesgrämige, bartstoppelige Gesicht vom Durr Horst, gezeichnet von der prinzipiellen Lebensverdrossenheit des Österreichers und die grantig gegebene Antwort, Suppe süßsauer und gebratene Nudeln mit Huhn.

Also dasselbe, das er dort sowieso fast immer gegessen hat. Aber wütend war der Durr Horst nicht deswegen, weil er sich wieder einmal für keine andere Speise hatte entscheiden können, oder weil die anderen Gäste so viel Blödsinn geredet hätten, sondern weil er beim Vorbeifahren zufällig eines seiner Firmenautos in der Anton-Wildgans-Straße gesehen hatte. Obwohl dort gar keine Baustelle war. Was natürlich den Verdacht nahelegte, dass hier gerade eine seiner Partien ihre Mittagspause über Gebühr verlängerte. Das wäre auch noch nicht wirklich schlimm gewesen. Er hätte einfach beim Firmenauto gewartet, bis sie wieder auftauchten und sie dann zusammen gepfiffen, von wegen was ihnen denn einfiele, wo man denn da hinkomme und dass das eigentlich ein Grund für eine fristlose Kündigung sei. Sie hätten nur Glück, dass gerade so eine gute Auftragslage herrsche und von daher, sollten sie heute gefälligst Überstunden machen. Freiwillig unbezahlt natürlich, als Zeichen ihres guten Willens. Dann würde er dieses eine Mal ausnahmsweise von arbeitsrechtlichen Konsequenzen absehen.

Also hatte er umgedreht und seinen weinroten Chef-Mercedes hinter dem Firmenauto geparkt. Dann hatte er aufs Kennzeichen geschaut, neugierig, welche seiner Arbeiter er da in Kürze zusammenstauchen würde.

Im nächsten Moment hat er dann einen Auszucker gehabt und ist eilig zum Chinesen hinunter gelaufen. Weil bei dem Firmenauto handelte es sich um das Fahrzeug vom Baier Markus. Der hatte ihn am Montag in der früh angerufen und gesagt, er könne heute nicht, aber am Dienstag würde er eh wieder kommen. Das war dem Durr Horst zwar nicht so recht gewesen, aber viel sagen konnte er nicht. Weil der Baier Markus war bei ihm offiziell nur geringfügig angestellt und ansonsten eigentlich arbeitslos. Inoffiziell hat der Markus aber schon oft 40 oder noch mehr Stunden pro Woche Wände für ihn gestrichen. Das mit der Bezahlung wurde dann eben auch immer inoffiziell gemacht, was dem Durr Horst lästige Lohnnebenkosten ersparte und dem Baier Markus einen höheren Stundenlohn bescherte. Außerdem bekam er ja zusätzlich noch die Notstandshilfe und krankenversichert war er über das AMS ja auch. Also eine klassische win-win Situation, mit der eigentlich alle Beteiligten zufrieden waren. Sogar der Berater vom AMS in St. Veit war beruhigt, seit der Baier Michael ihm eine Bestätigung vom Malermeister Durr vorgelegt hatte, in der stand, er wäre mit dem Herrn Baier sehr zufrieden und würde ihn Vollzeit einstellen, sobald die wirtschaftlichen Gegebenheiten es erlaubten. Auch hatte sich der AMS-Berater ja selber vom Arbeitswillen des Herrn Baier überzeugen können, als dieser ihm – natürlich alles ganz offiziell mit Rechnung vom Durr, aber trotzdem supergünstig – die Wohnung neu ausgemalt hatte.

Von daher muss man also schon sagen, dass der Malermeister Durr ein guter Geschäftsmann gewesen ist. Auch ein Steuerprüfer hatte einmal anerkennend geäußert, das Verhältnis zwischen den Ausgaben für seine Beschäftigten und den Kosten für die Farbe sei bemerkenswert. Seine Arbeiter seien wohl wirklich sehr fleißig, wenn sie es pro Jahr und auf den Mann gerechnet schafften, mehr als doppelt so viele Liter Farbe zu verstreichen, als man es vom durchschnittlichen Malerbetrieb ansonsten gewohnt sei.

Jedenfalls war der Durr Horst also wutschnaubend ins China-Lokal gestürmt, in der Annahme, den Baier Markus dort vorzufinden. Weil am Montag nicht kommen ging ja noch. Aber sich nachher gar nicht mehr melden war keine Art, zumal im Firmenauto vom Baier etliche Kübel mit spezieller Industriefarbe waren, die er eigentlich am Dienstag schon gebraucht hätte. Da würde er dem Baier jetzt ordentlich die Leviten lesen, von wegen, er solle froh sein, überhaupt bei ihm arbeiten zu dürfen, weil mit seiner Vorstrafe würde er ja eh nirgends anders unterkommen. Ganz laut und vor allen Leuten würde er ihm die Moralpredigt halten – da würde es sich der Baier in Zukunft zweimal überlegen, unentschuldigt fernzubleiben.

Doch im Lokal hatte er den Baier nirgends entdecken können. Weder vorne im Lokal, noch hinten im großen Saal und auch nicht auf dem Klo. Also war er wieder hinausgestürmt, ein kurzes Stück die B18 hinunter gelaufen und in das kleine Tschocherl ein paar Häuser weiter gestürmt. Oder hatte stürmen wollen, weil dieses Kleinod österreichischer Gaststättenkultur, in dem man damals Zigaretten noch einzeln kaufen konnte und das Gulasch interessanterweise genau so lecker schmeckte, wie das aus der Inzersdorfer-Dose, hatte Ruhetag gehabt. Was wiederum für die Schulter vom Durr Horst schlecht gewesen war. Weil mit der hatte er wuchtig die Tür aufstoßen wollen, um seinem Auftritt die entsprechende Dramatik zu verleihen. Was aber eh auch dann nicht funktioniert hätte, wenn kein Ruhetag und aufgesperrt gewesen wäre, weil die Tür nach außen aufging.
Nachdem der Durr Horst nun also keinen Baier Markus gefunden hatte, an dem er seine Wut auslassen konnte, war es ihm am vernünftigsten erschienen, sich mit einem Bier und einem Essen beim Chinesen zu beruhigen. Als die Lin ihm die Suppe brachte, bestellte er sich gleich noch ein Krügerl nach.
Und während er den süßsauren chinesischen Schleim in sich hinein löffelte, verrauchte seine Wut allmählich und machte anderen Gedankengängen Platz. Weil komisch war die Sache schon. Der Mord, der Amoklauf, der Baier nicht zur Arbeit erschienen und seither spurlos verschwunden. Die Tatsache, dass der Baier seinen Sohn in der Austerlitz-Wohnung erwischt hatte. Andererseits wiederum – warum hätte der

Baier die Austerlitz umbringen sollen? Der hatte immer geschwärmt von ihr. Gemeint, eines Tages würde er sie sicher wieder heiraten. Sehr zum Spott von seinen Kollegen natürlich. Ein Spinner war er schon immer gewesen, der Markus. Aber ein Mörder? Selbst wenn – warum sollte er die Austerlitz im Wald zwischen Pottenstein und Berndorf umgebracht haben und wie ging das mit dem Amoklauf beim Billa zusammen?
War es da nicht eher wahrscheinlicher, dass den Baier Markus der Mord an seiner geliebten Exfrau so gekränkt hatte, dass er einfach abgehauen war? Sich quasi eine Auszeit genommen hatte? Außerdem war das Privatauto vom Baier ja auch kein grüner Passat. Beziehungsweise hatte der Baier gar kein eigenes Auto. Rätselhaft natürlich, warum sein Firmenauto gerade hier stand. Hatte der Baier hier irgendwo Freunde oder Bekannte?
Der Durr Horst blickte nachdenklich in die mittlerweile leergelöffelte Suppentasse. Dann plötzlich: Hallo Horst, und er schaute auf, sah den Biermann Mathias vor ihm stehen.
Servus Horst, darf ich mich zu dir setzen, alles besetzt hier, ja natürlich, setz dich nur her, wie geht's dir so, ja eh, viel Arbeit wegen dem Mord und dem Ganzen.
Weil der Biermann war gestern mit seiner Ermittlungstour nicht ganz fertig geworden und klapperte heute die restlichen Lokale ab, die der Neumayer Alexander als wahrscheinliche, aber nicht hundertprozentig sichere Stationen seiner Sauftour angege-

ben hatte. Mit seinem Erscheinen waren die Diskussionen bezüglich der beiden Verbrechen natürlich gleich leiser geworden. Der Durr Horst und der Biermann waren nicht wirklich befreundet, aber doch miteinander bekannt, so wie das bei Menschen, die öfters gemeinsam am selben Tresen stehen, eben der Fall ist.

Jetzt ließ die ganze Sache dem Durr aber keine Ruhe und schließlich: Darf ich dir etwas im Vertrauen sagen, ja natürlich, muss aber wirklich unter uns bleiben, weil wäre schlecht für meinen Ruf, ja bleibt eh unter uns, außer du hast jemand ermordet oder so, dann muss ich natürlich schon amtshandeln.

Nein, niemand ermordet, aber – und dann erzählte der Durr dem Biermann die ganze Geschichte, die ihm sein Sohn gebeichtet hatte, angefangen von der Unterweger-Sichtung, über den Notruf und das Auftauchen vom Baier in der Austerlitz-Wohnung.

Der Biermann hörte zu, nickte dann und wann, dachte kurz nach und meinte, den Unterweger Jack als Tatverdächtigen könne man wohl ausschließen. Weil man wisse ja, dass sich der nach Amerika abgesetzt habe. Aber seltsam sei das wirklich, da gäbe er dem Horst schon recht. Er glaube zwar auch nicht wirklich an den Baier Markus als Täter, aber überprüfen würden sie das auf jeden Fall, und ob der Horst denn einen Reserveschlüssel für das Firmenauto habe, damit man sicherheitshalber einen Blick hinein werfen könne.

Ja natürlich habe ich einen Reserveschlüssel im Büro, schickst mir einen Beamten rauf, aber den Schlüssel

brauch ich dann gleich wieder bitte, weil im Auto ist die Industriefarbe drinnen und vielleicht könnt ihr mir das Auto dann gleich in die die Firma bringen.
Na Überstelldienst sind wir keiner, aber den Schlüssel bekommst du natürlich gleich wieder, außer natürlich, wir finden die Geisel im Auto, oder sonst etwas Belastendes.
Dann hatte der Durr eh schon wieder aufbrechen müssen, während der Biermann noch sitzen geblieben war und seine acht Schätze fertig gegessen hat. Die Lin brachte ihm dann noch ein flambiertes Eis, und während sie den Teigmantel vor ihm anzündete und die brennende Kugel mit zwei Löffeln geschickt im Kreis drehte, griff der Biermann zum Mobiltelefon um seinen Kollegen im Polizeiposten anzurufen.
Weil der Biermann war damals einer der wenigen Leute in Berndorf, die schon mobil telefonieren konnten. Smartphone ist das natürlich keines gewesen, sondern der Biermann war stolzer Besitzer eines Nokia 1011, satte 20 Zentimeter lang, 6 Zentimeter breit und fast ebenso dick. Sein Privates, wohlgemerkt, kein Polizeigerät. Darüber haben die Leute in Berndorf natürlich auch viel geredet. Wie sich der Biermann das mit seinem Beamtengehalt leisten konnte. Weil so ein Ding hatte damals gut und gerne 25000 Schilling gekostet. In der Anschaffung, ohne Vertrag. Da gab es natürlich schon die Vermutung, der Biermann hätte bei irgend einer Razzia Drogen unterschlagen und die dann verkauft.
Mit diesem, möglicherweise also durch Drogenhandel finanzierten, Mobilgerät telefonierte er mit ge-

dämpfter Stimme mit dem Werner Max. Gedämpft deshalb, weil damals natürlich noch jeder geschaut und aufmerksam zugehört hat, wenn jemand mitten in einem Lokal in so ein Mobiltelefon redete.
Max, lass die Berichte liegen, fahr zum Durr-Maler nach Pottenstein, der gibt dir den Schlüssel vom Baier Markus seinem Firmenauto. Dann komm damit zum Chinesen. Warum? Weil der Baier nicht in die Arbeit gekommen ist. Seit Montag. Und weil sein Auto dasteht. Das schauen wir uns an, dann fahren wir zu ihm, Überprüfung ob er zuhause ist. Das hätten wir sowieso schon längst machen sollen. Ja ich weiß, dass du das schon gestern gesagt hast. Hättest halt nicht herumgeschossen, dann hättest statt Innendienst Zeit dafür gehabt. Was heißt, warum ich nicht selber fahre? Weißt ja eh, dass ich noch immer die Lokale überprüfen muss. So bin ich ja überhaupt erst auf diese Spur gekommen. Und hier sind noch potentielle Zeugen, die ich befragen muss. Aber bis du da bist, bin ich fertig und dann schauen wir uns das Fahrzeug an. Brauchst dich aber nicht hetzten, gell. Also bis dann.
Natürlich war der Werner Max über den Ton, den der Biermann ihm gegenüber da an den Tag legte nicht glücklich. Aber mittlerweile hatte er Zeit zum Nachdenken gehabt und sich eingestehen müssen, dass seine Reaktion mit der Pistole vielleicht doch ein bisschen unrichtig gewesen war. Also, dass er geschossen hatte, war schon richtig gewesen, da blieb er bei seiner Ansicht. Aber er hätte schon besser mitdenken müssen, bezüglich freies Schussfeld und so.

Da wäre es gescheiter gewesen, noch einen Augenblick zu warten, bis sie ganz durch die Kurve waren und er die Hochstraße entlang, ein etwas freieres Schussfeld gehabt hätte. Zwar auch nicht ganz frei, das war ihm schon klar, aber ein bisschen ein Kollateralschadenrisiko bestand bei solchen Einsätzen ja sowieso immer und zumindest wäre kein Lokalfenster genau in der Schussbahn gewesen.

Aber gut – ändern konnte er das jetzt sowieso nicht mehr und wenngleich ihn der Biermann mit seiner leger-gemütlichen Ermittlungstechnik ziemlich nervte, war er doch froh, dass ihn sein ranghöherer Kollege jetzt zurück in den Außendienst beorderte. Trotzdem würde er natürlich – sobald sich die künstliche Aufregung um seinen Schusswaffengebrauch ein wenig gelegt hatte – ein Beschwerdeschreiben über die Dienstauffassung seines Kollegen an höhere Stelle übermitteln müssen.

Doch jetzt spielte er erst einmal den gefügigen Kollegen und machte sich auf den Weg zum Malermeister Durr, während sein Partner bei einer Schale Pflaumenwein die Sachlage überdachte.

Kultur und Kleinstadt

Es wäre ja wirklich blöd gewesen, wenn das Stadttheater Berndorf bis auf die Grundmauern abgebrannt wäre. Weil das kulturelle Herz des Berndorfers, schlägt für nichts mehr als für dieses Kleinod der österreichischen Theaterlandschaft. Seit der Krupp Arthur es zwischen 1897 und 1898 unter dem Namen *Kaiser-Franz-Joseph-Theater* für seine Belegschaft hat erbauen lassen, erfrischt sich der kleine Arbeiter dort am meist komödiantischen Boulevardstück.

Der Metzger Mario hatte bei einer Podiumsdiskussion im Bundesrealgymnasium Berndorf – Thema irgendwas von wegen sozialer Auswirkungen von Kultur in Kleinstädten – einmal gemeint, das Stadttheater Berndorf trage wesentlich zum Selbstverständnis des Berndorfers als Weltbürger bei, obwohl man ihn, objektiv und im Durchschnitt betrachtet, als provinziell bezeichnen müsste. Der Berndorfer, so der Metzger Mario damals weiter, leide nämlich generell an einer Identitätskrise. Weil Berndorf, das ja ursprünglich nichts anderes war als zwei kleine Bauerndörfer namens Ober- und Unterberndorf, sei von der Familie Krupp sowohl industrialisiert als eben auch mit Bildung und Kultur versehen worden. In den Ur-Berndorfern wäre es dadurch aber zu einer Identitätskrise gekommen und sie hätten bald nicht mehr gewusst, ob sie sich selbst jetzt als Bauern, Arbeiter, Industrielle, Bildungsbürger oder Kunst- und Kulturmenschen wahrnehmen sollten. Deswegen sei der Berndorfer eben dazu übergegangen, sich selbst als

Weltbürger wahrzunehmen, weil es in seiner Heimatstadt schließlich auch von allem ein bisschen etwas gab. Dieser Disput zwischen Selbstwahrnehmung und Realität zeige sich am allerdeutlichsten im durchschnittlichen Berndorfer Theaterbesucher. Weil, der würde herausgeputzt – der Mann im Anzug, die Frau im Abendkleid und fein geschminkt – in intellektuell doch eher einfache Stücke mit wenig Tiefgang kommen, für die beispielsweise der großstädtische Wiener Theatermensch, die leichte, legere, eben dem Stück und Theater angepasste Kleidung wählen würde. Für den Berndorfer Weltbürger – so schloss der Metzger Mario seine Theorie damals ab – habe das Stadttheater Berndorf also in etwa die gleiche Bedeutung, wie für den richtigen Weltbürger das Burgtheater in Wien. Woraus man nun eben schließen müsse, dass Kultur in Kleinstädten bei deren Bewohnern letztendlich nicht zu mehr Weltoffenheit führe, sondern vielmehr dazu beitrage, die restliche Welt am Maßstab der eigenen Provinz zu messen. Und dieser Maßstab in kultureller Hinsicht wiederum, sei in Berndorf eben kein Theaterstück von weltkultureller Brisanz, sondern bestenfalls ein Lustspiel, welches dem Kleinstadtbürger einen Spiegel vorhält, in dem er anstatt sich selbst die Welt zu erblicken glaubt.
Mit dieser doch sehr gewagten These, war der Metzger Mario damals bei seinen Podiumsdiskussionskollegen natürlich auf Widerstand gestoßen. Insbesondere der Dvorak Felix, der ja als Intendant über zwei Jahrzehnte lang die Berndorfer Festspiele mit lustigen Stücken versorgt hatte, war mit dem Metzger Ma-

rio seiner Interpretation unglücklich gewesen und hatte heftig dagegen argumentiert. Von wegen, dass sich der Berdorfer in seinen Stücken sehr wohl selbst wiedererkenne und er dadurch seinen Standpunkt, seine Bedeutung und seine Rolle in der Welt durchaus hinterfrage und relativiere.
Woraufhin der Metzger Mario damals trocken erwiderte, da sei der Dvorak Felix jetzt doch sehr optimistisch, denn er habe noch keinen einzigen Menschen in dieser Stadt behaupten hören, seine Weltsicht sei durch die Berndorfer Festspiele erweitert worden.

Der Durr Roland und der Moritz Michael hatten damals natürlich nicht darüber nachgedacht, welche soziologischen Folgen sich möglicherweise aus heimlichem Rauchen am Schnürboden und einem dadurch ausgelösten Großbrand hätten ergeben können.
Nachdem sie bei den Buffets im Unter- und Obergeschoss leider nur eine einzige Fünf-Schilling Münze gefunden hatten, waren sie auf die Idee gekommen, bei der Lang Barbara zu klingeln. Zuvor hatten sie eigentlich nie daran gedacht, aber nachdem sie die Barbara am Vortag auf dem Wasserturm getroffen hatten, war ihnen jetzt wieder in den Sinn gekommen, dass die ja auch im Theater wohnte. Also zumindest in der Zeit, während der sie bei ihrem Papa war. Der nämlich, war Hausmeister vom Stadttheater und wohnte in der Hausmeisterwohnung im Obergeschoss.
Während also die schlecht abgedämpfte Zigarette gemütlich vor sich hin glomm und ein Span der staub-

trockenen Bodenbretter ebenfalls zu rauchen begann, klingelten die beiden Jungs an der Wohnungstür. Eventuell hatte man ja Glück und die Barbara war alleine zuhause. Dann konnte man vielleicht auch irgendwie das Geheimnis um die versperrte Wohnzimmertür lüften, von dem die Barbara ihnen erzählt hatte. Weil das war natürlich schon spannend, welche Überraschung da wohl drinnen sein mochte.
Die Türklingel war eine von der unangenehm schrillen Sorte. Unmöglich zu überhören. Da auf das Klingeln aber keine weiteren Geräusche folgten, drückten sie nach fünf Sekunden sicherheitshalber gleich noch einmal den roten Knopf. Doch wieder blieb es still.
Wohl nicht zuhause die Barbara, ja, schaut so aus, läute halt noch einmal an, na gut, ring ring ring, wohl wirklich nicht da, na gut, Pech gehabt, dann gehen wir halt noch eine rauchen, gute Idee, den Jägermeister müssen wir eh auch noch trinken.
Aber gerade als sie sich abwenden wollten, ertönte in der Wohnung ein einzelnes, dumpfes, Geräusch. Die beiden blickten sich an und der Roland drückte noch drei mal kurz auf die Klingel. Aber jetzt nur noch Stille.
Vielleicht die Heizung oder so, vermutete der Roland achselzuckend. Irgend so was, achselzuckte der Michael zurück und sie gingen davon. Aber beim Stiegenabgang blieb der Durr Roland plötzlich wie vom Blitz getroffen stehen. Der Michael warf ihm einen Blick zu und konnte förmlich sehen, wie sich die Zahnräder hinter dem Roland seiner Stirn drehten. Es kam selten aber doch vor, dass sein Freund so an-

gestrengt nachdachte und der Michael war trotz seiner dreizehn Jahre schon lebenserfahren genug, um ihn dabei nicht zu unterbrechen. Weil erfahrungsgemäß kam der Roland hierbei fast immer auf äußerst spannende Ideen.
So wie vorigen Herbst beispielsweise, als seinem Freund nach dreißig Sekunden völliger Gedankenversunkenheit eingefallen war, wie man einen Regenschirm mit etwas Paketschnur und reichlich Klebeband zu einem passablen Fallschirm umbauen konnte. Nachdem die ersten Testsprünge aus erst ein und dann auch zwei Metern Höhe recht vielversprechend verlaufen waren, hatte der Michael den nächsten Sprung von ihrem Kletterbaum aus vier Metern Höhe probiert. Wobei der Schirm mit den von Schnüren und Klebeband fixierten Speichen zwar prinzipiell heil geblieben, aber aus unerfindlichen Gründen die Bremswirkung, von der die beiden Fallschirmkonstrukteure fälschlicherweise angenommen hatten, sie würde erst ab einer gewissen Mindestgeschwindigkeit so richtig einsetzen, eben doch nicht in ausreichendem Maße aufgetreten war.
Dem weichen, abschüssigen Waldboden und dem Michael seinen oft trainierte Abrollküsten wegen, war ein verstauchter Knöchel glücklicherweise die einzige Folge dieses Experiments geblieben.
Diesmal dauerte es fast eine Minute bis der Roland aus seiner Trance erwachte. Aber dann blickte er erst zur Wohnungstür, danach zum Michael, nahm seinem Freund am Ellbogen und zog ihn in ihre geduckte Flüsterposition.

Jetzt also Flüster-Palaver, immer wieder mit nervösen Seitenblicken Richtung Tür, erst nur vom Roland, dann auch vom Michael. Weil dem Durr-Buben waren da die Fakten im Gehirn genau so schlüssig zusammen gekommen, wie kurz darauf seinem Papa beim Chinesen die Sache mit dem Nichterscheinen vom Baier und dem Amoklauf. Nur eben nicht Baier und Amoklauf, sondern Amoklauf mit Geiselnahme und Barbara darf seit Montag Mittag nicht ins Wohnzimmer. Und jetzt auch noch das dumpfe Geräusche als einzige Reaktion auf das Klingeln. War es da nicht irgendwie wahrscheinlich, dass der Papa von der Barbara, der Lang Thomas, der Amokläufer war?
Jetzt, wo der Roland ihm das flüsterte, kam es auch dem Michael sehr verdächtig vor. Diese Schlussfolgerung war jedoch nicht das Einzige, was sich während der einminütigen Selbstvergessenheit im Roland seinem Hirn abgespielt hatte. Weil für die Kombi Lang Barbara, Wohnzimmersperre, Amoklauf, hatte es eigentlich nur zehn Sekunden gebraucht. Die restlichen fünfzig Sekunden, hatten sich um die Frage gedreht, wie man nun in die Wohnung kommen konnte, um diese Schlussfolgerung zu überprüfen. Wobei sich Gedanke und Erinnerung schließlich im Unterbewusstsein an der richtigen Stelle getroffen hatten und dem Roland wieder eingefallen war, was ihm die Barbara bereits vor zwei Jahren so nebenher erzählt hatte. Nämlich, dass ihr Papa einen Reserveschlüssel versteckte, falls der Hauptschlüssel einmal verloren ginge. Gleich unten beim Stiegenaufgang, hinter dem kleinen, quadratischen Lüftungsgitter, welches man

angeblich einfach aufklappen konnte.
Der Michael musste dem Roland dann die Räuberleiter machen, weil sich das Gitter zwei Meter über dem Boden befand. Aber es ging tatsächlich ganz leicht auf und dahinter lag auch der staubige Ersatzschlüssel.
Gespannt schlichen sie zurück ins obere Stockwerk. Der Michael übernahm das aufsperren, weil er das schon öfter geübt hatte als der Roland. Ganz langsam steckte er den Schlüssel ins Schloss und drehte ihn mit äußerstem Feingefühl, um möglichst jedes Aufsperrgeräusch zu vermeiden.

Fahrzeugvisite

Guten Tag, Kriminalpolizei, ist der Chef da, ja bitte, er wartet schon, gleich da hinten, gehen sie nur durch, vielen Dank, bitte sehr.
Strahlendes Lächeln vom Durr Horst seiner jungen Sekretärin, die von Haus aus ein Faible für Gesetzeshüter hatte und den durchtrainierten Max schon sehr fesch fand. Freundliches aber distanziertes Lächeln vom Werner Max retour. Weil die blondgelockte Blondine mit den süßen Grübchen und den großen blauen Augen weckte zwar schon seinen Beschützerinstinkt, aber schließlich war er verheiratet, und außerdem repräsentierte er ja auch die Staatsgewalt. Da musste man sich schon zu benehmen wissen. Also hielt er sich nicht mit Flirtereien auf, sondern ging schnurstracks ins Chefbüro.
Guten Tag Herr Durr, mein Kollege hat mich angerufen, wir brauchen den Schlüssel vom Firmenauto.
Weiß ich, hier ist er, kann ich vielleicht gleich mitfahren, dann kann ich das Firmenauto nachher zurück bringen.
Ja, das geht schon, aber falls Beweismaterial drinnen ist, muss das Auto dort bleiben.
Da wird schon nichts drinnen sein, außer der teuren Industriefarbe.
Das werden wir jetzt gleich sehen.
Na gut, dann fahren wir jetzt, Zeit ist Geld.
Während der kurzen Fahrt vom Durr Horst seinem Malerei-Meisterbetrieb in Pottenstein, bis zum Chinesen in Berndorf, versuchte der Horst vergeblich, mit-

tels eines Kennenlerngesprächs ein bisschen eine Beziehung zum Werner Max aufzubauen. Weil der aufstrebende Kriminalbeamte von heute, war möglicherweise der gut situierte Kunde von morgen. Außerdem konnte es nie schaden, freundschaftliche Kontakte zur Exekutive zu pflegen. Weil der Biermann war ja auch schon 47 Jahre alt und bei den Beamten wusste man ja nie, ob die nicht vielleicht schon anlässlich des 50. Geburtstages in Krankenstand und anlässlich des 55ers in Frührente gingen. Aber der Werner Max war bei dem Gespräch komplett geradlinig. Total höflich und alles, aber nichts Persönliches. Immer professionelle Kriminalist-Täter Beziehung. Weil der Werner Max konnte ja nicht ausschließen, dass der Durr Horst auch über das verlorene Firmenauto hinaus, irgendwie in diese Sache verwickelt war.
Sie parkten hinter dem Transporter und der Durr Horst bot an – in er Hoffnung, vielleicht doch noch eine persönliche Beziehung zum Werner Max herstellen zu können – den Biermann Matthias vom Chinesen zu holen, während der Max ja schon einen ersten Blick in das Auto werfen könne. Das war dem Werner Max natürlich doppelt recht, weil ihm einerseits der Durr mit seinen Plauderversuchen nervte, und es ihm andererseits natürlich unangenehm war, für den Biermann den Laufburschen spielen zu müssen.
Also ging der Durr die Straße Richtung Chinese hinunter, während sich der Werner Max ein Paar Gummihandschuhe überzog und einmal probeweise am Türgriff der Heckklappe zog. Die war auch tatsächlich nicht abgesperrt und sprang auf. Genervt pro-

bierte der Werner Max auch die Schiebetür an der Seite und dann die Fahrer- und Beifahrertür. Alle waren unverschlossen. Also war er unnötigerweise um die Schlüssel gefahren. Hätte er sich sparen können, wenn sein Kollege nicht so faul gewesen und gleich nachschauen gegangen wäre.
Mit einem tiefen Seufzen zog er die Schiebetür ganz auf und musterte das Innere. Farbkübel, Pinsel, Plastikfolie, Abklebeband, Malerrollen samt Verlängerungsstangen, Kartons, Rührwerkzeug. Malersachen eben. Der Boden der Ladefläche voller Farbkleckse. Hier und dort ein paar eingetrocknete Gipsreste. Nichts Besonderes.
Also schaute sich der Werner Max noch die Fahrerkabine an. Dort herrschte das übliche Chaos eines Firmenautos. Fahrtenbuch, Lieferscheine, Jausen-Verpackungen, leere Bierdosen, Kugelschreiber, Bleistifte, Farbkarten, Pläne, Notizen – alles quer über Armaturenbrett und Beifahrersitz verstreut. Aber bislang keine Hinweise, dass dieses Fahrzeug an einem Verbrechen beteiligt gewesen wäre.
Sorgfältig wie er nun einmal war, durchsuchte der Werner auch noch das Handschuhfach. Dort fand er eine Geldbörse und darin zwei hundert Schilling Scheine.
Auf denen war damals ja noch der Böhm Eugen abgebildet und auf der anderen Seite die Aula der Wiener Universität. Die Schilling-Scheine haben nämlich noch einen Bezug zur österreichischen Geschichte gehabt. Eine Seite immer mit österreichischer Persönlichkeit, andere Seite immer berühmtes Bauwerk.

Damals war Geld ausgeben gleichzeitig auch noch Staatskunde. Nicht so wie heute, mit diesen unpersönlichen Euronoten, die viel hässlicher sind als die Schilling-Scheine. Was irgendwie schon auch komisch ist, weil ja die Schilling- und Euro-Scheine vom selben Designer designt worden sind. Aber auf den Euroscheinen sind nur Bauwerke und Brücken im Stile einzelner Epochen zu sehen, weil beim EU-Geld ja jede Nationalität verboten ist. So gesehen, passen der Euro als Stil-Geld und die Berndorfer Stilklassen eigentlich gut zusammen.

Aber andere Geschichte.

Jedenfalls fand der Werner Max zwischen den beiden Hundertern den zerknitterten Führerschein vom Baier Markus. Was jetzt aber nichts zu sagen hatte, außer eben, dass der Baier seine Geldbörse im Auto vergessen oder absichtlichen liegen gelassen hatte. Falls Letzteres, war es wahrscheinlich, dass er nur kurz wohin gegangen war und hier wieder auftauchen würde. Von daher wäre es vielleicht ratsam, dem Durr die Mitnahme des Firmenfahrzeuges zu verweigern und es zu observieren.

Dann plötzlich Stimme hinter ihm, von wegen hallo Max, schon was gefunden.

Geldbörse, sonst noch etwas?

Nein sonst nichts.

Hinten auch geschaut?

Ja natürlich, ist aber nichts drinnen hinten, außer Malerzeug.

Ich schau sicherheitshalber auch noch einmal, vier Augen sehen ja mehr als zwei.

Ja bitte, schaust halt auch noch einmal, aber ich habe sicher nichts übersehen.
Jetzt hat der Biermann also auch noch einmal hinten in den Laderaum geschaut. Nicht weil er dem Werner Max diesbezüglich nicht vertraut hätte. Er wusste ja, wie ernst der seinen Kriminallistenberuf nahm. Vielmehr wollte er ihn einfach ein bisschen ärgern. So von wegen: Der alte erfahrene Kriminalbeamte überprüft die Arbeit des jüngeren Kollegen.
Also zog der Biermann eine kleine Taschenlampe aus der Innentasche seiner Jacke, ließ den Lichtstrahl durch das Fahrzeuginnere wandern und tat so, als würde er sich alles ganz genau anschauen.
Dann plötzlich: Schau mal, der braune Fleck dort, ist das Farbe oder könnte das Blut sein? Hast du dir das angeschaut?
Daraufhin Blick vom Werner über die Schulter vom Biermann, Kopfschütteln und abschlägige Antwort von wegen es sei sicher nur Lack.
Nichts Anderes nahm der Biermann Matthias selber ja auch an, hatte es sich aber eben zum Ziel gesetzt, dem Max auf die Nerven zu fallen. Also Aufforderung von wegen: Geh, kletter doch hinein und schau dir das sicherheitshalber aus der Nähe an. Du bist jünger als ich und tust dir leichter. Vielleicht ist es eh nichts, aber ausschauen tut es mir schon nach Blut.
Woraufhin der Werner Max dem Biermann Matthias wortlos die Taschenlampe abnahm und in gebeugter Haltung, über zwei Farbkübel hinweg, ins Innere kletterte. Drinnen ließ er sich auf die Knie nieder um seinem Kollegen zu zeigen, wie gewissenhaft er an

die Sache heranging. Ganz aus der Nähe betrachtete er den rostbraunen Fleck, stutzte, kratzte dann vorsichtig mit dem Rand der Taschenlampe daran herum und schaute dann zum Biermann.

Ich glaube du hast recht, ist wahrscheinlich wirklich Blut, komm herein, schau es dir selber an, aber ich fürchte du hast recht, für Farbe geht das viel zu leicht zum abkratzen. Ganz andere Konsistenz als Lack.

Jetzt wusste der Biermann natürlich nicht, ob der Werner es wirklich ernst meinte, oder ob er ihn nun seinerseits zum Narren hielt. Aber so oder so blieb ihm nichts anderes übrig, als sich nun ebenfalls in den Laderaum zu hieven, neben seinem Kollegen in die Knie zu gehen, ihm die Taschenlampe aus der Hand zu nehmen, den Fleck zu untersuchen, und tatsächlich – sein Kollege hatte ihn nicht zum Narren halten wollen. Er kniete hier eindeutig vor einem eingetrockneten Blutfleck. Selbstverständlich konnte er da der Versuchung nicht widerstehen, tadelnd mit der Zunge zu schnalzen und etwas zu murmeln von wegen, dass der Werner das ohne ihn jetzt wieder übersehen hätte.

Der Werner Max, der ja nicht wusste, dass es sich hier um einen reinen Zufallstreffer vom Biermann handelte, ärgerte sich natürlich, dass er selber bei der ersten Durchsuchung den Fleck für Farbe gehalten hatte.

Der Durr Horst stand draußen und verfolgte diese Entwicklungen mit wachsendem Unbehagen. Einerseits, weil er dadurch den Firmenwagen wohl würde stehen lassen müssen. Andererseits weil es schlecht

wäre, wenn man den Baier Markus festnahm, und er im Verhör dann vielleicht nähere Angaben über sein geringfügiges Vollzeit-Arbeitsverhältnis bei ihm machen würde.
Also merkte er in Richtung der beiden Beamten an, es könne ja auch sein, dass sich der Baier wehgetan hatte. Vielleicht beim Wechseln der Klinge vom Teppichmesser. So ein Schnitt blute ja gleich sehr stark.
Das könne natürlich sein, stimmten der Biermann und der Werner zu, während sie wieder aus dem Fahrzeug kletterten, aber man müsse das Fahrzeug nun trotzdem erst einmal hierlassen. Da dürfe niemand ran, bis man den Baier Markus gefunden und zu seinem Verbleib am Montag Vormittag befragt habe. Möglicherweise würde dann auch die Spurensicherung das Fahrzeug beschlagnahmen und untersuchen müssen. Mit der Spezialfarbe könne man jetzt auch nichts machen. In dem Auto müsse alles so bleiben wie es ist. Es tue ihnen leide, aber so sei das eben. Man danke dem Durr Horst auf jeden Fall für seine gute Mitarbeit. Und nein – es sei leider nicht möglich, ihn jetzt zurück in die Firma zu bringen, weil sie ja nun sofort die Kollegen verständigen und bezüglich Baier amtshandeln müssten.
Das waren natürlich keine gute Nachrichten für den Durr. Beim nächsten Mal, so dachte er bei sich, würde er dem Biermann Matthias sicher nichts mehr erzählen. Gab ja doch nur Probleme, wenn man sich in solche Sache einmischte. Auf jeden Fall blieb ihm nun nichts anderes übrig, als wieder zum Chinesen zu gehen. Der Nachmittag war ohnehin schon fortge-

schritten. Da konnte er genau so gut auch jetzt gleich mit der Pflege von den Kundenkontakten anfangen.
In dem Moment als der Durr die Tür zum China-Lokal öffnete, heulte plötzlich die Feuerwehrsirene auf. Dreimal hintereinander. Feueralarm also. Was dem Durr aber egal war, weil er von den Rauchgewohnheiten seines Buben ja nichts wusste.

Botanik

Der Moritz Michael und der Durr Roland schlichen auf Zehenspitzen in den kleinen, halbdunklen Vorraum der Hausmeisterwohnung. Ganz still war es. Irgendwie roch es auch ein wenig seltsam. Süßlich, auf eine Weise, die den beiden Buben neu war.
Durch die offene Tür am Ende des Ganges, sahen sie Tisch und Stühle einer kleinen Essküche. Dahinter ein Fenster, durch welches das fahle Winterlicht fiel. Links eine weitere, einen kleinen Spalt geöffnete Tür, mit einem kleinen Täfelchen daran, dass die schwarze Silhouetten-Form einer Badewanne hatte, in der eine Frau saß, die sich mit einer Bürste den Rücken schrubbte.
Der Michael deutete auf den Türspalt, hinter dem es deutlich heller war als im Vorraum. Mit pochendem Herzen lauschten die beiden einige Sekunden lang, hörten aber nichts. Schließlich fasste sich der Roland ein Herz, öffnete vorsichtig die Badezimmertür ein Stück weiter und steckte den Kopf durch den Spalt. Vor ihm befand sich nur eine leere Badewanne. Links davon ein Waschbecken und die Ecke daneben war von einem dunkelgrünen Vorhang abgeschirmt. Wahrscheinlich war irgend ein Regal dahinter, oder Putzmittel.
Der Roland zog den Kopf wieder zurück und bedeutete dem Michael mit nach oben gestreckten Daumen, dass alles okay sei. Dann nickte er mit dem Kopf zur nächsten Tür auf der linken Seite. Die war mit allerhand Postern von Bands wie Iron-Maiden, AC/DC und

Manowar beklebt. Dazwischen, unübersehbar ein A3-Zeichenblatt, mit dem handschriftlich verfassten Hinweis: *Betreten ohne Klopfen endet tödlich.* Damit es diesbezüglich auch wirklich keine Missverständnisse gab, war der rote Filzstiftschriftzug mit reichlich Totenköpfen und von allerhand spitzen Waffen durchdrungen, enthaupteten, oder um einige Gliedmaßen erleichterten Strichmännchen umgeben.
Da mussten der Roland und der Michael natürlich nicht lange überlegen um zu wissen, dass hinter dieser Tür nur das Zimmer von der Lang Barbara sein konnte.
Die einzige weitere Tür befand sich schräg gegenüber vom Badezimmer. Hinter ihr musste sich wohl das Wohnzimmer befinden. Mit dem mysteriösen Geschenk für die Barbara darin. Wenngleich das jetzt schon ein bisschen komisch war, weil die Tür halb offen stand.
Die beiden Buben schauten sich fragend an und zuckten mit den Achseln. Vielleicht hatte die Barbara ihr Geschenk ja mittlerweile schon bekommen. Aber da sie jetzt schon einmal hier waren, mussten sie natürlich trotzdem Nachschau halten. Von ihrem aktuellen Standpunkt aus, sahen sie nur einen Teil von einem braunen Wandverbau. Also gingen sie näher und drückten vorsichtig die Tür auf. Eigentlich war es ein ganz normales Wohnzimmer. Über eineinhalb Wände der geräumige Wandverbau im Palisander-Look. Daneben das Wohnzimmerfenster. Die zwei anderen Wände mit grauer Raufasertapete beklebt und einigen Stickbildern behangen. Weil der Lang Barbara ihr

Papa hat – so wie viele Männer zu der Zeit – die Stickerei als Hobby gehabt. Hinter einem Fliesentisch eine gemütlich aussehende braune Couch, von der man einen perfekten Blick auf den Fernseher in einer Nische des Wandverbaus hatte. Aber vor dem Fliesentisch, mitten im Raum, hing zwischen zwei Metallständern eine längliche, von einem silbern glänzenden Metalldach nach oben hin abgeschirmte Wärmelampe. Darunter standen vier tönerne Blumentöpfe, aus denen ungefähr einen Meter hohe, buschige Pflanzen wuchsen. Es waren seltsame Gewächse, mit mehrfingrigen, spitz zulaufenden, gezackten Blättern. Dazwischen harzige Gebilde mit braunen Härchen darauf. Der eigenartig süßliche Geruch, der ihnen beim Betreten der Wohnung aufgefallen war, ging ganz eindeutig von diesen Pflanzen aus.
Jetzt natürlich ratloses Geflüster zwischen dem Roland und dem Michael.
Weißt du was das ist?
Nein, weiß ich nicht, habe ich noch nie gesehen, habe gar nicht gewusst das sich die Barbara für Botanik interessiert.
Wie kommst du darauf?
Na ist ja eindeutig, wieso sollte der Papa ihr sonst so etwas schenken?
Ja, aber wieso hat er das zuerst einsperren müssen?
Ja weiß ich nicht, vielleicht hat er die Lampe erst aufbauen müssen.
Ja, kann schon sein, klingt logisch, aber was das ist wäre schon interessant.
Ja schon, da nehmen wir was mit, weil meine Oma

hat so ein Buch, da können wir nachschauen.
Weil, das muss man nämlich schon sagen: Die Jugend damals hat sich noch mehr für die Natur interessiert als die jetzige Generation. Die Kinder heute wissen zwar, welche Fantasie-Pflanzen sie in ihren Computerspielen zu Zaubertränken zusammenbrauen können, brauchen aber eine Handy-App um ein Gänseblümchen von einer Rose unterscheiden zu können.
Und für den Michael und den Roland war es damals sowieso wichtig sich mit der Natur auszukennen. Weil als Samurai konnte es ja auch vorkommen, dass man ein paar Tage in der Wildnis überleben musste. Da war es nicht schlecht, wenn man wusste, was man essen konnte ohne daran zu sterben. Also pflückten beide ein paar Blätter und ein bisschen etwas von dem harzigen Zeug ab.
Gerade hatten sie den letzten Rest in die Innentaschen ihrer Jacken gesteckt und wollten sich zum Gehen wenden, als hinter ihnen plötzlich eine wütende Stimme ertönte, von wegen was sie denn hier machten und wie sie herein gekommen seien.
Erschrocken fuhren sie herum und sahen eine große Gestalt in der Tür stehen. In der Hand hielt der Mann ein langes Küchenmesser. Dann setzte er sich auch schon in Bewegung, die Klinge drohend in Richtung der beiden Eindringlinge gerichtet und noch einmal drohende Nachfrage, von wegen wer seid ihr, jetzt redet schon.
Der Durr Roland und der Moritz Michael brachten vor Schreck wieder einmal kein Wort heraus. Dann, kurz bevor der Mann sie erreichte, schrillte plötzlich

der Feueralarm los.
Das Geräusch war so laut, dass die Gestalt stehenbliebt und sich kurz verwirrt umblickte.
Den Roland und den Michael riss das Geräusch allerdings aus ihrer Schockstarre. Sie erkannten ihre Chance und flitzten blitzschnell – einer links, einer rechts – an dem Mann vorbei. Der rief noch irgendetwas, das im Lärm des Feueralarms unterging, fuhr herum, verfolgte sie aber nicht.
Dreißig Sekunden später standen sie auch schon inmitten ihrer Musical-Kollegen und Kolleginnen im Theaterpark. In der allgemeinen Hektik hatte gar niemand bemerkt, dass sie aus einer ganz anderen Richtung angelaufen gekommen waren, als der Rest der Belegschaft, die der Walser Heinrich jetzt in einer Reihe aufstellte, durchzählte und seine Truppe glücklicherweise vollzählig vorfand.

Theaterbrand

Über Funk hörten der Biermann Matthias und der Werner Max die Meldungen vom Theaterbrand. Das China-Lokal lag ja gleich gegenüber vom Theater, und so vernahmen sie keine zwei Minuten nach der Sirene auch schon die ersten Folgetonhörner.

Weit fahren hat die Feuerwehr zum Glück auch nicht müssen. Weil in Berndorf ist alles, was eine Stadt vor der Anarchie bewahrt, am Kieslingerplatz zu finden. Gemeindeamt, Standesamt, Bauhof, Polizeistation, Sonderschule, Musikschule und Freiwillige Feuerwehr liegen nördlich von der, über den Platz führenden, Landstraße. Südlich davon befinden sich Marienkirche, Theaterpark, Stadttheater. Also hat die Feuerwehr einfach nur die Straße überqueren müssen um zum Einsatzort zu gelangen.

Dem Moritz Michael sein Papa, der Walter, war auch bei der Feuerwehr und einer der ersten am Einsatzort. Nämlich deshalb, weil er Gemeindearbeiter am Bauhof war, an diesem Tag Winterdienst hatte, und sich im Pausenraum gerade einen Tee mit Rum aufwärmte, als plötzlich die Sirene anschlug. Da war er natürlich der erste beim Feuerwehrhaus, hatte sich in Rekordzeit umgezogen und die großen Garagentüren geöffnet, noch während die Kameraden eingetroffen waren.

Dann zehn Sekunden Blaulichtfahrt bis vor das Theater. Dort absitzen, Atemschutz anlegen und gemeinsam mit zwei Kameraden und Handfeuerlöscher bewaffnet erst einmal rein ins Gebäude und genauen

Brandherd suchen.
Weil die Silke, die beim *Any Dream Will Do* singen theatralisch nach oben geblickt und dort Rauch gesehen hatte, konnte ja logischerweise ihrem Lehrer auch nichts anderes weitermelden als: Da oben raucht es. Woraufhin der Walser Heinrich sofort die Evakuierung eingeleitet, dann den Feueralarm-Knopf hinter der Bühne gedrückt, und den ersten Feuerwehrleuten schließlich mitgeteilt hatte, dass es da oben über der Bühne rauchen würde.
Dem Moritz Walter und seinen Kollegen war aber schon klar, dass wahrscheinlich der Schnürboden brannte. Weil die kannten das Gebäude von ihren Theaterdiensten. Bei Vorstellungen mussten nämlich immer mehrere Feuerwehrleute als Brandsicherheitswache anwesend sein. Vorschrift von wegen erhöhter Brandgefahr und potentielle Gefährdung einer größeren Personenanzahl.
Nachdem die Tür versperrt war und man blöderweise keinen Schlüssel mit hatte, zerschlug der Moritz Walter mit dem Feuerwehrbeil das Holz rund um das Schloss und trat dann die Tür auf. Der Schnürboden war schon ziemlich verraucht, aber so richtig lodernde Flammen gab es nicht. Mehr so ein Schwelbrand war das, beschränkt auf ein kleines Stück des Holzboden. Mit einigen Sprühstößen aus dem Feuerlöscher, war der Brand in wenigen Augenblicken besiegt.

Der Metzger Mario ist zwanzig Jahre später einmal mit dem Niavarani Michael beim Gamp-Heurigen gesessen. Weil der Niavarani war ja nach dem Dvorak

Felix, von 2011 bis 2013, Intendant von den Berndorfer Sommerspielen.
In weinseliger Stimmung hat sich der Metzger Mario wieder an die Podiumsdiskussion im Gymnasium erinnert und den Nia gefragt, was es denn seiner Meinung nach in kulturell-soziologischer Hinsicht für Berndorf bedeutet hätte, wenn der Theaterbrand 1992 nicht so glimpflich abgelaufen und das Gebäude bis auf die Grundmauern niedergebrannt wäre.
Woraufhin der Niavarani von seinem Punschkrapferl abbiss und dann kauend meinte, einem persischen Sprichwort nach, würde das Meer nicht unrein werden, wenn ein Hund daraus trinkt.
Der Metzger Mario verstand damals natürlich sofort, was der Niavarani Michael damit ausdrücken wollte und prostete ihm leise lächelnd zu. Der Niavarani selber schaute den Metzger Mario unverwandt an, verzog keine Miene und steckte sich den Rest des Punschkrapfens in den Mund.
Dann fügte er hinzu, dass er persönlich es schon sehr schade gefunden hätte, wenn das Theater zerstört worden wäre. Weil ohne Theater keine Intendanz von ihm und somit hätte es ihn wahrscheinlich nie nach Berndorf verschlagen. Was wiederum ein Jammer gewesen wäre, weil er dann ja nie die Wurstsemmeln vom Pepperl Hoppel kennen gelernt hätte. Weil so eine gute Wurscht, und vor allem auch so einen gschmackigen Leberkäse wie den in der Fleischerei gegenüber vom Stadttheater, bekäme man in ganz Wien nicht zu kaufen.
Und da hat der Niavarani damals ganz sicher nicht ge-

logen. Weil während seiner dreijährigen Intendanz, haben ihn ziemlich viele Leute ziemlich oft mit einer Wurstsemmel in der Hand durch den Theaterpark gehen sehen. Das ist, dem Vernehmen nach, ziemlich sicher auch der wirkliche Grund, warum der Niavarani Michael nicht länger als Intendant in Berndorf war. Weil er in den drei Jahren immer blader geworden ist und Angst gehabt hat, frühzeitig an einer Fettvergiftung zu sterben, falls er seinen Dreijahresvertrag noch einmal verlängert.
Aber daran, dass der Nia damals das persische Sprichwort gesagt und nachher die Wurstsemmeln erwähnt hat, sieht man auch, was für ein gutes Vertrauensverhältnis zwischen ihm und dem Mario bestand. Weil damit hat der Niavarani ihn indirekt erkennen lassen, dass er nicht plant, länger als bis 2013 in Berndorf zu bleiben.
Aus diesem Grund, hatte der Metzger Mario dann als Abschiedsgeschenk für den Niavarani auch schon ein Aquarell vom Stadtheader parat. Auf dem Bild raucht es oben aus dem Dach ganz gewaltig heraus. Aber ohne Flammen. Unten laufen Leute aus dem Theater und unter denen ist eine Person, die ein bisschen dicker aussieht als die anderen und etwas in der Hand hält, dass einer angebissenen Leberkäsesemmel verdächtig ähnlich sieht. Dem Nia hat das Bild sehr gut gefallen und wenn man sich eines seiner Fernsehinterviews aus 2016 anschaut, kann man es hinter ihm an der Wand hängen sehen.

In der Realität sah das damals anders aus. Da war von

außen nichts von dem Brand zu erkennen und das Kinderensemble von *Joseph and the Amazin Technicolor Dreamcoat* stand in ihren Kostümen vor dem Theater. Weil bei so einer Evakuierung ist natürlich keine Zeit für umziehen oder zumindest Jacke mitnehmen. Also schlotterten den, für die ägyptische Wüstenhitze gekleideten, Kindern von Kanaan in der ungewohnten europäischen Februarkälte natürlich die Glieder.
Außer dem Durr Roland und dem Moritz Michael. Die hatten auf ihre Erkundungstour natürlich ihre Jacken mitgenommen. Einerseits, weil es im Theater natürlich auch kühlere Stellen gab. Andererseits und hauptsächlich aber wegen den darin befindlichen Zigaretten und dem Fläschchen Jägermeister.
Während die Kinder von Kanaan nun hofften, das Theater in den Vollbrand übergehen zu sehen, damit es endlich ein bisschen wärmer werden würde, hofften der Durr und der Moritz genau das Gegenteil. Weil die Silke hatte mittlerweile mindestens hundert mal allen erzählt, wo genau es geraucht hatte. Und den beiden Buben war durchaus klar, dass dort oben links drüben, wie die Silke es ausdrückte, genau der Bereich des Schnürbodens war, in dem sie geraucht hatten. Außerdem kam da jetzt noch die Sache mit dem Mann in der Hausmeisterwohnung dazu. Vom dem musste man annehmen, dass er wahrscheinlich der Papa von der Lang Barbara war und somit der Hausmeister vom Theater. Falls der hier nun aufkreuzen und sie entdecken würde, wären sie geliefert. Weil die Tür zum Schnürboden hatten sie zwar wie-

der zugesperrt und es wusste ja keiner, dass sie da den Schlüssel gefunden hatten. Aber wenn herauskam, dass sie sich auch Zutritt zur Hausmeisterwohnung verschafft hatten, würden sie sofort – da waren sie sich sicher – einer Leibesvisitation unterzogen werden. Dann fände man die Zigaretten samt Schnürbodenschlüssel bei ihnen und dann wiederum … Nun ja – Hausarrest bis zur Volljährigkeit, wahrscheinlich.
Also drängten sie sich so weit wie möglich in die Mitte der Gruppe und vermieden es, Richtung Theater zu schauen, falls der Hausmeister von dort auftauchen sollte. Natürlich auch Flüsterpalaver von wegen lass uns die Zigaretten und die Schlüssel wegwerfen, aber es schien ihnen dann zu riskant, diese Gegenstände in der Nähe vom Walser Heinrich aus ihren Jacken zu holen.

Während sich die Wüstenkinder also erkälteten, redete der Lang Thomas in der Eingangshalle mit dem kleinwüchsigen, schnurrbärtigen Feuerwehrkommandant. Der fragte ihn, ob er eine Idee habe, wie es denn auf dem Schnürboden zu einem Brand habe kommen können.
Worauf der Thomas nur erwidern konnte, er habe keine Ahnung.
Ein bisschen einen Verdacht hatte er in Wirklichkeit allerdings schon, weil er ja gerade eben zwei Buben in seiner Wohnung erwischt hatte. Die ihm im Übrigen einen gehörigen Schreck eingejagt hatten.
Weil er saß gerade im Badezimmer auf der Kloschüs-

sel, vor der aus Privatsphäre-Gründen der grüne Vorhang hing. Weil er generell zu einem schweren Stuhlgang tendierte, hatte er das Klingeln an der Türe ignoriert und sich weiter dem Gerti Senger Artikel in der Kronenzeitung gewidmet. Aber weil der Vorhang an einigen Stellen schon ein wenig fadenscheinig war, bekam er etwas später mit, wie jemand den Kopf zur Badezimmertür herein steckte. Einbrecher, hatte er gedacht und war ganz langsam von der Kloschüssel aufgestanden. Dann hatte er das Fleischmesser aus dem Badezimmerschrank genommen. Das bewahrte er deswegen dort auf, weil ein Freund von ihm Hasen züchtete und er ihm öfters welche zum Essen abkaufte. Die bekam er dann zwar eh schon geschlachtet und gehäutet, zerlegte die Tiere aber trotzdem immer auf einem, über die Badewanne gelegten Schneidbrett. Weil die Arbeitsfläche in der Küche war ihm einfach zu klein und den Küchentisch wollte er auch nicht anpatzen.

Mit dem Messer in der Hand war er dann in den Vorraum geschlichen und hatte im Wohnzimmer jemand flüstern hören. Die Tür war deshalb offen gewesen, weil die Barbara seit heute wieder bei ihrer Mama war. Aufs Schlimmste gefasst, war er also zur Tür getappt und hatte dann die beiden Kinder vor den Pflanzen stehen sehen.

Und gerade als er hineingestürmt war, um sich einen von ihnen am Schlafittchen zu packen, war plötzlich der Feueralarm angesprungen und hatte ihn einige Augenblicke lang paralysiert, was die beiden Lausbuben zur Flucht genutzt hatten.

Dann war er ebenfalls aus der Wohnung geeilt und hatte in der Eingangstür den Reserveschlüssel stecken sehen. Das erklärte also, wie sich die Buben Zutritt verschafft hatten, wenngleich ihm schleierhaft war, was sie auf die Idee gebracht haben mochte, hinter das Lüftungsgitter zu schauen. Aber den Rabauken heutzutage fiel ja sowieso dauernd irgendein Blödsinn ein.

Gerade als der Feuerwehrkommandant ihn fragte, wann er denn zum letzten mal am Schnürboden gewesen sei, kam der Moritz Walter eilig die Treppe herunter und hielt dem Kommandanten triumphierend ein kleines, verkohltes Etwas vor die Nase.

Der Kommandant erkannte aufgrund seiner Erfahrung gleich, worum es sich handelte und dann natürlich Diskussion zwischen den Dreien. Von wegen, wer denn auf die saublöde Idee kommen würde, auf dem Schnürboden zu rauchen und dann auch gleich der scharfsinnige Nachsatz vom Moritz Walter, es müsse jemand sein, der einen Schlüssel zum Schnürboden habe, weil die Tür sei ja zugesperrt gewesen sei.

Damit war der Verdacht natürlich plötzlich beim Lang Thomas, weil der musste zugeben, dass nur er den Schlüssel für den Schnürboden hatte. Allerdings sei er ja Nichtraucher, außer beim Fortgehen, wenn er schon ein bisschen was getrunken hat. Aber er ginge zum Saufen sicher nicht auf den Schnürboden und vielleicht sei die Tür ja gar nicht abgesperrt gewesen, sondern habe nur geklemmt. Das sei bei der Tür nämlich so und wahrscheinlich seien irgendwelche von den Musical-Kindern heimlich auf den Schnürbo-

den rauchen gegangen.
Woraufhin der Moritz Walter versicherte, die Tür sei ganz sicher versperrt gewesen. Sie hätten es ja mehrfach probiert, dies könnten auch seine Kameraden bestätigen.
Der Kommandant kannte den Lang Thomas zwar nur flüchtig, war sich aber ziemlich sicher, ihn noch nie rauchen gesehen zu haben. Und selbst wenn – warum hätte er das ausgerechnet da oben tun sollen? Während der Probe vom Schulmusical?
Also griff er nun schlichtend ein, von wegen man solle sich jetzt erst einmal beruhigen. Wichtig sei ja nur, dass nichts Schlimmes passiert war und es werde sich schon alles aufklären.
Daraufhin echauffierte sich der Moritz Walter noch ein bisschen künstlich, von wegen, das sei ja grob fahrlässig und selbst wenn das wirklich ein Kind gewesen sei – was er aber nicht glaube, weil die Tür ja abgesperrt war – dann müsse man mit den Eltern ein ernstes Wort reden. Weil so etwas sei ja keine Erziehung nicht. Heimlich rauchen ginge ja noch an, das hätten schließlich alle einmal gemacht, aber doch nicht an so einen Ort. So klug seien sie früher schon gewesen und er selbst hätte seinem Sohn schon hundertmal erklärt, dass er, wenn er denn irgendwann einmal heimlich rauchen würde, dies irgendwo tun solle, wo nichts zum Brennen anfangen kann.
Rückblickend wäre es natürlich schon interessant, was der Moritz Walter gesagt hätte, wenn damals herausgekommen wäre, dass der Zigarettenstummel von seinem eigenen Sohn stammte.

Ist aber eben nicht herausgekommen. Was auch daran lag, dass der Lang Walter niemals Jemanden etwas von den beiden jugendlichen Einbrechern erzählt hatte. Weil dann wiederum hätten die vielleicht etwas von den Pflanzen in seiner Wohnung gesagt und das wäre ihm unangenehm gewesen, weil es Gewächse waren, für deren Anbau man eigentliche eine schwer zu bekommende Sondergenehmigung gebraucht hätte. Deshalb tat er bei der Befragung der Schüler im Anschluss dann auch so, als sähe er den Moritz Michael und den Durr Roland nicht.

Nach der Diskussion wegen dem Zigarettenstummel ging der Kommandant zu den frierenden Kindern von Kanaan und meinte, die Gefahr sei gebannt, sie sollten jetzt alle in die Eingangshalle des Theaters kommen. Er müsse sie nämlich noch kurz befragen, bevor sie nachhause gehen könnten.
In der Neorenaissance-Eingangshalle hielt der Kommandant den Kindern dann einen Vortrag, von wegen auf dem Schnürboden hätte jemand geraucht und falls es jemand der hier Anwesenden sei, solle der- oder diejenige sich melden. Es gäbe eh keine Konsequenzen zu befürchten, sondern man wolle dann nur mit den Eltern reden, um das Versicherungstechnische zu klären.
Woraufhin sich die Kinder gegenseitig ratlos und achselzuckend angeblickt hatten. Einschließlich dem Roland und dem Michael natürlich, die extra-ratlos dreinschauten und sicherheitshalber ein paarmal mehr mit den Schultern zuckten.

Und dann wurde es plötzlich unangenehm. Weil auf der Treppe aus dem Obergeschoss erschien plötzlich der Mann aus der Hausmeisterwohnung. Sprich der Lang-Papa. Er blieb drei Stufen über dem Boden auf der Treppe stehen und musterte die Versammlung. Einen Augenblick lang begegneten sich die Blicke vom Durr, vom Michael und vom Lang-Papa. Natürlich schauten die beiden Jungs sofort weg, aber es war ihnen beiden klar, dass der Hausmeister sie erkannt hatte.

In dieser Situation rechneten sie schon mit dem Schlimmsten. In der Hoffnung, die Beweisstücke vielleicht doch noch loswerden zu können, wanderten ihre Hände verstohlen in Richtung Jacken-Innentaschen. Aber es passierte nichts. Der Kommandant redete der Gruppe weiter ins Gewissen. Jetzt von wegen, ob nicht jemand einen Verdacht hätte, wer denn am Schnürboden gewesen sei.

Hatte zum Glück niemand.

Woraufhin der Kommandant verkündete, er wolle jetzt jeden Schüler einzeln befragen. Von wegen wo wann wer gewesen war.

In diesem Moment griff jedoch der Walser Heinrich ein, von wegen seine Schüler seien alle entweder auf oder hinter der Bühne gewesen. Da verbürge er sich dafür, denn schließlich habe er ja die Aufsichtspflicht und er ließe sich vom Kommandanten jetzt sicher nicht unterstellen, diese vernachlässigt zu haben. Außerdem seien die Erlebnisse des Tages für seine Schüler nun ohnehin schon traumatisch genug gewesen. Er verbitte sich eine solchen Umgang mit ihnen. Es

seien ja schließlich Kinder und keine Verbrecher.
Dann, ohne eine Antwort vom griesgrämig dreinschauenden Kommandanten abzuwarten, wandte er sich an seine Schützlinge, von wegen sie dürften sich jetzt umziehen und nach Hause gehen. Woraufhin der Durr Roland und der Moritz Michael erleichtert und in Rekordzeit aus dem Theater verschwanden.

Annakapelle

Für den Heimweg wählten sie die Route über den Ohasamaplatz. Weil dort, an der Ecke Franz-Karl-Ginzkey-Straße und Kuhlmannstraße, befindet sich, beschattet von einer schönen Linde, auch die Anna-Kapelle. Wobei Kapelle eigentlich falsch ist, weil es sich dabei nur um einen viereckigen Bildstock in Form eines Kirchturms oder so ähnlich handelt. Hinter einem Fenster das Bild einer betenden Heiligen und ringsherum eine Strophe aus einem alten Gebet- und Erbauungsbuch für Katholiken:

Mit recht kindlichem Vertrauen, wollen wir die Felder bauen. Öffne deine Gnadenhand, segne unser Vaterland. Höre gnädig unsre Bitte, wende ab von unsrer Hütte, Krankheit, Krieg und Hungersnot. Gib uns unser täglich Brot.

Den Spruch kannten die beiden Jungs auswendig, weil dem Moritz Michael seine Oma ihn immer aufsagte, wenn sie ihnen von der Annakapelle erzählte.

Aber zur Kapelle wollten der Michael und der Roland jetzt nicht, um dem Herrgott für seine Gnadenhand bezüglich Theaterbrand und nicht erwischt werden zu danken, sondern um in dem Geheimversteck dort, sämtliches belastendes Beweismaterial verschwinden zu lassen.

Auf der Hinterseite der Kapelle, ganz unten in der Mitte, war nämlich ein lockerer Stein, den man leicht herausziehen konnte. Dahinter verbarg sich ein kleiner Hohlraum, gerade groß genug für eine Packung Zigaretten und ein bisschen Kleinzeug.

Dieses Versteck hatte ihnen ebenfalls die Moritz-Oma verraten. Die erzählte nämlich gerne und oft, dass sie und ihre Freundinnen damals, als junge Mädchen, immer kleine Zettel dort versteckt hatten, auf denen die Namen der Burschen standen, in die sie gerade verschossen waren. Also so von wegen, dass die heilige Anna da bitte ein Rendezvous in die Wege leiten solle. Was laut der Oma auch erstaunlich oft geklappt hat. Zumindest bist zum Anfang vom zweiten Weltkrieg. Da nämlich, hatten sie und ihre Freundinnen schon Männer, und legten ihre Namen mit der Bitte unter die Kapelle, sie mögen heil oder zumindest lebendig von der Front zurückkommen. Das funktionierte aber leider weitaus seltener, als die Sache mit den Rendezvous.
An der Stelle hat die Oma beim Erzählen immer ganz feuchte Augen bekommen, weil ihr erster Mann damals ebenfalls nicht aus dem Krieg heimgekommen ist. Und dann hat sie ihren Enkel, oder wenn der Roland dabei war auch beide, in den Arm genommen und gesagt, sie sollten sich bloß nur nie einreden lassen, dass irgendjemand böswillig oder schlecht oder auch nur irgendwie anders ist, bloß weil er woanders herkommt, oder anders ausschaut, oder eine andere Religion hat. Weil das ist der größte Blödsinn den jemand sagen kann, und wenn sie selbst und die anderen das dem depperten Hitler damals nicht geglaubt hätten, dann würden ihr erster Mann und überhaupt so viele andere Leute heute noch leben.
Das haben der Michael und der Roland prinzipiell schon verstanden. Aber verunsichert waren sie da-

mals auch irgendwie, weil seit 1989 ja so viele Jugoslawen nach Österreich gekommen sind, von denen viele ihrer Religion wegen kein Schweinefleisch gegessen haben. Da haben natürlich auch viele Leute gesagt, das könne nicht gut gehen, wenn da so viele kommen, weil dann dürfe man in Österreich wohl auch bald kein Schweinefleisch mehr essen. Und das hätten der Michael und der Roland schon Schade gefunden, weil gebackenes Schweineschnitzel mit Pommes zu ihren Leibspeisen gehörte.

Am Theaterbrand-Mittwoch, drehten sich ihre Gedanken aber nicht um Flüchtlingsmassen und Integrationsfragen, sondern darum, möglichst alles loszuwerden, was sie irgendwie mit dem Feuer auf dem Schnürboden in Verbindung bringen konnte. Also rauchten sie sich noch Eine an und versteckten dann die Maverick, das Feuerzeug, den Schnürbodenschlüssel und die Pflanzenproben aus der Hausmeisterwohnung in dem Hohlraum. Nachdem sie den Stein wieder in die Öffnung bugsiert hatten, setzten sie sich auf das Jausenbankerl hinter der Kapelle, rauchten dort ihre Zigarette fertig und machten endlich auch den Jägermeister auf. Es war eh nur ein 0,02 Liter Flascherl und weil sie schon öfter alkoholische Getränke probiert hatten, spürten sie gar keine Wirkung.

Trotzdem taten sie so, wie sie es von den Erwachsenen kannten. Also behagliches Seufzen nach dem ersten Schluck und Wortmeldung von wegen, dass hätten sie jetzt, nach dem ganzen Stress heute, aber auch wirklich dringend gebraucht.

Dann sind sie noch ein bisschen sitzen geblieben und irgendwann hat der Michael den Roland gefragt, ob er die Sache mit den Namenszetteln unter der Kapelle glauben würde. Also von wegen, ob das wirklich funktioniert hat.
Weil – und das hat er dem Roland aber nicht gesagt – seit er gestern der Lang Barbara beinahe seinen Allzweck Stock über den Schädel gezogen hatte, musste er irgendwie ständig an sie denken. Vor allem an ihre Hand, die – so war es ihm zumindest vorgekommen – seine Hand bei der Zigarettenweitergabe immer irgendwie ein bisschen länger berührt hatte als normal. Und an die doch schon recht deutlich zu erkennenden Wölbungen ihre Brüste unter der engen Lederjacke.
Doch die Antwort vom Roland war für den Michael eher enttäuschend. Der sagte nämlich, er habe einmal seinen Opa gefragt, ob der damals auch irgendwelche Zettel unter die Kapelle gelegt hätte. Woraufhin sein Opa gelacht und gesagt hatte, nein, so sei das nicht gewesen. Aber er und seine Freunde seien oft nachschauen gegangen, ob nicht zufällig gerade ihr Name auf einem der Zettel stand. Der Rest hätte sich dann schon mit Hilfe der heiligen Anna und durch die Handschrift, oder weitere kleine Bemerkungen auf den Zetteln ergeben.
Der Michael überlegte kurz, ob er mit dem Roland über die Lang Barbara reden sollte, ließ es dann aber bleiben. Nicht weil er dem Roland nicht vertraut hätte oder so. Aber irgendwie hatte er ein bisher unbekanntes Gefühl im Bauch. So von wegen, dies sei eine

Sache nur zwischen ihm und der Barbara.
Dann war es ohnehin schon an der Zeit heim zu gehen. Morgen würden sie sich dann um die botanische Bestimmung der Pflanzen aus der Hausmeisterwohnung kümmern.

Fallbesprechung

Donnerstag Vormittag saß die Ermittlungsgruppe Austerlitz/Amoklauf wieder im Besprechungsraum. Der Bezirksinspektor Gallup lobte gerade wieder den Biermann und machte allgemein ein bisschen Druck. Gute Arbeit, da sieht man wieder einmal, was Fleiß und kriminalistisches Gespür zusammen gepaart bewirken können. Die Spurensicherung hat bestätigt, dass es sich bei dem Fleck in dem Firmenfahrzeug tatsächlich um Blut handelt. Das ist jetzt natürlich noch kein Beweis für eine Beteiligung vom Baier Markus am Mord oder Amoklauf. Aber in Kombination mit seinem plötzlichen Verschwinden ist ein Zusammenhang natürlich höchst wahrscheinlich. Er ist momentan auch die einzige Spur die wir haben. Also schaut, dass ihr den Kerl findet, und zwar bitte heute noch. Es kann ja nicht sein, dass hier nichts weiter geht.

Damit scheuchte er die Beamten hinaus, forderte den Biermann aber auf, noch kurz da zu bleiben.

Dann kurzes Vier-Augen-Gespräch, von wegen, ob der Biermann – seinem kriminalistischen Instinkt nach – an den Baier als Täter glaube oder nicht.

Woraufhin der Biermann Matthias antwortete, dass die ganze Sache sehr seltsam sei. Weil so weit er herausgefunden habe, sei der Baier in die Austerlitz verliebt gewesen, hätte immer nur gut von ihr geredet, aber schon seit der Scheidung keinen persönlichen Kontakt zu ihr gehabt. Andererseits wisse man aber natürlich auch, dass er ein Aggressionsproblem und eine Vorstrafe wegen schwerer Körperverletzung habe. Es sei also schon möglich, dass der Baier Markus durchgedreht sei. Aber warum sollte er am Samstag die Austerlitz umbringen und am Montag dann beim Billa Amok laufen und eine Geisel nehmen? Wo könnte da der Zusammenhang sein?

Geflissentlich vergaß der Biermann auch bei diesem Gespräch ein paar Details der Geschichte zu erwähnen, die ihm der Durr Horst beim Chinesen erzählt hatte. Also das der Baier am Sonntag in der Austerlitz Wohnung gewesen war und dort den Durr-Buben und seinen Freund erwischt hatte. Das ließ er einerseits deshalb weg, weil der Baier jetzt ohnehin schon auf der Fahndungsliste stand. Andererseits weil er sich demnächst sein Haus neu anstreichen lassen wollte. Und da würde ihm der Durr sicher einen günstigeren Preis machen, wenn er die Sache mit den Streichen seines Lausbuben vertraulich behandelte.

Außerdem behielt er natürlich auch weiterhin für sich, dass er die Leiche nach wie vor nicht für die Austerlitz hielt. Aber um wen es sich tatsächlich handelte, war nach wie vor ein ungelöstes Rätsel.

Nachdem der Biermann Matthias geendet hatte, schaute ihn der Gallup Friedrich forschend an und fragte, ob das wirklich alles sei was der Biermann wisse oder denke.

Woraufhin der Biermann freimütig zugab, das es da schon noch ein paar Dinge gäbe. Aber nichts Konkretes, mehr so ein Instinkt, wie man ihn nach vielen Jahren im Polizeidienst eben entwickelt. Wobei der Biermann natürlich wusste, dass der Gallup wusste,

dass dies jetzt nur die Umschreibung war, für: Ich weiß schon noch mehr, will es dir aber nicht sagen.
Dem Gallup wiederum war klar, dass Ermittler manche Sachen für sich behielten. Meistens hatte das auch einen Sinn, manchmal aber nicht, weshalb man eben hin und wieder Gespräche wie diese mit seinen Untergebenen führte. In diesem Fall vertraute er auf die Sinnhaftigkeit und sage zum Biermann, es sei schon gut, wenn sich ein Beamter auch auf seinen Instinkt verlasse. Aber sobald sich etwas konkretes daraus ergäbe, solle der Biermann ihm das bitte sagen.
Dabei wusste jetzt der Gallup natürlich, dass der Biermann wusste, was der Satz wirklich bedeutete. Nämlich, dass er jetzt nicht weiter nachfragen würde, sich der Biermann aber sehr gut überlegen solle, was er für sich behält oder nicht. Weil falls es dadurch zu Problemen mit dem Fall kommen sollte, würde er ihm das Fell über die Ohren ziehen – Freundschaft hin oder her.
Woraufhin der Biermann versicherte, er würde den Gallup selbstverständlich sofort über jede neue Erkenntnis informieren.
Gut, dann an die Arbeit.
Was wirst du jetzt machen?
Noch einmal einige Lokale abklappern. Einer der anderen Mieter der Wohnhausanlage, hat den Baier Markus am Samstag Abend im Salz&Pfeffer gesehen. Also nur wenige Stunden nach dem Mord, falls er es denn war. Ziemlich betrunken angeblich. Vielleicht weiß irgend jemand wo er sich jetzt aufhalten könnte.
Sehr gut, willst du den Werner Max mitnehmen oder

soll er noch Innendienst schieben?
Ich nehme in mit.
Bist du sicher?
Ja.
Aber nicht, dass der wieder herum schießt!
Das traut er sich jetzt hoffentlich eh nicht mehr, außerdem wird es Zeit, dass er ein bisschen die Leute hier kennenlernt, ist in einer Kleinstadt ja die halbe Miete für einen Kriminalisten.
Ja, da hast du wohl recht, wobei ich glaube, der Max will irgendwohin wo es mehr Mord und Totschlag gibt und er richtig Karriere machen kann.
Ja wahrscheinlich.
Also gut, dann bis später, viel Glück.
Danke.

Dass der Biermann Matthias den Werner Max mitnahm lag daran, dass er am Morgen irgendwie in versöhnlicher Stimmung gewesen war. Es war ja kein angenehmes Arbeitsklima, wenn man ständig im Clinch mit seinem Kollegen lag.
Zu Mittag bereute der Biermann seine Entscheidung aber bereits wieder. Weil die normale Vorgehensweise bei so etwas war, sich an die Bar zu setzen, einen Kaffee zu trinken, mit dem Servicepersonal ein wenig zu plaudern und dann mehr so nebenher zu fragen, ob denn jemand den Baier Markus kenne, weil der sei ein möglicher Zeuge zu einem Autounfall. Man würde ihn gerne befragen, könne ihn aber an seiner Adresse nicht erreichen. Ob er denn in letzter Zeit hier gewesen wäre und ob vielleicht jemand wisse,

wo er sich aufhalte.
Auf diese Art und Weise redeten die Leute erfahrungsgemäß am ehesten mit einem. Aber der Werner Max beherrschte diese Kunst überhaupt nicht. Der ließ die Leute ganz deutlich spüren, dass er selbst der Arm des Gesetzes war und alle anderen nicht mehr als potentielle Straftäter. Kurz – der Werner Max erfüllte ganz genau das Klischee vom unsympathischen Kiberer. Der bestellte sich keinen Kaffee und plauderte auch nicht mit den Leuten, sondern fragte sie nur barsch, ob sie denn den Baier kennen würden, wann er zum letzten mal hier gewesen sei, wo er sein könnte.
Und wenn die Leute dann keine Antwort hatten, bohrte er gleich auf ungut nach. Von wegen, dies sei eine polizeiliche Ermittlung, sie sollten gründlich nachdenken, denn wenn sie etwas wüssten aber nicht sagten, könne ihnen das als Behinderung der Polizei ausgelegt werden.
Auf diese Weise machte man sich natürlich weder Freunde, noch erhielt man dadurch wichtige Informationen. Da sagen die Leute eher noch zu Fleiß, dass sie schon wochenlang keinen Baier Markus mehr gesehen haben, selbst wenn sie ihm gerade erst auf dem Klo begegnet sind.
Und gerade im Salz&Pfeffer, wo ein Großteil der Klientel aufgrund diverser, persönlicher Vorerfahrungen sowieso schon nicht wirklich positiv auf den Arm des Gesetzes reagierte, war so eine Vorgehensweise doppelt kontraproduktiv.
Deswegen also gleich nach der ersten Befragung wie-

der Diskussion zwischen den beiden.
So erfährst du ja nichts, hättest mich fertig reden lassen.
Aber wenn du das mit deiner Methode machst dauert das ewig.
Aber wenigstens erfahre ich was.
So ging das hin und her, während sie in ihren blauen Ford stiegen und losfuhren. Weil dem Biermann die Streiterei aber auf die Nerven ging, schlug er dem Werner Max vor, dass sie sich aufteilen sollten. Er selbst würde die Lokale in Berndorf zu Fuß abklappern. Das sei kein Problem, weil ja eh alle nahe beisammen lägen. Der Max solle sich einstweilen durch die weiter entfernten Lokale fragen.
Damit war der Werner Max einverstanden und auch zufrieden, weil er so seine eigene Methode anwenden konnte, die er für viel besser hielt als die vom Biermann. Also setzte er den Biermann in der Alexanderstraße, vor dem Café Stangl ab.

Und im Café Stangl landete der Biermann gleich den nächsten Treffer. Weil nachdem er sich an der Bar erst einmal ein Seiterl bestellt und sich mit einer Portion Ham&eggs gestärkt hatte, fragte er den Kellner beiläufig, ob er eigentlich den Baier Markus kenne.
Ja, den kenne ich, warum?
Ach nicht wichtig. Aber gestern war ein Unfall in Weißenbach, den hat er gesehen, da brauchen wir seine Zeugenaussage.
Aha.
Aber wir erreichen in leider nirgends und es wäre

dringend, weil schwerer Unfall mit Personenschaden, hast du ihn vielleicht heute schon wo gesehen?
Nein, heute nicht, eigentlich schon länger nicht, was komisch ist, weil der kommt sonst vier oder fünfmal die Woche zu uns.
Wann war er denn das letzte Mal da?
Na warte, lass mich überlegen, Samstag muss das gewesen sein.
Um welche Uhrzeit?
Gute Frage, Nachmittag, ich hab um zwei angefangen und er ist kurz nachher gekommen.
Wie lange ungefähr?
Na schon länger, zumindest war es schon dunkel als er wieder gegangen ist. Warum? Ist das wichtig?
Ist es eh nicht, reine Neugier. Weißt du zufällig wo er sein könnte?
Nein, leider, ich kenne ihn persönlich sonst nicht.
Na gut, alles klar, danke auf jeden Fall.
Nach dem Wortwechsel nahm der Biermann erst einmal einmal einen tiefen Schluck von seinem Bier. Weil natürlich war es wichtig, dass der Baier Markus Samstag Nachmittag von 14 Uhr bis nach Sonnenuntergang hier gewesen war. Weil genau in dem Zeitraum lag laut Gerichtsmedizin auch der Todeszeitpunkt von der Leiche. Also konnte man den Baier Markus als Täter ausschließen. Was den Biermann natürlich nicht wirklich überraschte, weil die Leiche ja eben aller Wahrscheinlichkeit nach auch nicht die Austerlitz Angelika war und somit kein Bezug zum Baier bestand.
Aber wo war der Baier Markus und warum zum Teu-

fel noch einmal war er dort, wo er eben war. Außerdem – wo war die Austerlitz? Hatten sie sich plötzlich wieder ineinander verliebt und waren gemeinsam abgehauen? Zweite Flitterwochen quasi? Hatte der Baier am Sonntag vielleicht nur irgendwelche Sachen aus der Wohnung geholt?
Unwahrscheinlich aber möglich. Das Blut im Firmenauto vom Durr konnte ja wirklich auch auch von einer Verletzung stammen.
Wie dem auch sei – er würde jetzt auf jeden Fall den Gallup Friedrich anrufen und ihm diese neue Erkenntnis mitteilen. Weil ja nun der Instinkt zu etwas Konkretem geworden war.
Aber gerade als er sich vom Barhocker schwingen wollte, um mit seinem modernen Mobiltelefon vor das Lokal zu gehen – weil ihm hier drinnen zu viele neugierige Ohren waren – kam ihm gleich noch einmal der Zufall zu Hilfe.
Der Mann, der die ganze Zeit über schweigend neben ihm gesessen und in sein Bierglas gestarrt hatte, meldete sich plötzlich mit einer Frage zu Wort.
Hat der Neumayer Alex eigentlich seinen Autoschlüssel zurück bekommen?
Der Biermann Matthias brauchte einen Augenblick, bis er auf den möglichen Zusammenhang gekommen war und den Mann ahnungsvoll fragte, wie er denn jetzt darauf komme.
Woraufhin ihm der Unbekannte erzählte, der Baier Markus hätte am Samstag einen Schlüssel im Lokal gefunden und herumgefragt, ob jemand wisse wem der gehöre. Woraufhin schließlich jemand festgestellt

hatte, es sei sicher der Schlüssel vom Neumayer Alexander. Eh kein Wunder, weil der seine Sachen ja dauernd irgendwo versäuft. Und der Baier hatte dann gemeint, dass er den Schlüssel einstweilen behalten würde. Weil er kenne den Neumayer und es könne schon sein, dass er ihm beim Fortgehen heute noch begegnen würde. Falls nicht, würde er ihm den Schlüssel am Sonntag bringen. Er wisse ja eh, wo der Alex zuhause sei.

Der Biermann antwortete kurz angebunden, er wisse nichts von einem Neumayer und seinem Autoschlüssel. Dann ging er telefonieren und teilte dem Gallup mit, er wisse nun, dass der Baier Markus einerseits für den Tatzeitpunkt des Mordes ein Alibi habe und andererseits, dass er im Besitz des Schlüssels vom Fluchtfahrzeug des Amokläufers gewesen sei.

Margaretenkirche

Nach einem zähen Schultag, schwangen sich der Roland und der Michael auf ihre BMX-Räder. Zwar war überall noch Schneefahrbahn, aber das störte die beiden nicht weiter. Wofür hatte man schließlich so ein Geländerad?

Heute lässt man die Kinder ja schon ab Ende September nicht mehr aufs Fahrrad, weil sie sonst vielleicht irgendwo auf dem feuchten Laub ins Rutschen kommen könnten. Damals hat das keinen interessiert. Ebenso wenig, wie in dieser Zeit den Kindern irgendwer einen Helm aufgesetzt hätte.

Außerdem war die Verwendung der Räder an diesem Tag für die zwei Buben sowieso unumgänglich. Weil sie mussten jetzt erst einmal zur Marienkapelle, um etwas von den versteckten Pflanzenproben zu holen. Dann weiter in die Hauptstraße nach St. Veit, zum Roland seiner Oma, das Pflanzenbuch anschauen. St. Veit ist eine der vier Katastralgemeinden, aus denen sich Berndorf zusammensetzt. Und von der Annakapelle bis zur Wohnung von der Durr-Oma waren es immerhin 4 km.

Die Anna-Oma, deren Mann vor drei Jahren plötzlich an einem Herzinfarkt verstorben war, freute sich wie immer sehr, dass ihr Enkel sie in ihrer kleinen Zweizimmerwohnung besuchte.

Ja grüß euch, das ist aber eine schöne Überraschung, kommt nur herein, ich mach euch einen Kakao, und ein Wurstbrot, ihr habt sicher einen Hunger.

Dann, nachdem die Oma ihn und auch den Michael

abgebusselt hatte, fragte der Durr Roland, ob sie das Pflanzenbuch anschauen dürften, zwecks Vorbereitung auf den Sommer, wo sie zum aller ersten Mal, ganz alleine, ein Wochenende lang, in den Wald zelten gehen wollten.
Ja natürlich, schaut nur, ihr wisst ja eh wo es ist, ich richte derweil die Jause her.
Also gingen die Jungs in das Wohnschlafzimmer, fischten das dicke Buch aus dem Regal und ließen sich auf der Couch nieder, die von der Oma am Abend immer zum Bett ausgezogen wurde. *Pflanzen Mitteleuropas* war wirklich ein ziemlicher Wälzer, aber dafür auch ausführlich bebildert und beschrieben.
Der Roland hatte seine Jacke mit in das Zimmer genommen und fischte das schon etwas zerknitterte Blatt heraus. Einige Sekunden lang prägten sich die beiden Jungs die Form ein, dann ließ der Roland das Blatt wieder verschwinden, für den Fall, dass die Oma plötzlich hereinkommen würde. Weil ein bisschen ein schlechtes Gewissen wegen dem unbefugtem Betreten von der Hausmeisterwohnung hatten sie natürlich schon, und da wollten sie natürlich jegliche Fragen nach der Herkunft des Blattes vermeiden.
Danach begannen sie, rasch das Buch von vorne nach hinten durchzublättern. Nach ein paar Minuten wurden sie bei C auch schon fündig. Neben einer Zeichnung von den Blättern und anderen Pflanzenteilen, stand eine kurze Beschreibung. Der Roland überflog den Text und las Teile davon halblaut vor:
Cannabis, krautige Pflanze, Familie Hanfgewächse,

wichtiger Rohstoff, Faser- und Ölgewinnung, Erzeugung von Haschisch und Marihuana.
Der Roland und der Michael blickten sich an. Weil was Haschisch und Marihuana waren wussten sie, weil unlängst ein Polizist in der Schule gewesen war und sie über Drogen aufgeklärt hatte.
Der Papa von der Lang Barbara baute also Drogen an? Deshalb hatte er während der Befragung im Theater wohl nichts gesagt. Weil sonst die Sache mit dem Hanf in seinem Wohnzimmer herausgekommen wäre.
Gerade wollte der Roland erneut das Blatt aus seiner Jacke holen, zwecks nochmaliger Überprüfung, als plötzlich die Oma hinter ihnen stand.
Na was lest ihr denn da gerade Schönes? Aha, Hanf, ja das haben die Bauern früher oft angebaut. Weiß ich noch, als Kind damals, da waren wir öfter bei den Hanffeldern. Das hat ganz stark gerochen. Aber heute wird der nicht mehr angebaut. Warum nicht? Weil dann die Baumwolle gekommen ist, hat mir der Fritz-Bauer einmal erzählt. Außerdem kann man auch Drogen daraus machen, hat es irgendwann geheißen, deswegen haben es die Bauern dann überhaupt nicht mehr anbauen dürfen. Aber dein Opa hat mir einmal erzählt, das mit den Drogen ist ein Blödsinn. Weil sein Papa hat oft einen Hanf in der Pfeife geraucht. Knaster haben sie dazu immer gesagt, weil die Samen beim Verbrennen so geknistert haben. Aber der Papa vom Opa ist dabei eigentlich normal geblieben. Ein bisschen entspannt hat er sich, und recht fröhlich ist er manchmal geworden, aber einen Rausch, so wie

zum Beispiel vom Schnaps, hat er davon nie bekommen. So schlimm kann das also nicht gewesen sein, wenn es nicht ärger war als Alkohol, der ja auch nicht verboten ist. Aber was weiß ich, wird schon einen Grund haben. Kommt jetzt, der Kakao steht schon in der Küche.

Nachdem sie ein jeder ihren Kakao, ein großes Glas Himbeersaft und zwei dick belegte Wurstbrote zu sich genommen hatten, plauderten sie noch ein bisschen mit der Oma. Über die Schule, wie das Zeugnis wohl ausfallen würde – worüber man mit einer Oma eben plaudert.

Auf dem Heimweg, während sie nebeneinander vorsichtig über die stellenweise vereisten Gehsteige radelten, Palaver von wegen, ob sie der Barbara sagen sollten, dass ihr Überraschungsgeschenk anscheinend eine kleine Drogenplantage war. Dann, so nach und nach, die zögerliche Idee, ob man denn die Wirkung von dem Hanf ausprobieren sollte. Weil laut der Oma sei das ja weniger arg als Alkohol und den hatten sie ja auch schon probiert. Außerdem hatte der Polizist in der Schule auch erklärt, dass Haschisch und Marihuana zu den weniger gefährlichen Drogen gehörten. Da konnte man nicht an einer Überdosis sterben oder so. Aber nehmen sollte man es trotzdem nicht. Einerseits, weil man psychologisch schon ein bisschen süchtig danach werden konnte. Andererseits weil es eine Einstiegsdroge sei, durch die man Lust auf weitere Drogen bekommen würde.

Was aber – wie der Michael mit einem Geistesblitz feststellte – in ihrem Fall eh nicht relevant sei. Weil

im Drogenunterricht hatten sie gelernt, dass Alkohol und Nikotin ja auch Drogen seien, nur eben legale. Und da sie ja schon sowohl geraucht als auch getrunken hatten, könne man jetzt Hanf ja eigentlich nicht mehr als Einstiegsdroge rechnen. Außerdem waren sie vom Zigarettenrauchen und vom Alkohol trinken ja auch noch nicht süchtig geworden. Warum sollte das beim Hanf anders sein?
Womit sich jetzt eigentlich nur noch die Frage stellte, wie sie denn den Hanf konsumieren sollten. Weil der Drogenpolizist hatte ihnen beigebracht, dass die Blüten oder das Harz der Pflanze meistens geraucht, manchmal aber auch in Kekse gebacken gegessen würde. Wobei Kekse von vornherein ausschieden, weil sie einerseits beide nicht backen konnten, und sie andererseits das Experiment heute noch durchführen wollten. Wie man so einen Joint bastelte, den sie auf den Bildern im Drogenunterricht gesehen hatten, wussten sie auch nicht so recht. Aber da fiel dem Michael zum Glück ein, dass sein Opa ganz früher einmal Pfeife geraucht hatte, und dass diese Pfeife immer noch in einer Lade im Wohnzimmer seines Opas lag.
Also radelten die Jungs zum Moritz Michael nach Hause, weil sich dessen Eltern und Großeltern das Haus miteinander teilten. Die Eltern hatten das Obergeschoss, die Großeltern die untere Hälfte. Das war bezüglich Kinderbetreuung natürlich praktisch, bezüglich zwischenmenschlichem Eltern-Großeltern-Verhältnis aber manchmal auch schwierig. Glücklicherweise waren die Großeltern an diesem Tag

nicht da, wodurch der Michael problemlos die Pfeife aus der Lade holen und in der Innentasche seiner Jacke verschwinden lassen konnte.
Nächste Station war dann natürlich die Annakapelle und nachdem sie den Hanf aus dem Geheimversteck geholt hatten, stellte sich ihnen nur noch die Frage, wohin sie denn zum Rauchen gehen sollten. Weil es war noch hell und damit zu gefährlich, hier gleich an Ort und Stelle zu rauchen.
Der Michael schlug die Semperit oder den alten Bunker unterhalb der Hochstraße vor. Aber der Roland meinte, ein Platz in der Nähe sei vielleicht besser, weil sie wüssten ja nicht wie die Wirkung sein würde und vielleicht wäre es besser, einen kürzeren Nachhauseweg zu haben.
Sie überlegten kurz, dann hatte der Michael den rettenden Einfall.
Margaretenkirche, da ist es auch ein bisschen wärmer.
Gute Idee, aber hoffentlich ist heute keine Chorprobe oder so.
Na schauen wir mal hin, sehen wir ja eh gleich.

Die Margaretenkirche hat natürlich ebenfalls der Krupp Arthur bauen lassen. Industrie, Bildung, Kultur und Glaube. Das sind die vier Eckpfeiler, auf denen der Krupp sein Berndorf errichtet hat. Dabei war die 1917 fertiggestellte Margaretenkirche, die der Arthur nach seiner Frau benannt hat, schon die zweite Kirche, die er den Berndorfern hingestellt hat. Nämlich nachdem die 1883 gebaute Marienkirche einfach

zu klein geworden war. Woran man sieht, dass der Glaube damals mit der Bevölkerung gewachsen ist. Wobei dem Metzger Mario seiner Sozialtheorie nach, die zwei Kirchen in Berndorf zusätzlich zur Identitätskrise der Ur-Berndorfer beigetragen haben.
Der Durr Roland und der Moritz Michael sind aber gerne in die Margaretenkirche gegangen. Aber nicht in die Messe – das hat sich bei ihnen auf die Schulmessen beschränkt – sondern weil der neobarocke Bau schon einen gewissen Unterhaltungswert bot. Beispielsweise konnte man im Weihwasserbecken seine Spritzpistole auffüllen, wenn einem während der Gefechte rund um oder manchmal auch in der Kirche die Munition ausging. Brauchte man Feuer zum zündeln oder Zigaretten rauchen, fand man bei den Opferkerzen in aller Regel Streichhölzer oder Feuerzeuge.
Außerdem war es eine beliebte Mutprobe unter den BMX-Fahrern, vom Altar weg, möglichst in einem durch, auf dem Hinterrad durch den Mittelgang zu fahren, um danach durch das Kirchentor die Stiegen hinunter mit Vollgas die abschüssige Kruppstraße entlang zu flüchten. Hin und wieder, vor allem wenn es draußen regnete, übten sie auch ihre Skateboard-Tricks in der Kirche. Selbstverständlich schrieben sie auch die eine oder andere Anmerkung in eines der roten Gebetbücher auf den Kirchenbänken. Also Sätze wie: *Morgen ist das jüngste Gericht,* oder auch: *Satan sitzt hinter dir,* und malten sich dann aus, wie sich die alten Kirchenweiber über diese, von entsprechenden Skizzen illustrierten Botschaften, er-

schrecken würden.
Aber erwischt waren sie bislang nie worden. Was vor allem zwei Gründe hatte. Nämlich, dass sie einerseits – außer bei den Gebetsbücher – keine bleibenden Schäden anrichteten. Andererseits schauten sie immer auf die Anschlagtafel vor der Kirche, wo genau stand, wann Chorprobe, Beichte, Messe oder sonst etwas war. Bevor sie Skateboard oder Rad in die Kirche brachten, checkten sie zuerst natürlich auch immer, ob eh niemand zufällig in der Kirche war.
Aber im Allgemeinen, war die Kirche außerhalb der auf der Tafel vermerkten Zeiten eher schlecht besucht.
Und sofern man nicht gerade auf dem Hinterreifen durch den Mittelgang radelte, konnte man sich im Fall des Falles immer noch schnell mit gefalteten Händen in die Kirchenbank setzen und so tun, als sei man sehr fromm.
An diesem Donnerstag schien die Kirche wieder einmal ganz alleine dem lieben Gott und den beiden Jungs zu gehören. Keine Messe, kein Chor, keine Beichte, alle Kirchenbänke leer, auch kein Organist, der religiöse Musikstücke übte und auch kein Pfarrer. Gut möglich, dass der Durr und der Moritz zu dieser Zeit öfter in der Kirche waren als der Pfarrer selbst.
Also nur kirchliche Stille, ein paar flackernde rote Kerzen am Opferstock beim Eingang, der rote Teppich im Mittelgang, an seinem Ende der bronzen glänzende Hochaltar mit der Statue der heiligen Margarete darauf, deren Gesicht das vom Krupp Arthur seiner Frau ist. Nur ein bisschen schöner als sie in

Wirklichkeit war.
Wo gehen wir hin, gleich hier ist es blöd falls jemand hereinkommt.
Ja, da hast du recht, besser wir gehen in den Beichtstuhl hinter den Vorhang, da siehst uns niemand.
Ja, gute Idee.
Also gingen sie in den Beichtstuhl, in dem sie auch schon Zigaretten geraucht und einmal eine kleine Dose Bier miteinander getrunken hatten. Dort stopften sie das harzige Zeug und auch die Blätter irgendwie in die Pfeife. Der Roland zog, während der Michael ihm Feuer gab. Der Hanf war natürlich noch feucht und begann nicht richtig zu glühen. Aber ein bisschen ein Rauch kam dem Roland trotzdem in die Lunge und ein intensiver, süßlicher Geruch breitete sich im Beichtstuhl aus. Dann tauschten sie und der Michael zog an der Pfeife, während der Roland ihm Feuer gab. Das Zeug kratze mehr, als die Zigaretten die sie gewohnt waren, aber beide schafften es, nicht zu husten.
Nach dem ersten Zug natürlich gleich Frage und Gegenfrage, von wegen spürst du was, nein ich spüre nichts, spürst du was, nein, ich spüre auch nichts, na dann zünd noch einmal an.
Also wiederholten sie den Vorgang, während sich vorne leise die Kirchentür öffnete.

Noch ein Zufall

Nachdem der Biermann draußen mit dem Gallup telefoniert hatte, ging er zum Nachdenken wieder ins Café Stangl und bestellte sich noch eine Melange. Die Gespräche der anderen Gäste waren mittlerweile wieder allgemeiner geworden. Natürlich kamen der Austerlitz-Mord und der Amoklauf auch noch zur Sprache, aber der Unterhaltungswert solcher Sachen nutzt sich ja innerhalb weniger Tage ab, wenn keine neuen Informationen dazu auftauchen.

Außerdem machte auch der gestrige Theaterbrand dem Mord und dem Amoklauf etwas Konkurrenz. Wobei der Schaden in den Köpfen der der Menschen wesentlich größer war, als in der Realität.

Hast schon gehört, Theaterbrand, der ganze Schnürboden in Flammen, teile vom Dachstuhl auch, gerade noch rechtzeitig löschen können, aber der Schaden enorm, alles verraucht, voller Ruß und stinkig, und der Wasserschaden überall noch dazu, da wissen sie ja noch gar nicht, ob sie heuer die Sommerspiele überhaupt machen können.

Dem Biermann war dann schließlich zu viel Unruhe im Lokal. Er legte das Geld auf den Tresen und ging auf die Straße hinaus. Dort überlegte er kurz, ob er seinen Kollegen anrufen und sich von ihm abholen lassen sollte, entschied sich dann aber dafür, noch ein wenig spazieren zu gehen. Weil ihm die Sache halt eben keine Ruhe gelassen hatte. Das muss man bezüglich dem Biermann nämlich schon sagen – ein schlechter Kriminalpolizist ist der nicht gewesen.

Auch wenn er vielleicht ein bisschen eine eigene Dienstauffassung gehabt hat. Aber gelöst hat er fast alle Fälle, die es in Berndorf während seiner Dienstzeit gegeben hat.
Also spazierte er erst einmal Richtung Café Lagler, wo er mit der Balkon Michi noch einmal über die Ereignisse vom Montag redete, aber nichts Neues erfuhr. Dann setzte er seinen Weg die Osergasse hinauf fort, weiter über die Steintreppe in die Dörflingerstraße und in den Gasthof Bärenschlössl, gegenüber von der Margaretenkirche. Das Bärenschlössl war damals übrigens das Casino vom Krupp Arthur. Dort trank der Biermann an der Bar noch ein Soda-Zitrone, war aber der einzige Gast und konnte außer dem Wirt niemand befragen.
Der Wirt meinte, er würde den Baier schon kennen, er komme manchmal in der Mittagspause zum Essen her, sei aber schon länger nicht da gewesen. Was ihn aber auch nicht all zu viel ausmachen würde, weil wenn seine Stammkunden an der Theke standen und über irgendwas diskutierten, neige der Baier Markus dazu, sich einzumischen und dabei auch ziemlich aggressiv zu werden. So etwas könne er in seinem Lokal nicht brauchen, und mit dem Trinkgeld wäre der Baier auch immer knausrig.
Also verließ der Biermann das Lokal kurz darauf wieder und entschied dann spontan, sich noch kurz in die Kirche zu setzen. Das war nicht ganz ungewöhnlich bei ihm. Weil mit Gott hatte er zwar nichts am Hut, schätzte aber die Stille in Kirchen. Hin und wieder, wenn ihn ein Fall nicht los ließ und er nicht wei-

terkam, setzte er sich zum Nachdenken in eine Kirche. Normalerweise allerdings in die Marienkirche, weil die ja gleich gegenüber vom Dienstposten stand und er so nicht weit zu gehen hatte. Aber da er nun schon mal hier war …

In der Mitte des Kirchenschiffes, nahm er in einer der Kirchenbänke ganz am Rand Platz und blickte Richtung Hochaltar.
Ganz oben auf dem Altar steht die Frau vom Krupp, oder die heilige Margarete, je nach Betrachtungsweise. In ihrer Linken hält sie eine Miniatur von der Margaretenkirche, die Rechte hat sie segnend über eine zu ihren Füßen sitzende Frau erhoben. Gegenüber dieser Frau wiederum, kniet ein glatzköpfiger Bettler. Zwei Ur-Berndorfer quasi. Alle drei Figuren stehen auf einer Wolke. Dann erst, also unter der Wolke und wesentlich kleiner als die Margarete, ein von Strahlen bekränztes Portrait vom Jesus, links und rechts flankiert von zwei Engelsstatuen. Da ist also Altar-mäßig die Hierarchie ganz klar geregelt. Oben die heilige Krupp Margarete, darunter der Jesus. Was manche schon zu der Behauptung verführt hat, der liebe Gott habe die Welt, die Familie Krupp aber Berndorf erschaffen.
Über solche theologischen Fragen hat sich der Biermann damals aber nicht den Kopf zerbrochen. Vielmehr versuchte er, seine Gedanken einfach ziehen zu lassen, an gar nichts zu denken. Und während seine Gedanken ziellos von ihm weg, in den Kirchenraum schwebten, schwebte von woanders her ein schwach

süßlicher Geruch in seine Richtung.
Er brauchte eine Weile bis er begriff, dass es keine Weihrauchschwaden waren, die ihm da plötzlich in die Nase drangen. Aber dann erkannte er den Geruch und blickte sich verwundert und auch ein wenig amüsiert um.
Da rauchte doch nicht wirklich jemand Marihuana in der Margaretenkirche?
Schien aber so. Also schnupperte er um festzustellen, woher der schwache Duft kam. Langsam stand er auf und sah sich um.
Im Beichtstuhl? Mussten dem Pfarrer seine Schäfchen jetzt neuerdings zur Buße Hanf rauchen, anstatt Ave Maria beten? Nicht wirklich jetzt, oder?
Aber der Geruch kam eindeutig von dort. Leise schlich er Richtung Beichtstuhl. Vor dem Vorhang blieb er stehen und lauschte.
Das typische Geräusch eines aufflammenden Feuerzeuges. Ein ganz leises Atemgeräusch. Undeutliches flüstern, irgendetwas von wegen spürst du jetzt schon und nein, brennt auch sehr schlecht. Kinderstimmen, eindeutig. Mit einem Ruck riss der Biermann den Beichtvorhang zur Seite.

Noch immer Freundschaftsdienst

Hör jetzt einmal zu bitte. Ganz in Ruhe. Okay

Ich bin eh ruhig. Also was jetzt?

Du kannst ihn nicht länger hierbehalten, das geht nicht. Heute ist schon Donnerstag. Spätestens morgen Abend muss er weg sein.

Na was soll ich leicht mit ihm machen? Ihn in die Triesting schmeißen? Oder woanders mit ihm hinfahren?

Lass ihn doch gehen. Er verrät dich sicher nicht.

Na klar. Der steht so schnell bei der nächsten Telefonzelle und ruft die Polizei, da kommst du mit dem Schauen gar nicht nach.

Er wird dich eh nicht verraten. Das hat er ja mehrfach versprochen. Schau, warum willst du alles noch schlimmer machen? Bis jetzt ist ja eigentlich gar nicht so viel passiert. Selbst wenn er dich verrät, kommst du wahrscheinlich noch mit einem blauen Auge davon.

Na das glaub ich. Wenn die mich erwischen, gehe ich in den Bau.

Weißt du was - das interessiert mich jetzt nicht mehr. Du musst ihn hier wegbringen. Spätestens bis morgen Nachmittag.

Ja aber wo soll ich den hin mit ihm?

Das ist nicht mein Problem. Du hast unsere Freundschaft jetzt schon genug ausgenutzt. Himmel-Hergott noch einmal. Irgendwann ist auch meine Geduld vorbei. Wenn er morgen Abend noch da ist, gehe ich zur Polizei.

Ja, aber da macht du dich mitschuldig.
Ich sag du hast mich unter Druck gesetzt.
Das glauben sie dir nicht. Hast ja gehen und kommen können, wie du wolltest. Das werden sie sagen. Dass du ruhig schon früher zu ihnen hättest gehen können.
Na dann sag ich, du hättest gedroht mich zu ermorden.
Aber das ist eine Lüge!
Ja und? Morgen ist er hier weg. Mir egal wohin. Und jetzt tschüss, ich muss morgen früh raus.
Na geh doch. Wirst schon sehen was du davon hast.
Hör zu. Gib ihm wenigstens noch etwas zu trinken. Der schaut eh schon ganz ausgedörrt aus. Oder willst du, dass er stirbt. Dann bist du auch noch ein Mörder. Du willst kein Mörder sein, oder?
Der kriegt heute von mir sicher nichts mehr zum trinken. Hat eh zu Mittag schon sein Glas Wasser bekommen.
Weißt du was – mach was du willst. Ist dein Gewissen, nicht meines. Aber schaff ihn morgen raus oder ich muss dich verraten.
Ja, ja, dann bist du eben ein Judas. Geh, schleich dich jetzt. Ich mach das schon.

Nachdem sein Freund gegangen war, lehnte sich der Amokläufer erschöpft an die Wand und ließ sich zu Boden sinken. Dann fischte er eine Marlboro aus der Zigarettenpackung in seiner Hemdtasche und zündete sie an.
Missmutig betrachtete er die, mit Klebeband auf ei-

nen mitten im Raum stehenden Stuhl, gefesselte Geisel.
So war das eigentlich nicht geplant gewesen. Nicht so. Nicht beim Billa in Berndorf. Wie sollte er aus der Nummer wieder herauskommen?
Die Geisel bewegt sich stöhnend auf dem Stuhl, so weit das Klebeband das eben zuließ, vermied es aber, in seine Richtung zu schauen.
Gib Ruhe, sonst gibt es wieder ein paar Watschen.
Aber mittlerweile klang die Stimme vom Amokläufer schon gar nicht mehr aggressiv. Eher sehr müde und resigniert.
Sollte er ihn vielleicht doch einfach erschießen und die Leiche irgendwo entsorgen? Käme er damit durch?
Das hatte er sich jetzt schon ein paar mal überlegt. Aber sein Freund hatte recht. Er war kein Mörder. Jemand schlagen und jemand kaltblütig erschießen – das waren zwei Paar Schuhe. Aber was sollte er jetzt denn sonst tun?

Gärtnerei

Etwa zur selben Zeit, als der Biermann Matthias sich in der Margaretenkirche daran machte, zwei heranwachsenden Kiffern die Beichte abzunehmen, saß der Lang Thomas trübsinnig auf seiner Wohnzimmercouch und stierte die Hanfpflanzen an.
Ein stressiger Tag war das für ihn gewesen. Am Vormittag Begehung des Schnürbodens, zwecks Schadensabklärung.
Und die ganze Bagage natürlich mit dabei. Angefangen vom sehr besorgten Bürgermeister, der ja zugleich de facto auch sein Chef war, weiter über diverse Stadträte und die Damen vom Kulturamt, bis hin zum geschniegelten Versicherungsmenschen und dem kleinen, schnauzbärtigen Feuerwehrkommandanten. Außerdem hatte der ÖVP-Stadtrat zusätzlich noch einen unabhängigen Gutachter mitgebracht. Für den Fall, dass die rote Mehrheit hier wieder einmal Mist gebaut hatte.
Als der ÖVP-Stadtrat mit dem Gutachter angekommen war, hatte der rote Bürgermeister diesen Affront natürlich nicht auch sich sitzen lassen können und sofort verkündet, man müsse mit der Begehung jetzt noch warten, bis sein eigener Sachverständiger eingetroffen ist. Er würde ihn gleich noch einmal anrufen und fragen, wo er denn bleibe. Wofür er dann wieder ins Rathaus hinüber ging, während die anderen in der Eingangshalle des Theaters warten mussten.
Natürlich drängte der ÖVP-Stadtrat dann auch gleich

drauf, die Begehung jetzt sofort zu beginnen. Der Herr Bürgermeister könne ja auch nachher noch schauen gehen.
Was aber der Lang Thomas mit der Begründung verweigerte, der Herr Bürgermeister hätte ihm untersagt, jetzt irgendjemand auf den Schnürboden zu lassen. Das entsprach zwar nicht der Wahrheit, aber er war nun einmal im öffentlichen Dienst beschäftigt. Der öffentliche Dienst wiederum, stand unter der Fuchtel der Politik und die politische Mehrheit in Berndorf, die war nun einmal so rot, wie es sonst nur der Schädel eines Betrunkenen mit Bluthochdruck, kurz vor dem Hirnschlag sein konnte.
Woraufhin ihm der ÖVP-Stadtrat dann gleich auf ungut gekommen war, von wegen, man könne ja auch ohne den Hausmeister auf den Schnürboden gehen. Wogegen sich dann aber natürlich wieder die SPÖ-Stadträte gewehrt hatten.
Zum Glück war nach 20 Minuten der Bürgermeister wieder aufgetaucht und hatte verkündet, sein Sachverständiger würde gleich eintreffen.
Noch einmal 20 Minuten später, war dann der 66-jährige Otava Peter aufgetaucht. Seines Zeichens Statiker, der in Berndorf schon öfter öffentliche Gebäude beurteilt hatte. Jetzt seit einem Jahr in Pension. Genau genommen auch nicht wirklich unabhängig, weil er mit dem Bürgermeister öfter beim Heurigen gesessen ist. Was in einer Kleinstadt aber natürlich auch Zufall sein kann.
Jedenfalls war der Schaden selbst dann eh in zehn Minuten abgeklärt worden. Zwei angekokelte Bretter,

die – da waren sich die beiden Sachverständigen einig – ausgetauscht werden sollten. Das war alles.
Woraufhin der Bürgermeister erleichtert meinte, dass wäre ja eh gut ausgegangen. Die zwei Bretter könnten auch die Gemeindearbeiter austauschen. Wofür hätten sie denn schließlich einen Tischler am Bauhof beschäftigt. Das sei sicher die einfachste und günstigste Variante.
Dem hatte aber der ÖVP-Stadtrat sofort widersprochen, von wegen, so etwas müsse doch von einer Fachfirma gemacht werden, alles andere sei fahrlässig, deswegen müsse man jetzt erst einmal eine öffentliche Ausschreibung machen und dann schauen, welche Firma sich da am besten eignen würde.
Und bezahlen, meinte er dann mit Blick Richtung Versicherungsmenschen, würde das dann ja hoffentlich sowieso die Versicherung.
Von da an war es dann für den Lang Thomas wirklich unangenehm geworden. Weil der Versicherungsmensch hatte gemeint, er könne das noch nicht sagen. Dafür müsse er auf jeden Fall einmal die Brandursache wissen.
Woraufhin ihm der Kommandant erklärte, eine schlecht abgedämpfte Zigarette sei die Ursache gewesen. Wahrscheinlich Kinder vom Schulmusical, die heimlich rauchen gegangen waren.
Der Versicherungsmensch blickte sich um und wollte dann wissen, ob es denn üblich sei, dass in diesem Theater jeder überall hin gehen könne.
Woraufhin der Lang Thomas ihm sagte, die Tür zum Schnürboden sei ja eh abgeschlossen gewesen. Wo-

mit er seiner Aussage vom Vortag widersprach, was dem Kommandanten auch auffiel. Der kleine Kommandant kratze sich kurz am Schnauzbart, sprang dem Lang Thomas dann aber bei und bestätigte, dass seine Männer die Tür verschlossen vorgefunden hätten.

Dann natürlich wieder Fragen, von wegen wer denn aller einen Schlüssel habe und so weiter.

Sehr unangenehme Situation also für den Lang Thomas, der nichts anderes sagen konnte, als er das er es eben nicht wisse und auch keine Erklärung hätte.

Offiziell verdächtigt hat ihn an diesem Tag niemand, aber an den Blicken der anderen hatte er natürlich schon ganz deutlich gemerkt, dass er jetzt der Tatverdächtige Nummer Eins war.

Der Bürgermeister meinte dann zum Glück recht rasch, man könne die Versammlung jetzt beenden. Er würde gleich für heute Nachmittag eine Sondersitzung einberufen, um über diese Angelegenheit zu diskutieren. Das ging ihm ihn Wirklichkeit zwar gegen den Strich, aber ihm war klar, dass der Vorschlag ansonsten vom ÖVP-Stadtrat gekommen wäre. Der danach monatelang das Argument gebracht hätte, es sei ja die ÖVP gewesen, die sich nach dem Theaterbrand um eine sachliche, öffentlich Aufklärung bemüht habe, während die SPÖ wieder einmal alles so unter dem Tisch hätte regeln wollen.

Beim Hinausgehen hatte der Bürgermeister dem Lang Thomas dann noch einen nachdenklichen Blick zugeworfen.

Kurz nach Mittag, gerade als er in seiner Küche über

einen dampfenden Teller Hasenkopfsuppe gebeugt da saß, läutete auch noch der Dvorak Felix an der Tür. Weil den hatte irgend jemand wegen des Theaterbrandes angerufen, woraufhin der Dvorak gleich von Döbling nach Berndorf gefahren war, um sich selber ein Bild vom Schadensausmaß zu machen. Immerhin war ja schon Februar und damit nicht mehr lange bis zum Theatersommer.

Also hatte der Lang Thomas seine Suppe stehen lassen und mit dem beunruhigten Dvorak Felix erneut auf den Schnürboden gehen müssen. Dort war der Dvorak aber eh gleich beruhigt gewesen. Weil den Austausch der zwei Bretter, so meinte er zum Lang Thomas, würde er sich sogar selber zutrauen.

Bezüglich der wahrscheinlichen Brandursache war er auch locker geblieben und hatte nur schmunzelnd gemeint, dass es schon gut wäre, wenn die Jugend auch heute noch Flausen im Kopf hätte. Weil das Potential eines Schauspielers, seien letztendlich ja immer seine eigenen Erfahrungen und die damit verbundenen Gefühle und Emotionen. Gut möglich, dass sich die heimlichen Raucher aufgrund dieser Erfahrung von Schulmusicaldarstellern zu Stars am Burgtheater weiterentwickeln würden.

Der Lang Thomas hatte den Dvorak Felix danach noch in seine Wohnung auf einen Schnaps eingeladen. Das tat er häufig, weil er sich mit dem Dvorak eigentlich immer gut verstanden hat. Das mit den Pflanzen war dabei kein Problem, weil er den Schnaps mit dem Dvorak sowieso immer in der Küche trank. Außerdem hat er ihm dann auch noch et-

was von der Suppe warm gemacht und sich nachher sogar die schnell angebratene Hasenleber mit ihm geteilt.
Nicht ganz ohne Hintergedanken, weil falls jetzt sein Hausmeisterjob aufgrund des Brandes tatsächlich in Gefahr war, würde der Dvorak beim Bürgermeister sicher ein gutes Wort für ihn einlegen.
Aber trotzdem war das jetzt eine angespannte Situation für ihn. Auch wegen der Pflanzen, die man ja eigentlich nicht haben durfte. Die hatte ihm zu Montag Mittag ein guter Bekannter gebracht. Etwas hektisch hatte er gewirkt. Von wegen, ob er denn die Gewächse für ein oder zwei Tage bei ihm unterstellen könne. Er müsse sie wegräumen, weil sich unerwarteter Besuch angekündigt hätte. Eh nur bis Dienstag oder spätestens Mittwoch, dann würde er sie wieder abholen.
Prinzipiell hatte der Lang Thomas da auch nichts dagegen, weil er ja selber auch hin und wieder ganze gerne einmal einen Hanf rauchte. Er hatte zwar kurz Bedenken geäußert, von wegen seiner Tochter, aber da die am Mittwoch ja ohnehin wieder für eine Woche zu ihrer Mama ziehen würde, war er dann doch einverstanden gewesen.
Außerdem war sein Bekannter ja auch ein angenehmer Zeitgenosse. Eigentlich schon mehr als ein guter Bekannter, aber auch nicht das, was man schon als Freund bezeichnen würde. Irgendetwas dazwischen. Ein guter Spezl halt. Sicher würde der ihm nach der Ernte, als Dankeschön, auch etwas von dem Gras abgeben.
Aber jetzt war es halt blöd, weil man wusste ja nicht,

was sich aus dem Brand noch alles ergeben würde. Konnte ja sein, dass sich zum Beispiel der ÖVP-Stadtrat plötzlich einbildete, man müsse eine Brandschutz-Begehung im ganzen Haus machen, oder etwas ähnliches, wobei man dann auch seine Hausmeisterwohnung anschauen würde. Das wäre natürlich schlecht, wenn da die Pflanzen noch da wären.
Sicher würde man ihm dann unterstellen, auf dem Schnürboden nicht nur Zigaretten geraucht, sondern sogar gekifft zu haben. Doppelt illegal also und natürlich auch strafrechtlich relevant.
Jetzt hatte er eh schon versucht, seinen Spezl zu erreichen. Aber der ging bei ihm zuhause nicht ans Telefon.
Ob er die Pflanzen nicht lieber wegwerfen sollte? Aber das wäre halt auch schade.
Also beschloss er, es morgen noch einmal zu versuchen und falls er dann wieder niemanden erreicht, würde er das Grünzeug wohl oder übel entsorgen müssen.

Beichte

Kriminalpolizei! Was macht ihr hier?
Erschrocken starrten der Moritz Michael und der Durr Roland die massige Gestalt an, die gerade den Beichtvorhang zur Seite gerissen hatte. Wie erstarrt saßen die beiden da. Der Roland noch das Mundstück der Pfeife zwischen den Lippen, der Michael noch die Feuerzeugflamme über der Rauchkammer. Typische Ende-Gelände Situation, wie die Jungs so etwas nannten.
Dann verbrannte sich der Michael am heiß gewordenen Zahnrad des Feuerzeuges den Daumen. Unwillkürlich zog er die Hand zurück, schüttelte sie und steckte dann die Daumenspitze zwischen die Lippen.
Na? Jetzt sagt schon! Was treibt ihr hier?
Der Roland nahm die Pfeife aus dem Mund und ließ sie hinter seinem Rücken verschwinden. Unnötig natürlich, wie er wusste. Eine Schockreaktion eben.
Der Michael gewann seine Sprachfähigkeit als erster zurück. Aber nur mit sehr unsicherer Stimmlage.
Ähm, rauchen? Pfeife rauchen?
Dabei schickte er ein Stoßgebet zum Himmel, von wegen, die Gestalt würde jetzt nicht näher nachfragen, was genau. Vor allem weil der Mann ja auch Kriminalpolizei gesagt hatte. Falls er sich nicht verhört hatte. Hoffentlich hatte er sich verhört. Sonst war hier jetzt wirklich komplett Ende Gelände und großer Showdown.
Aha. Und was genau raucht ihr da?
Ende Gelände.

Während der Michael einmal den Mund öffnete und wieder schloss, ohne dass dabei ein Wort herausgekommen wäre, fand auch der Roland zur Sprache zurück.
Ähm, Tabak.
Dann, nachdem ihn der Biermann einfach nur zwei Sekunden lang mit seinem finstersten Kriminalistenblick angeschaut hatte, nuschelte er noch schuldbewusst etwas von wegen: Vom Opa. Aus der Lade.
Der Biermann musste sich da arg zusammenreißen, um anstatt zu schmunzeln seine böser-Bulle-Rolle aufrechtzuerhalten.
Tabak also? Vom Opa. Aha. Das riecht aber nicht nach Tabak.
Woraufhin der Michael schuldbewusst irgendetwas nuschelte von wegen: Wissen wir nicht. Erstes Mal. Noch nie geraucht.
Was der Biermann quittierte, indem er seinen Dienstausweis zog und ihn den Jungs vor die kreidebleichen Gesichter hielt.
Wisst ihr was das ist? Kriminalpolizei?
Woraufhin der Roland unsicher nickte und der Michael noch ein bisschen bleicher wurde.
Das heißt ich kann euch jetzt verhaften. Aufs Polizeirevier mitnehmen. Leibesvisitation und Verhör mit euch machen. Eure Eltern werden nicht erfreut sein, wenn ich ihnen dann mitteilen muss, dass ihr ins Jugendgefängnis kommt.
Zufrieden sah der Biermann, wie gut seine Einschüchterungstaktik fruchtete. Dem einen Buben stiegen die Tränen in die Augen, während der andere

dreimal hintereinander schwer schluckte. Er ließ den letzten Satz noch einige Augenblicke lang im Raum stehen, bevor er seiner Strategie weiter folgte.
Aber wenn ihr jetzt mit dem herum lügen aufhört, kommen wir um das Jugendgefängnis vielleicht noch herum. Also noch einmal. Was raucht ihr da?
Hanf, murmelte der Roland und es war ihm deutlich anzusehen, wie sehr er gegen die Tränen kämpfte.
Aha, und woher habt ihr den?
Der Roland und der Michael blickten sich zögernd an, woraufhin der Biermann seiner Stimme einen schon beinahe sanften Klang gab.
Jetzt erzählt es mir schon. Vielleicht habt ihr ja nur eine Dummheit gemacht und wisst gar nicht, dass ihr gerade Drogen genommen habt.
Woraufhin die beiden Jungs stockend ihre Beichte begannen. Angefangen von der Idee, den Reserveschlüssel für die Hausmeisterwohnung zu nehmen und nachzuschauen, warum die Lang Barbara nicht ins Wohnzimmer durfte, bis hin zum Auftauchen des Hausmeisters und dem Feueralarm.
Weil der Kriminalpolizist jetzt die ganze Zeit über schon freundlich und ruhig mit ihnen redete, entspannten sie sich während des Verhörs ein wenig und bemühten sich dann auch redlich, seine Fragen so genau wie möglich zu beantworten.
Die Fragen drehten sich vor allem darum, wie viele Pflanzen es gewesen waren. Wie groß und so weiter und ob ihnen in der Wohnung vielleicht sonst noch etwas aufgefallen wäre. Irgendwelche Plastikbeutel mit Pulver drinnen. Oder Spritzen zum Beispiel. Ob

es in der Wohnung aufgeräumt gewesen wäre oder eher nicht. Ob der Hausmeister irgendwie komisch ausgeschaut hätte. Ob er sie mit dem Messer bedroht oder es nur in der Hand gehalten hat.

Während die Jungs ihre Beichte ablegten, öffnete sich lautlos die Kirchentür und eine schlanke Gestalt kam herein. Leise ging sie den Seitengang entlang, bis sie plötzlich den Mann vor dem Beichtstuhl bemerkte und ruckartig stehen blieb.
Der breite Rücken des Mannes versperrte ihm die Sicht auf die Personen im Beichtstuhl. Aber in der Stille der Kirche und ohne den Beichtvorhang, konnte sie nicht nur am Klang erkennen, dass es sich wohl um Kindern handeln musste, sondern auch bruchstückhaft hören, wovon gesprochen wurde.
Nach einer Weile drehte sich die Gestalt um und verließ die Kirche genau so lautlos, wie sie gekommen war.

Weder die Jungs noch der Biermann hatten etwas von der Anwesenheit der schlanken Gestalt mitbekommen.
Und dann ging also plötzlich der Feueralarm los?
Ja, da sind wir dann schnell raus gerannt.
Der Biermann überlegte kurz. Er hatte natürlich schon von der Ursache des Theaterbrandes gehört. Deshalb zuerst sanfte Nachfrage von wegen, ob sie auf dem Schnürboden geraucht hätten.
Als die beiden Jungs dann zögerten, sofort wieder böser Bullenblick und eindeutige Aufforderung von we-

gen: Fangt jetzt nicht wieder zum Lügen an. Sagt schon. Wart ihr auf dem Schnürboden? Ich weiß eh das ihr dort wart. War da nicht abgesperrt?
Jetzt, wo ohnehin schon alles Ende Gelände war und man nur noch hoffen konnte, dem Jugendgefängnis vielleicht doch noch irgendwie zu entgehen, verzichteten die beiden Jungs auf weitere Ausreden, gestanden ihren Ausflug auf den Schnürboden und erzählten dem Biermann auch, wo sie den Schlüssel dafür gefunden hatten.
Und wo ist der Schlüssel jetzt?
Woraufhin sie ihm wohl oder übel auch noch das Versteck unter der Annakapelle verraten mussten.
So. Jetzt sagt ihr mir wie ihr heißt. Habt ihr einen Ausweis?
Beide sagten ihm ihre Namen und fischten ihre zerknitterten Schülerausweise aus den Tiefen der Innentaschen ihrer Jacken. Die waren wirklich tief, weil die Innentaschen ja aufgeschnitten waren.
Dadurch verschwanden Waren aus Supermarktregalen, die man eigentlich nur vorübergehend, also bis zur Kasse in der Innentasche hatte transportieren wollen, im Innenfutter der Jacke. Natürlich vergaß man dann auch leicht darauf, sie bei der Kassa herauszunehmen und auf das Förderband zu legen.
Der Biermann Matthias nahm ihnen die Ausweise ab und studierte sie. Amüsiert stellte er fest, dass der Durr Roland die Jahreszahl seines Geburtsdatum mit Tip-Ex auf 1974 ausgebessert hatte. Er konnte es sich nicht verkneifen, ihm einen ernsten Blick zuzuwerfen und ihn darüber in Kenntnis zu setzen, dass er

mit 18 ja schon voll strafmündig sei, was die Sache natürlich verkomplizieren würde. Vor allem, weil er hier als Volljähriger anscheinend einem Minderjährigen zum Drogenkonsum angestiftet hätte.
Woraufhin der Roland stammelte, es wäre ihm einmal ein Tropfen Kakao auf den Ausweis gekommen, genau an der Stelle, und da hätte er das Geburtsdatum wieder lesbar machen müssen, sich aber versehentlich verschrieben.
Der Biermann musste sich erneut ein Grinsen verkneifen. Kreativ waren die beiden Rabauken, das musste man ihnen lassen. Trotzdem wies er den Roland mit ernster Miene darauf hin, dass Dokumentfälschung ebenfalls strafbar war.
Dann schaute er ernst den Moritz Michael an.
Du bist der Sohn vom Moritz der bei der Feuerwehr ist, richtig?
Der Michael nickte und der Biermann fasste erneut den Roland ins Auge.
Und dein Papa ist der Malermeister Horst. Stimmt oder habe ich recht?
Der Roland nickte ebenfalls betreten.
Während die beiden Jungs darüber nachsannen, ob es nun eine Vorteil oder ein Nachteil sein mochte, dass der Polizist anscheinend ihre Eltern kannte, senkte der Biermann einige Sekunden lang den Blick und dachte nach. Weil gestern das Gespräch mit dem Durr und jetzt zufällig seinen Sohn und den anderen Buben hier beim kiffen erwischt. Die selben beiden, die den Notruf abgesetzt hatten, wie er ja vom Roland seinem Papa wusste. Also waren die beiden es gewe-

sen, die durch das Fenster bei der Austerlitz geschaut hatten. Was für ein Zufall. Aber möglicherweise auch eine Spur.
Ich weiß, dass ihr bei der Austerlitz durch das Fenster geschaut und dann den Notruf abgegeben habt. Erzählt mir, was ihr gesehen habt.
Natürlich waren der Moritz und der Durr da jetzt mit den Nerven komplett am Ende. Weil einerseits ist es natürlich frustrierend, wenn der Kriminalbeamte anscheinend alles weiß, was man die letzten Tage angestellt hat. Andererseits war ihnen die Sache der Pornographie wegen natürlich doppelt peinlich.
Aber was blieb ihnen schon übrig? Mit hochrotem Kopf beichteten sie auch noch alles in Bezug auf den Austerlitz-Mord und beantworteten nuschelnd dessen Detailfragen zu der Art des Pornos, und was der Mann dann genau getan hätte.
Für den Biermann ergab sich aber leider nichts neues daraus.
Also gut. Gebt mir jetzt die Pfeife, das Feuerzeug und alles was ihr von dem Hanf sonst noch habt.
Der Roland händigte ihm die Pfeife aus und ein einzelnes, zerknittertes Blatt, welches nicht mehr in den Pfeifenkopf gepasst hatte. Daraufhin strenge Nachfrage vom Biermann, ob das wirklich alles sei.
Schuldbewusster Blick von den beiden Jungs. Stechender Blick vom Biermann. Geständnis vom Michael, unter der Annakapelle sei noch etwas. Aber nicht viel.
Dann folgte eine dem kirchlichen Umfeld durchaus würdige Moralpredigt vom Biermann, von wegen

Hanf sei eine gefährliche Droge, sie sollten die Finger davon lassen, vor allem in ihrem Alter, aber auch später als Erwachsene, denn sonst würden sie ganz schnell ins Drogenmilieu abrutschen und als Junkies enden. Da könne dann auch kein Polizist mehr mildernde Umstände anerkennen. Gefängnis würde das bedeuten. Jahrelang. Außerdem hätten sie ja jetzt schon nur Blödsinn im Kopf. Das würde durch das Kiffen nur noch schlimmer werden. Außerdem kenne er auch Fälle, wo Leute nach zu viel rauchen aus dem Fenster gesprungen wären. Ob sie das denn wollten? Im Drogenrausch, nackt, aus dem dritten Stock springen und dann tot im eigenen Blut liegen? Ob sie denn gar nicht an ihre Eltern denken würden, für die das die Hölle wäre und so weiter.
Natürlich übertrieb der Biermann da absichtlich. Er wusste schon, dass vom Kiffen niemand aus dem Fenster sprang und Kiffen eigentlich weniger gefährlich war als Saufen. Aber eben illegal und außerdem konnte es prinzipiell nicht schaden, den experimentierfreudigen Jugendlichen von vornherein ein bisschen einen Horror einzureden.
Schließlich beendete er seine Predigt und klärte sie darüber auf, dass er sie nun von Rechtswegen auf das Polizeirevier mitnehmen müsse.
Da blickten die beiden Jungs mit einem mal wieder ganz verdattert drein. Der Biermann ließ sie noch ein paar Momente lang im Ungewissen und beobachte, wie der Roland wieder dreimal schwer schluckte.
Dann verkündete er, dieses eine und einzige Mal eine Ausnahme machen zu können.

Die Buben blickten ihn hoffnungsvoll an und der Biermann erklärte ihnen, sie müssten ihm aber versprechen, nie wieder einen Blödsinn zu machen. Keine Drogen, kein Vandalismus. Kein gar nichts.
Der Roland und der Michael versprachen es und dann traute sich der Michael zu fragen, ob der Herr Kriminalinspektor ihren Eltern etwas sagen würde.
Woraufhin der Biermann kurz überlegte und beschloss, sie im Ungewissen zu lassen, indem er erwiderte, dass er es noch nicht sicher wisse.
Die Ungewissheit – so dachte er – würde sie vielleicht ein paar Wochen lang davon abhalten, Blödsinn zu machen. Oder wahrscheinlich nur Tage, korrigierte er sich selbst dann. Oder auch gar nicht. Außerdem wusste er zu diesem Zeitpunkt auch selbst noch nicht, ob er sich die Arbeit antun würde, die Durr- und Moritz-Eltern über die Rauchgewohnheiten ihres Nachwuchses aufzuklären. So etwas war immer stressig. Viel Emotion und Tamtam um etwas, was wahrscheinlich sowieso nur die blöde Idee von zwei Dreizehnjährigen gewesen war. Bei Heroin sähe die Sache anders aus. Aber ein bisschen zufällig gefundener Hanf?
Er gab den Jungs ihre Ausweise zurück. Letzte strenge Ermahnung von wegen: Keine Drogen, kein Blödsinn mehr, weil nächstes Mal ganz sicher Gefängnis. Dann wandte er sich zum gehen, blieb aber nach zwei Schritten stehen und drehte sich noch einmal zu den beiden Burschen um. Ihm war gerade ein Einfall gekommen, dem er einfach nicht widerstehen konnte.
Und bevor ihr jetzt nach Hause geht, kniet ihr euch

vor dem Altar hin und betet zur Buße zehn Vater-unser und zehn Ave-Maria. Ihr kennt den Text, oder?
Der Roland und der Michael nickten eifrig und machten sich auch gleich gesenkten Hauptes auf den Weg Richtung Altar, während der Biermann Matthias die Kirche verließ.

Draußen war es inzwischen dämmrig geworden. Die Straßenlaternen brannten schon und in ihrem gelben Licht tanzten feine Schneeflocken. Der Biermann mochte diese Stimmung. Half ihm beim Nachdenken. Gemächlich schlenderte er die Franz-Schubert Straße entlang. Ziel war natürlich Annakapelle, zwecks Beweismittelsicherung.
Warum hatte der Lang Thomas Hanfpflanzen in seiner Wohnung? Er kannte den Hausmeister vom sehen. Traf ihn gelegentlich auch bei dem einen oder anderen Wirten. Hatte hier und dort schon einmal ein paar Worte mit ihm gewechselt. Wie es in einer Kleinstadt eben so geht. Aber er hatte nie den Eindruck gehabt, dass der Lang etwas mit Drogenanbau oder Drogenhandel zu tun haben könnte. Natürlich konnte man nie etwas ausschließen. Vielleicht kiffte der Lang auch hin und wieder. Das taten viele. War ja auch nichts dabei. Aber mit der Zeit bekam man als Kriminalist schon einen Blick dafür, wer regelmäßig welche Drogen nahm. Täuschen konnte man sich natürlich immer, aber der Lang Thomas hatte auf den Biermann nie anders gewirkt als ein Hausmeister, der froh war, in seinem Job eine halbwegs ruhige Kugel schieben zu können und gelegentlich beim Wirten

mit ein paar Kumpels ein paar Schnäpse zu trinken. Auch kein Alkoholiker, so weit er das beurteilen konnte. Normaler Hausmeister eben. Aber man wusste ja nie. Besuchen würde er ihn auf jeden Fall müssen. Am besten heute noch. Aber zuerst Annakapelle.
Weil er so in Gedanken versunken war, bemerkte der Biermann die schlanke Gestalt nicht, die ihm in einigem Abstand folgte.

Währenddessen knieten der Roland und der Michael vor dem Altar und beteten zur heiligen Krupp Margarete. Nachdem der Herr Kriminalinspektor nur allgemein von zehn Vater-unser und zehn Ave-Maria gesprochen hatte, teilten sie es sich auf. Der Roland übernahm die Vater-unser, während sein Freund leise zehn Ave-Maria aufsagte.
Weil das Ave-Maria ungefähr 21 Worte weniger hat, als das Vater-unser, war der Michael mit seinem Teil auch etwas früher fertig.
Sein Blick schweifte nach oben und blieb über dem Hochaltar, auf der von pompösen und goldenen Strahlen umrahmten, leuchtenden Darstellung einer Friedenstaube hängen. Eigenartig sah die irgendwie aus. Viel lebendiger als sonst. So als könnte sie jederzeit wegfliegen. Oder den Olivenzweig aus ihrem Schnabel fallen lassen.
Mittlerweile war auch der Roland mit den Vater-unser fertig geworden. Er schaute seinen Freund an, der fasziniert nach oben starrte. Also hob auch er den Blick. Kam aber gar nicht bis zur Friedenstaube son-

dern war plötzlich ganz und gar vom Antlitz der heiligen Krupp Margarete fasziniert.
Nach ein paar Sekunden stieß er seinen Freund mit dem Ellbogen an.
Schau mal. Die grinst doch. Oder? Ist dir das schon einmal aufgefallen? Die grinst?
Woraufhin der Michael auch die Gesichtszüge der Margarete musterte. Wieder ein paar Sekunden, dann Flüsterpalaver mit weiterhin zur Margarete erhobenen Blick.
Nein, die schaut ernst.
Nein schaut sie nicht, schau mal, die ist doch fröhlich.
Nein, die schaut missmutig.
Blödsinn, die lacht, schau mal von meiner Seite.
Nein, ernst, schau du von meiner.
Nein, lacht.
Und dann mussten sie plötzlich beide lachen. So richtig aus ganzen Herzen, in voller Lautstärke. Da war vom drückenden Kirchenernst nichts mehr zu spüren. Alles so weit. So fröhlich.
Da schau mal, die Glatze von dem unter der Frau, haha, wie dein Opa, haha.
Aber die lacht nicht.
Doch, die lacht wegen der Glatze, haha.
Und so weiter, bis sie schließlich vor dem Altar auf dem Rücken lagen und gar nichts mehr sagen, aber trotzdem nicht zum Lachen aufhören konnten.
Bis sie sich dann doch wieder einkriegten und immer noch kichernd die Kirche verließen.
Aber ganz befreit hatten sie sich gefühlt, als sie da

vom Altar weg aus der Kirche gingen. Richtig erleichtert und feierlich. So, als hätte ihnen die heilige Krupp Margarete alle Sünden abgenommen.
Und wer kann jetzt schon mit Sicherheit sagen, ob sie nicht vielleicht wirklich Gott erfahren hatten, oder ob dem Lang Thomas sein Marihuana einfach so gut war?

Der Biermann Matthias tastete an der Stelle, die ihm die Jungs beschrieben hatten, nach dem losen Stein. Er fand ihn, griff hinein und fand den Hanf, die angebrochene Zigarettenpackung und den Schlüssel für den Schnürboden. Nachdem er alles in seiner Jackentasche verstaut hatte, tat er den Stein zurück und setzte sich dann auf die Bank hinter der Kapelle.
In der Dunkelheit hinter den japanischen Ziersträuchern am Ohasamaplatz stand die schlanke Gestalt und beobachte ihn.
Plötzlich läutete dem Biermann sein Mobiltelefon. Er fischte es aus der Innentasche seiner Jacke.
Biermann, hallo, was heißt wo ich stecke, bei der Kapelle am Ohasamaplatz, möglicher Drogenfall, was heißt ihr wisst wo der Baier ist, ja natürlich sollst du mich sofort abholen.
Am anderen Ende war der Werner Max gewesen. Anscheinend hatte er mit seiner unguten Art doch etwas erfahren. Nämlich den Aufenthaltsort vom Baier.
Seufzend steckte der Biermann Matthias das Mobiltelefon wieder in die Innentasche. Eigentlich hatte er dem Lang heute noch einen Besuch abstatten wollen, aber so wie es aussah, war jetzt erst einmal die Baier-

Sache dran. Gut, sollte ihm auch recht sein. Die Hanfpflanzen würden schon nicht weglaufen.
Dann sah er auch schon den Werner mit Vollgas die Badgasse herauf fahren.
Die schlanke Gestalt beobachte reglos, wie der Biermann in das Fahrzeug stieg. Kaum war der blaue Ford verschwunden, stürzte die Gestalt zur Telefonzelle, warf hektisch einen Fünfer ein und drehte rasch die Wählscheibe.

Hausdurchsuchung Baier

Dem Werner Max fiel es schwer, die Freude über seinen Triumph zu verbergen, während er mit dem Biermann auf dem Beifahrersitz, die Badgasse wieder hinunter raste. Er wartete nur darauf, dass sein Kollege ihn endlich fragen würde, wo denn nun der Baier sei und wie er das herausbekommen hätte.
Aber der Biermann fragte einfach nicht, sondern saß nur schweigend und anscheinend auch sehr nachdenklich da. Was natürlich Absicht von ihm war, weil er genau wusste, wie sehr der Werner darauf brannte, ihm seinen Erfolg unter die Nase zu reiben.
Nach ein paar Sekunden gewann der Biermann dieses Schweigeduell und der Werner berichtete von sich aus, dass ihm der Bauchstich Django bei der Befragung im Café Sunshine den wahrscheinlichen Aufenthaltsort vom Baier Markus verraten hätte.
Der Biermann blickte seinen Kollegen überrascht an. Der Bauchstich Django?
Jetzt überlegenes Grinsen vom Werner Max, dann knapper Bericht, von wegen er hätte bei der Befragung ein bisschen Druck gemacht und den Bauchstich Django daran erinnert, dass er auf Bewährung war und er wohl zurück in die Strafanstalt nach Stein müsse, wenn er die polizeilichen Ermittlungen behindern würde. Woraufhin der Bauchstich Django sich plötzlich daran erinnerte, den Baier gegen Montag Mittag die Vöslauerstraße hinauf gehen gesehen zu haben. Und zwar oberhalb von der Anton-Wildgans-Straße, in der ja das Firmenauto vom Durr gewe-

sen war.
An dieser Stelle legte der Werner Max eine Kunstpause ein, woraufhin der Biermann ihm den Gefallen tat und neugierig fragte, wo der Baier denn da hingegangen sei.
Was dem Werner Max erneut ein triumphierendes Grinsen entlockte, bevor er ihm mitteilte, was der Bauchstich Django noch verraten hatte. Nämlich, dass in einem der Häuser an der Vöslauerstraße, dem Baier Markus sein Bruder wohnen würde. Der Baier Helmut. Die Hausnummer hätte der Django nicht gewusst, aber mit einem Blick ins Telefonbuch habe man das ja leicht herausfinden können.
Woraufhin der Biermann stutzig wurde. Weil so weit sie bei ihrem Ermittlungen herausgefunden hatten, war der Baier Markus ein Waisenkind gewesen. Ab dem fünften Lebensjahr war er bei Pflegefamilien aufgewachsen und die letzten zwei Jahre vor der Volljährigkeit, hatte er im Kinderheim im Pottenstein verbracht. Aber ein Bruder war da in den Akten niemals aufgetaucht.
Der Werner Max erriet seine Gedanken und räumte ein, dass sei schon seltsam, aber es könne ja durchaus auch sein, dass hier ein entsprechender Akteneintrag vergessen worden war. Wäre ja nicht das erste Mal.
Jedenfalls aber, habe der Herr Bezirksinspektor Gallup das jetzt abgeklärt und einen Durchsuchungsbeschluss erwirkt.
Der Biermann kratze sich am Kopf. Weil der Bauchstich Django, der mit bürgerlichem Namen eigentlich

Schreiber Wolfgang hieß, war zwar einer der berühmtesten Kriminellen in Berndorf, aber eben nicht bekannt dafür, gegenüber der Polizei sonderlich kooperativ zu sein. Eher das Gegenteil. Der Bauchstich Django hatte mit seinen 35 Jahren schon insgesamt 13 Jahre Stein am Buckel. Gefährliche Drohung, Raufhandel, ein paar Drogendelikte, Einbruch, Raub, Widerstand gegen die Staatsgewalt und eben eine schwere Körperverletzung, die ihm den Spitznamen Bauchstich Django eingebracht hatte. Für so einen war jeder Polizist ein rotes Tuch. Der ging normalerweise eher selber wieder in den Bau, bevor er jemand anderen verriet. Auch wenn derjenige nur unter dem Vorwand gesucht wurde, Augenzeuge für einen Verkehrsunfall gewesen zu sein. Was der Bauchstich Django wahrscheinlich sowieso nicht geglaubt hatte. Einer wie der wusste schon, woher der Wind wehte, wenn sich ein Kriminalbeamter höchstselbst zur Ermittlung ins Café Sunshine begab. Vor allem bei einem, der so Bullen-mäßig daher redete wie der Werner Max.
Aber gut – auch Kriminelle haben schlechte Tage und vielleicht hatte sein Kollege ja wirklich Glück gehabt und einen Zufallstreffer gelandet. Wäre diese Woche ja generell nicht der erste.

Während die beiden Kriminalisten Richtung Kislingerplatz rasten, knallte die schlanke Gestalt den Telefonhörer auf die Gabel, stürmte aus der Telefonzelle und begann rasch die Karlstraße hinunter zu laufen.

Am Parkplatz vor dem Gemeindegebäude am Kisingerplatz wartete bereits, ein mit fünf Beamten voll besetztes, Gendarmerieauto. Davor stand der Bezirksinspektor Gallup höchstpersönlich und stieg nun zu seinen beiden Kriminalisten ins Fahrzeug.
Fünfzehn Sekunden später parkten sie in der Vöslauerstraße auch schon vor dem betreffenden Haus auf dem Gehsteig.
Der Biermann kam nicht umhin zu denken, dass dies ein sehr schönes Haus für ein ehemaliges Waisenkind war. Anscheinend hatte der Baier Helmut damals bessere Pflegeeltern erwischt als der Baier Markus.
Energisches Klingeln, Tür geht auf, ein Typ in grünem Bademantel, mit krausem Haar und intellektueller Hornbrille. Vor ihm ganz auf wichtig der Werner Max, und wedelt mit irgend einem Wisch vor seiner Nase herum. Dahinter fünf uniformierte Gendarmen und drei Beamte in Zivil.
Kurze Aufklärung von wegen: Wir suchen ihren Bruder, den Markus Baier. Durchsuchungsbefehl haben wir hier, falls notwendig. Wenn er hier ist, sagen sie uns gleich wo.
Kurze Intervention von wegen: Ich habe keinen Bruder und kenne keinen Baier Markus.
Klare Ansage vom Werner: Na gut, dann jetzt eben Hausdurchsuchung.

Während die Polizisten dem Baier Helmut sein Haus durchsuchten, erreichte die schlanke Gestalt das Stadttheater. Beim Seiteneingang drückte sie mehr-

mals schnell hintereinander die Klingel für die Hausmeisterwohnung.
Kurze Stille, dann summte endlich der elektrische Türöffner. Die Gestalt stürzte die Stiegen hinauf. Oben wartete der Lang Thomas bereit ins der offenen Tür.
Servus August. Ich hab dich seit gestern schon dreimal angerufen, aber du warst nie da.
Der August brauchte ein paar Augenblicke. Dann, zwischen keuchenden Atemzügen, hektische Fragerei von wegen, ob gestern zwei Kinder beim Lang in der Wohnung gewesen seien.
Jetzt natürlich starke Beunruhigung beim Lang.
Ja, woher weißt du – komm jetzt erst mal rein.
Der August aber weiterhin hektisch, von wegen die Pflanzen, die müssen sofort weg, jetzt gleich, und ob der Lang Müllsäcke da habe.
Während sie dann die Pflanzen aus den Töpfen rissen und in den Müllsäcken verstauten, erzählte ihm der August, dass jemand Kinder im Beichtstuhl beim rauchen erwischt hatte. Anscheinend Hanf, so weit er bruchstückhaft verstehen konnte. Und dass sie ihn aus irgend einer Wohnung mitgenommen hätten.
Da, so erzählte der August weiter, während er den ersten Müllsack zuknotete, hätte er schon nichts Gutes geahnt, weshalb er dem Mann nachgegangen war.
Beim Ohasmaplatz hatte er dann gemerkt, dass es sich bei dem Mann um den Biermann handelte, den er vom Sehen kannte.
Und der Biermann, redete der August immer noch atemlos weiter, hätte dann mit so einem modernen

Mobiltelefon telefoniert, wobei auch das Wort Drogenfall vorgekommen wäre. Woraufhin er versucht habe, ihn, den Lang, von der Telefonzelle aus anzurufen.

Der Lang Thomas entgegnete, er hätte keine Lust gehabt abzuheben, weil der Tag ohnehin schon so stressig gewesen wäre. Dabei schnürte er seinen eigenen Müllsack zu.

Die Müllsäcke trugen sie dann durch den Theaterpark und warfen sie über die Ufermauer in die angrenzende Triesting. Danach gingen sie ein weiteres Mal und entsorgten die Töpfe mitsamt der Erde auf die gleiche Weise. Die Sonnenlicht-Lampen verstauten sie in einem Lagerraum des Theaters, wo sie in dem Chaos zwischen allerhand Kabeln und Scheinwerfern nicht weiter auffielen.

In der Wohnung vom Lang Thomas tranken sie dann ein jeder zwei Stamperl Obstler auf Ex. Im Anschluss Besprechung, von wegen dem Biermann, der wohl hier auftauchen würde. Wahrscheinlich erst morgen, weil nachdem, was die Leute in Berndorf so über ihn redeten, war er nicht der fleißigste Kriminalbeamte. Glücklicherweise.

Jedenfalls dürfe der Lang Thomas keinesfalls etwas von den Pflanzen sagen. Und natürlich auch nicht, von wem er sie hatte.

Selbstredend wollte der Lang Thomas dann unbedingt wissen, warum der August die Pflanzen denn jetzt überhaupt so dringend bei ihm hatte unterstellen wollen.

Der August mochte erst nicht so recht, aber drei

Stamperl später hielt er es schließlich nicht mehr aus. Niedergeschlagen begann er, dem Lang zu beichten was am Montag passiert war.

Währenddessen hatte der Werner Max frustriert zur Kenntnis nehmen müssen, dass im ganzen Haus kein Baier Markus zu finden war. Und schlimmer noch – der Baier Helmut war laut eigener Aussage Journalist und arbeitete für ein bekanntes, österreichische Wochenmagazin, nämlich *DieganzeWoche.*

Natürlich musste man niemanden der Anwesenden erklären, welche Folgen das haben konnte, weshalb sich beim Abschied alle Beamten dann auch sehr höflich und vielmals für die Unannehmlichkeiten entschuldigten.

Der Bezirksinspektor Gallup ging damals als Letzter und tat sein Bestes, um schlechte Presse zu vermeiden.

Also von wegen: Wenn sie darüber schreiben wollen verstehe ich das natürlich, hoffe aber, Sie sind nicht zu streng zu uns, weil Gefahr in Verzug, und da haben wir schnell handeln müssen.

Dann sehr freundliches Angebot bezüglich: Wenn Sie darüber hinaus einmal Informationen über hiesige Kriminalfälle benötigen, können Sie gerne zu mir kommen.

Diesen Wink mit dem Zaunpfahl – du schreibst nichts Schlechtes und bekommst dafür Insiderinfos – verstand der Baier Helmut natürlich, und sagte zum Abschied höflich, er würde sich das mit dem Artikel überlegen.

Während der August dem Lang Thomas beichtete, wie der Billa-Amokläufer plötzlich vor seiner Tür gestanden war, saßen der Biermann und der Werner gemeinsam mit dem Gallup Friedrich im Besprechungsraum.

Der Gallup war äußerst unfroh, konnte in diesem Fall aber niemanden so richtig einen Vorwurf machen. Den Durchsuchungsbeschluss hatte schließlich er erwirkt. Weil er endlich ein bisschen Bewegung in den Fall bringen wollte.

Sie gingen erst einmal nicht weiter auf die misslungene Hausdurchsuchung ein, sondern versuchten mithilfe der neuen Erkenntnisse, die der Biermann im Café Stangl gewonnen hatte, die Puzzleteile des Falles zusammen zu setzen.

Schlüssel vom Amoklauf-Fluchtfahrzeug im Besitz vom Baier Markus. Fluchtfahrzeug in der Ingenieur-Eugen-Essentherstraße gefunden. Nicht weit von seiner Wohnung in der Hernsteinerstraße entfernt. Möglicherweise hatte er sein Firmenauto in der Essentherstraße geparkt gehabt. War auf seiner Flucht dann also umgestiegen und bis in die Anton-Wildgans-Straße gefahren. Und dann?

Warum hätte der Baier überhaupt Amok laufen sollen? Zum Tatzeitpunkt vom Austerlitz-Mord war er laut den Zeugen im Café Stangl gewesen. Also ging die Hypothese Austerlitz-Mord und dann stressbedingter Amoklauf am übernächsten Tag, auch nicht mehr auf.

Aber warum hätte er dann einfach verschwinden sol-

len? Aus Trauer über den Mord an der Austerlitz? Wobei ja öffentlich noch gar nicht verlautbart war, dass es sich bei der Leiche um die Austerlitz handelte.
Sie drehten sich bei diesem Fall im Kreis.
Natürlich äußerte der Biermann auch bei dieser Besprechung nichts von den Zweifeln, die er bezüglich der Austerlitz als Leiche hatte. Auch die Sache mit den religiösen Beichtstuhl-Kiffern behielt er für sich, da sie nichts mit dem Fall zu tun haben schienen.
Dafür holte er – nachdem sie alles mehrmals erfolglos durchgekaut hatten – eine Flasche Whiskey und drei Gläser aus einem Aktenschrank. Er stellte sie kommentarlos auf dem Tisch und schenkte ein. Dann nippten sie alle drei wortlos an ihren Gläsern. Sogar der Werner Max, der sonst immer so überkorrekt war, von wegen kein Alkohol im Dienst.

Der Biermann schenkte noch eine Runde ein.
Im Stadttheater, keine 70 Meter Luftlinie entfernt, tat der Lang Thomas dasselbe und stieß dann mit dem Fluchthelfer des Amokläufers an.
Aber was ich jetzt immer noch nicht verstehe – warum wolltest du die Pflanzen loswerden? Wenn du sowieso schon einen Amokläufer hast?
Na falls sie herausgefunden hätten wo er ist. Hätte ich ja immer noch sagen können, ich hätte so einen Schock gehabt und nicht gewusst was ich tun soll. Aber die Pflanzen, die hätte ich nicht erklären können.
Woraufhin der Lang Thomas den Kopf schüttelte und noch einmal einschenkte.

Eh schon wurscht jetzt. Prost.
Morgen ist er eh weg. Prost.

Grasgeflüster

Wie auch schon am Blutmontag, lag Berndorf an diesem finalen Freitag erneut unter einer frischen, weißen Schneedecke.
Der Biermann blickte aus seinem Bürofenster zum Stadttheater hinüber, wo der Lang Thomas gerade den Schnee vor dem Seiteneingang weg schaufelte. Nachdenklich sah der Biermann ihm dabei zu und nippte an seinem Kaffee. Der dritte mittlerweile, weil sie gestern noch ein bisschen mehr von dem Whiskey getrunken hatten und der Biermann sich heute morgen ein wenig verkatert fühlte. Natürlich war er da gestern dann nicht mehr zum Lang Thomas gegangen. Aber jetzt würde er dann gleich.

Während der Biermann noch versuchte, sich zum Verlassen des wohlig warmen Polizeipostens zu überwinden, läutete der Werner Max bereits an der Wohnungstür vom Bauchstich Django, nicht weit vom Café Sunshine entfernt. Weil das konnte er natürlich nicht dulden, wenn so ein Kleinstadt-Verbrecher ihm offensichtlich falsche Informationen gab.
Er musste mehrmals läuten, bis ihm der Bauchstich Django in Jogginghose und weißem Feinripp-Unterhemd die Tür öffnete. Dem Django sah man seine Häfenbruderschaft schon anhand seiner unzähligen Häfen-Tätowierungen an. Anker, Herzen, Frauenportraits, Hakenkreuz, Kompass, Kreuz, Kreuz mit Jesus, hübsche Jungfrau Maria, Schlange, Totenkopf, Spielkarten, Adler, Segelschiff, Dolch mit Schriftzug und

natürlich die obligatorischen drei Punkte zwischen Daumen und Zeigefinger. Alles natürlich mehr schlecht als recht tätowiert, teilweise ausgebleicht, manche mit zerronnenen Linien.
Um Hals, Handgelenke und Finger einiges an Goldschmuck. Wahrscheinlich sogar echt, aber sicher nicht ehrlich erworben. Als Krone des Ganzen: Blondgelockte Mähne, Bubi-Gesicht, darin süffisantes Grinsen.
Ja bitte Herr Inspektor. Wie kann ich helfen?
Unangenehm helle Stimme, provokanter Tonfall.
Da hätte der Werner Max dem Django natürlich am liebsten gleich die Handschellen angelegt. Ging aber ohne Grund blöderweise nicht, wenngleich dem Werner seiner Meinung nach, das Polizisten-Dasein dadurch wesentlich leichter geworden wäre. Deshalb nur höfliche Drohung im Sinne von: Bewusste Irreführung der Polizei, Herr Schreiber. Damit haben sie ihre Bewährungsauflagen verletzt.
Woraufhin der Bauchstich Django im weiteren Gespräch versicherte, er hätte ganz sicher niemanden in irgend eine Irre führen wollen. Weil den Baier Helmut hätte er einmal beim Fortgehen kennen gelernt und den Baier Markus würde er manchmal im Sunshine treffen. Da hätte er aufgrund der Namensgleichheit eben angenommen, es handle sich um Brüder. Außerdem schwor der Bauchstich Django Stein und Bein, dass er den Baier Markus wirklich dort gesehen habe.
Was hätte der Werner Max da jetzt machen sollen? Er konnte schwer das Gegenteil beweisen und musste

mit dem Hinweis, er würde das überprüfen, der Herr Schreiber solle sich nur nicht zu früh freuen, wieder abziehen.
Woraufhin der Bauchstich Django zufrieden in seine Wohnung zurück ging. Was er nämlich verschwiegen hatte war, dass er den Baier Helmut nicht vom Fortgehen kannte, sondern dass der Helmut einmal ein Interview für *DieganzeWoche* mit ihm gemacht hatte. Von wegen Rückkehr in die Heimatstadt nach dem Gefängnis und so.
Eigentlich hatte er ja gar nichts sagen wollen, als der Werner Max auf ungut mit der Fragerei im Sunshine angefangen hatte. Aber dieser unsympathische junge Kibara war ihm dann derart auf die Nerven gegangen, dass er sich die Information bezüglich des namensgleichen Journalisten einfach nicht hatte verkneifen können. Wohl wissend, dass der Baier Markus keine Geschwister hatte und die Polizei nachher wohl ziemlich deppert dastünde, wenn sie einfach so bei einem Journalisten rein schneite.
Aber bezüglich der Sichtung vom Baier-Markus hatte er nicht gelogen. Den hatte er am Montag wirklich gesehen. Allerdings nicht die Vöslauerstraße hinauf, sonder die Anton-Wildgans-Straße hinunter gehend. In Begleitung eines weiteren Mannes.

Der Biermann stapfte durch den Schnee der noch nicht geräumten Feuerwehrzufahrt in Richtung Theater. Der Lang Thomas versuchte gerade, mit der Kante der Schneeschaufel etwas Eis von der Türschwelle des Seiteneinganges zu klopfen.

Guten Morgen. Scheiß Wetter heute, nicht?
Der Lang Thomas fuhr erschrocken herum. Dann, als er den Biermann erkannte, ganz kurzer, schuldbewusster Blick, bevor er sich wieder unter Kontrolle bekam und es mit einem Grinsen versuchte.
Ja, jetzt könnte es schon aufhören zum Schneien. Aber meistens schneit es im Februar noch einmal. Ist ja der kälteste Monat.
Ja, schon wahr. Hör zu, ich muss etwas mit dir besprechen. Können wir rauf gehen zu dir?
Eigentlich rechnete der Biermann jetzt mit ein bisschen Widerstand in Form irgendwelcher Ausreden, aber der Lang war ganz cool und willigte sofort ein.
Auf den Weg die Stiegen hinauf ein wenig Smalltalk bezüglich Theaterbrand, aber noch kein Wort vom Hanf. Alles auf locker.
In der Wohnung fiel dem Biermann natürlich die geschlossene Wohnzimmertür auf. Der Lang Thomas bat ihn in die Küche.
Magst einen Schnaps?
Danke, noch zu früh.
Dem Biermann entging nicht, dass neben der Spüle eine fast leere Flasche Obstler und zwei gebrauchte Stamperl standen. Ob der Lang Thomas gestern Besuch gehabt hatte? Ein bisschen verkatert wirkte er jedenfalls.
Nicken in Richtung der Schnapsflasche.
Besuch gehabt gestern?
Ja. Der Dvorak Felix war da. Schauen wegen dem Theaterbrand. Da habe ich ihn dann auf einen Schnaps eingeladen.

Aha. Du – ich muss ich etwas fragen. Gestern habe ich zwei Jungs im Beichtstuhl beim Kiffen erwischt. Die haben mir gebeichtet, dass sie das Gras im Theater gefunden hätten. Kannst du dir das erklären?
Für den Anfang also sanfte Verhörtaktik.
Woraufhin der Lang Thomas etwas Hoffnung schöpfte, von wegen, dass der Biermann vielleicht doch nicht sicher wusste, wo im Theater die Jungs die Pflanzen gefunden hatten. Also mimte er den verblüfften Ahnungslosen, von wegen Drogen, Theater und unerklärlich. Durchaus bühnenreif. Da hätte der Dvorak Felix ihn damals sicher vom Fleck weg für die Sommerspiele engagiert, wenn er das gehört hätte.
Dann begann der Biermann aber auch schon, ihn langsam in die Enge zu treiben.
Also ehrlich gesagt haben die beiden behauptet, sie hätten es aus deiner Wohnung. Aus dem Wohnzimmer. Klingt unwahrscheinlich für mich, weil warum sollte ein anständiger, im öffentlichen Dienst angestellter Hausmeister, Gras in seiner Dienstwohnung anbauen?
Woraufhin der Lang zwar ein wenig unruhiger wurde, aber nicht so sehr, wie der Biermann eigentlich spekuliert hatte.
Drogen? In meiner Wohnung? Sicher nicht. Da kannst du gerne nachschauen gehen.
Ja wenn das okay ist für dich, dann schauen wir nach.
Als ging der Lang Thomas mit ihm alle Räume durch, wobei dem Biermann natürlich schon klar war, dass der Lang das Zeug sicher schon entsorgt hatte. Wahrscheinlich gleich nach dem Theaterbrand.

Im Wohnzimmer fiel ihm aber auf, dass der graue Teppich vom Gewicht der Blumentöpfe noch ein wenig eingedrückt war. Dazu sagte er aber noch nichts.
Wieder in der Küche bot ihm der Lang Thomas dann erneut einen Schnaps an. Wieder lehnte der Biermann dankend ab, wurde dann aber schlagartig ernst und setzte dem Lang Thomas die Sachlage auseinander.
Nämlich, dass er jetzt nicht lange um den heißen Brei herum reden wolle. Im Wohnzimmer seien noch die Abdrücke von den Blumentöpfen, außerdem habe er die Zeugenaussage der beiden Jungs. Natürlich könne der Thomas weiterhin leugnen, aber bei einer Durchsuchung des Theatergeländes, würde man sicher weiteres Beweismaterial finden. Außerdem – wie sähe das für den Lang Thomas denn aus? Erst mysteriöser Theaterbrand hinter einer verschlossenen Tür, zu der nur er den Schlüssel hatte. Dann auch noch polizeiliche Durchsuchung des Theaters auf Drogen. Da wäre er für den Bürgermeister als Theater-Hausmeister wohl nicht länger tragbar.
Womit er natürlich dem Lang Thomas seinen wunden Punkt erwischt hatte. Weil so einen gemütlichen Job musste man erst einmal bekommen. Das war nicht einfach.
Aber trotzdem beteuerte er erneut, er wüsste nichts von irgendwelchen Drogen. Wobei seine schauspielerische Leistung aber schon deutlich nachließ.
Der Biermann musterte ihn einige Sekunden lang mit seinem stechendsten Kriminalistenblick. So dieser Blick, wo jeder Kriminelle sofort weiß, dass sein Ge-

genüber Märchengeschichten hasst wie die Pest.
Der Lang Thomas schluckte schwer und setzte dann erneute zu einer Beteuerung seiner Unschuld an.
Aber der Biermann hob abwehrend die Hand und fiel ihm ins Wort. Immer noch mit eiskaltem Blick, aber mit vernünftig ruhiger Stimme.
Hör zu Thomas. Ich glaube nicht, dass du wirklich etwas mit Drogen am Hut hast. Sag mir einfach die Wahrheit, dann passiert dir nichts. Ich will einfach nur wissen, was sich in meiner Stadt so tut.
Woraufhin der Lang zusammenklappte und gestand, ein Freund hätte die Pflanzen bei ihm unterstellen wollen.
Na bitte. Wer denn?
Woraufhin der Lang Thomas schweigend wegschaute.
Daraufhin Anerkennung in der Stimme vom Biermann. Muss ein sehr guter Freund sein, wenn du für ihn deinen Job riskieren willst.
Kurze Nachdenkpause für den Lang, dann wieder Druck vom Biermann.
Du musst mir schon sagen von wem. Sonst kann ich dir nicht helfen und muss meine Kollegen zur Durchsuchung herbeordern. Der Bürgermeister bekommt das sicher sofort mit. Ich glaube es wird nicht leicht für dich, dann einen neuen Job zu finden.
Woraufhin der Lang Thomas endgültig zusammen brach und den Namen seines Spezl ausspuckte.
Der Schulz August?
Das wollte dem Biermann jetzt nicht gleich in den Kopf.

Du meinst wirklich den Schulz August? Also den Pfarrer Schulz? Nicht irgend ein anderer Schulz August?
Ja. Ja. Nein. Eh der Pfarrer.
Der Biermann dachte kurz nach. So unwahrscheinlich war das bei genauerer Betrachtung eigentlich nicht. Weil der Schulz August galt als ziemlich modernen Pfarrer. Vor allem auch bei den Pfadfindern sehr beliebt, die er betreute und bei den jungen Leuten, die der Kirche ansonsten ja immer mehr abhanden kamen.
Und wann hat er dir die Pflanzen gebracht?
Jetzt, wo ohnehin schon alles wurscht war, erzählte der Thomas, wie der Schulz August am späten Montag Vormittag bei ihm an der Tür geklingelt hatte. Die Pflanzen seien in Plastik eingepackt gewesen und er hätte das ganze Zeug mithilfe eines hölzernen Leiterwagens zu ihm transportiert gehabt.
Und warum hat der Pfarrer August die Pflanzen so dringend bei dir unterstellen wollen?
Wieder sperrte sich der Lang Thomas gegen eine Antwort. Aber diesmal drohte der Biermann ihm nicht, sondern zog den alten Schlüssel für den Schnürboden, den er aus dem Versteck unter der Annakapelle mitgenommen hatte, aus der Jackentasche.
Angebot von mir. Ich weiß, dass der Brand unangenehm für dich ist. Die Jungs haben den Schlüssel in einer Spalte vor dem Schnürboden gefunden. Ich gebe ihn dir. Man sieht ja, dass er alt ist. Dann kannst du sagen, du hättest ihn zwischen den Sachen vom Schulmusical gefunden und bist fein raus. Das mit dem Gras bleibt unter uns, aber dafür erzählst du mir

alles was du weißt.
Damit hatte er sich den Lang Thomas dann endgültig gefügig gemacht. Außerdem hat den Thomas sein Wissen über den Amokläufer ja auch belastet. Ist ja keine Lappalie, wenn jemand beim Billa auf einen Gendarmen schießt und eine Geisel nimmt.
Also beichtete er dem Biermann alles, was ihm der Pfarrer am Vortag gebeichtet hatte.
Woraufhin der Biermann aufsprang und zum Telefon hastete, das auf einem Kästchen im Vorraum vom Lang stand.
Hallo? Ist der Werner Max schon zurück? Nein? Funkt ihn an. Der soll sofort zur Marienkirche kommen. Aber mit Vollgas, ja? Sagt ihm Fortschritt bezüglich Amoklauf. Und einen Streifenwagen schickt mir auch gleich rüber. Aber ohne Blaulicht alles.

Ein blöder Zufall

Jetzt gib schon zu das du die Angelika umgebracht hast! Dann lass ich dich gehen!
Nein, ich habe sie nicht umgebracht.
Jetzt hör schon auf zu lügen!
Der Amokläufer näherte sich drohend der Geisel.
Ein blöder Zufall war das gewesen, am Montag in der Früh. Weil eigentlich hatte er mit dem Neumayer Alex seinem Passat nach Wien fahren wollen. Den Eichelberger Martin suchen. Ihn in die Mangel nehmen, warum er seine geliebte Angelika umgebracht hatte.
Weil diesbezüglich war sich der Baier Markus schon fast hundertprozentig sicher gewesen, nachdem er die beiden Buben in der Wohnung erwischt hatte. Also das nur der Eichelberger der Täter sein konnte.
Deswegen hatte er am Montag Morgen seine Glock-Pistole eingepackt, die er wegen seiner blöden Vorstrafe natürlich illegal hatte kaufen müssen. Weiter auch noch noch seine Sturmhaube, die er ansonsten, wenn es am Unterberg wirklich sehr kalt war, eigentlich zum Skifahren verwendete. Die hatte er einfach aufgerollt als normale, schwarze Rollhaube getragen. Außerdem noch eine Rolle Klebeband. Für alle Fälle, falls er den Eichelberger auch fesseln musste, um das Geständnis aus ihm herauszubekommen. Nach dem Geständnis, hätte er dann die Polizei angerufen und ihr den Eichelberger Martin übergeben.
So weit sein etwas wirrer Plan. Was man verstehen muss, weil er ja durch den Mord an seiner geliebten

Angelika emotional schon sehr aus der Spur gewesen ist.
Vor der Fahrt nach Wien, war er aber noch zum Billa gegangen, um sich ein Frühstück zu holen.
Und wer war dort bei der Feinkost gestanden?
Der Eichelberger Martin!
Da hatte der Baier Markus zuerst seinen Augen gar nicht getraut. Dann war er irgendwie durchgedreht. Hatte die Sturmhaube abgerollt und die Pistole gezogen. Alles wie durch einen roten Nebel gesehen. Den Eichelberger Martin angeschrien. Dann plötzlich der Gendarm da. Auf den er geschossen hatte.
Danach war in seiner Erinnerung alles nur mehr irgendwie bruchstückhaft. Flucht durch das Lager, beim Liefertor hinaus auf den Parkplatz. Den Eichelberger k.o. geschlagen und auf die Ladefläche des Passat verfrachtet. Mit dem Isolierband seine Hände gefesselt. Verfolgungsjagd. Den blauen Ford Escort glücklicherweise abgehängt. In der Badgasse die Frau, die ihm vors Auto gelaufen war. Hoffentlich lebte sie noch. Dann Umstieg ins Firmenauto vom Durr. Bei der Kreuzung am Kislingerplatz plötzlich ein Einfall und Auto in der Anton-Wildgans Straße stehen gelassen.
Den Eichelberger, der mittlerweile wieder zu sich gekommen war, gezwungen mit ihm mitzugehen. Hinten durch den Theaterpark, dann zur Sakristeitür an der Hinterseite von der Marienkirche. Stoßgebet zum Herren, der Schulz August möge auch heute da sein. Weil mit dem hatte er sich vor drei Jahren angefreundet, nachdem er als neuer Pfarrer nach Berndorf ge-

kommen war, und gewusst, dass der Schulz sich am späteren Vormittag meistens in der Sakristei aufhielt, um seine Hanfpflanzen zu pflegen.
Wo er jetzt seit Montag festsaß und zunehmend verzweifelter wurde. Einerseits, weil ihm allmählich klar wurde, was er da eigentlich alles ausgefressen hatte. Andererseits, weil sich der Eichelberger weiterhin weigerte, den Mord zu gestehen. Viel mehr behauptete der ständig, die Polizei sei bereits am Sonntag bei ihm gewesen. Wonach er sich Sorgen um die Austerlitz Angelika gemacht und sie angerufen hätte. Angeblich war sie nicht ans Telefon gegangen, woraufhin er sich am Montag Morgen in Wien in den Zug gesetzt hatte und nach Berndorf gekommen war, um persönlich nach der Angelika zu schauen. Aber auf den Weg zu ihr, hatte er sich noch etwas zum Essen vom Billa mitnehmen wollen.
Was ihm aber der Baier Markus einfach nicht glauben wollte. Weil wenn der Eichelberger wirklich unschuldig war, würde er ihn ganz sicher verraten.
Halb verzweifelt, hab wütend, hielt er dem Eichelberger nun die Waffe an den Kopf.
Letzte Chance. Gib zu dass du sie umgebracht hast. Oder ich schieß dir den Schädel weg.
Und gerade als der Eichelberger Martin seine ausgedörrten Lippen öffnete und ein paar unverständliche, krächzende Laute von sich gab, welche der Baier – na endlich! – als Beginn eines Geständnisses interpretierte, rüttelte jemand heftig am Griff der abgesperrten Sakristeitür.

Marienkirche

Der Schulz August schritt rasch auf den Haupteingang der Marienkirche zu. Dabei schaute er zufällig nach links, Richtung Stadttheater, und sah den Biermann aus dem Seiteneingang kommen.

Da musste der Schulz sich zusammenreißen, nicht gleich loszulaufen, aber sobald er durch das neugotische Kirchentor ins Innere gelangt war, sprintete er durch den Mittelgang der Kirche und stürmte links am Altar vorbei, hin zur schmalen Sakristeitür. Hektisch rüttelte er am Türgriff und hämmerte dann mit der Faust gegen die Tür. Dazu der erfolglose Versuch, irgendwie zu rufen ohne dabei laut zu sein.

Jetzt mach schon auf, du musst sofort hier weg. Ich hab den Biermann aus dem Theater kommen sehen. Vielleicht hat der Lang – Egal jetzt, mach auf, du musst verschwinden. Jetzt gleich.

Stille. Erneut hämmern und rufen. Stille. Hämmern. Dann plötzlich aus dem Inneren der Sakristei der Knall eines Schusses.

Markus! Hast du geschossen? Markus!

Stille.

Plötzlich spürte der August eine Hand auf seiner Schulter. Erschrocken fuhr er herum und sah den Biermann mit der Dienstwaffe in der Hand.

Der Polizist schob ihn wortlos von der Tür weg, stellte sich dann selber seitlich neben die Tür, so wie er es damals in der Polizeischule gelernt hatte, und hämmerte mit der Faust gegen das massive Holz.

Polizei! Aufmachen! Ich weiß das du da drin bist.

Mach es nicht noch schlimmer. Gib auf.
Aber keine Reaktion.
Rascher Blick vom Biermann Richtung Schulz August.
Hast du noch einen Reserveschlüssel?
Ja, aber am Berg oben, im Pfarrhof.
Der Biermann griff nach dem Funkgerät an seinem Gürtel. Das zweite Gerät hatten die beiden Gendarmen, die zur Sakristeitür an der Außenseite der Kirche geilt waren.
Wie schaut es bei euch aus?
Zugesperrt.
Dann, nach einer kurzen Pause Nachfrage, ob man versuchen solle, dass Schloss aufzuschießen.
Der Biermann verdrehte genervt die Augen. Waren die jungen Beamten heutzutage eigentlich alle so schießwütig? Passten die in der Polizeischule nicht mehr auf? Dort lernte man nämlich, dass sich so ein Türriegel mit der 9mm Glock nicht durchschießen lässt. Da fehlt einfach die Durchschlagskraft. Dafür muss man aber mit Querschlägern und herumfliegenden Splittern rechnen. Davon, dass der bewaffnete Amokläufer dadurch noch nervöser werden würde, einmal ganz abgesehen.
Nicht schießen!
Dann wieder Blick zum Pfarrer August, der sich in die vorderste Kirchenbank gesetzt und fromm die Hände gefaltet hatte.
Wer ist das? Ist das der Baier?
Weil das Einzige, was der Schulz August dem Lang Thomas nicht verraten hatte – von wegen ein biss-

chen Beichtgeheimnis und so – war die Identität des Geiselnehmers. Aber das war jetzt wohl auch schon egal.

Ja, der Baier Markus.

Der Biermann wollte etwas erwidern, hörte in dem Moment aber erneut ein dumpfes Geräusch. Dann plötzlich unverständliche Rufe und einen kurzen Schrei. Im nächsten Augenblick eindeutig schmerzverzerrte Stimme aus dem Funkgerät, von wegen: Verdächtiger auf der Flucht Richtung Brücke.

Der Biermann stieß einen gotteslästerlichen Fluch aus und bewegte seinen massigen Körper so schnell er konnte zum Ausgang zurück. Als er ins Freie kam, sah er links vorne gerade noch den Baier Markus auf die Jubiläumsbrücke rennen. Dann bemerkte der Biermann den Werner Max, der die Straße zwischen Gemeindeamt und Marienkirche überquerte.

Max! Dort! Amokläufer!

Sein Kollege hörte ihn, entdeckte den Amokläufer und sprintete los. Währenddessen bewegte sich der Biermann schnaufend weiter in Richtung Gendarmerieposten, wo der Werner Max das Dienstauto geparkt hatte.

Vor dem Hintereingang zur Sakristei, lag ein Gendarm bewusstlos im Schnee. Sein Kollege saß neben ihm und versuchte, sich um den Bewusstlosen zu kümmern und dabei gleichzeitig sein schmerzendes Knie zu umklammern.

Weil der Baier Markus hatte in Panik die Tür von innen aufgestoßen und dabei den ersten Gendarmen,

der gerade das Schloss näher in Augenschein nehmen wollte, mit der Türkante k.o geschlagen. Dem zweiten, noch sehr jungen Beamten, der – so wie jeder exekutive Neuzugang in Berndorf – bisher nur zur Schulweg-Sicherung eingesetzt worden war, hatte er einen heftigen Tritt gegen das Knie versetzt, woraufhin auch der mit einem Schmerzensschrei zu Boden gegangen war.
Nun setzte er stöhnend noch einen zweiten Funkspruch ab, bezüglich: Zwei Beamte verletzt und erbitte Hilfe.

Drinnen in der Marienkirche, blieb der Schulz August einfach sitzen.
Und betete zum lieben Gott, dass der Baier die Geisel nicht erschossen hatte. Aber nachschauen gehen, traute sich der Pfarrer in dem Augenblick nicht.
Dann betete er halblaut weiter, von wegen, dass sei alles keine böse Absicht gewesen. Er hätte eben im Sinne der christlichen Nächstenliebe agiert und darauf vertraut, dass er – also der Herrgott – ihm dabei helfen würde, den Baier Markus seine Sünden erkennen zu lassen. Weil als Pfarrer sei es ja seine Aufgabe, den Menschen mit ihren Problemen auf christliche Weise zu helfen, anstatt sie einfach an die ungläubige Weltlichkeit auszuliefern. Außerdem hätte er sich ja auch ans Beichtgeheimnis halten müssen. Zwar hatte der Baier Markus nicht gebeichtet in dem Sinne, aber er hatte ihm alles erzählt. Also eigentlich schon eine Beichte.
Genau genommenen betete der Pfarrer Schulz zu

dem Zeitpunkt eigentlich gar nicht richtig, sondern übte schon für das Verhör durch die Polizei. Der er dann auch tatsächlich fast eins zu ein das Selbe erzählte, was er zuvor zum lieben Gott gebetet hatte.

Finaler Freitag

Der Durr Roland und der Moritz Michael hatten beschlossen, den Schulunterricht an diesem Tag schon etwas früher ausklingen zu lassen. Da beide die Unterschriften ihrer Eltern hervorragend nachmachen konnten, war das nicht weiter schwierig. Zwei einfache, in der Früh auf dem Roland seiner Schreibmaschine getippte Zettel, auf dem die Erklärung stand, dass der Roland, respektive der Michael, am Vormittag einen dringenden Zahnarzttermin hätten und sie deshalb nach der großen Pause heimgehen müssten. Den Text hatten sie einfach von einer wirklichen Entschuldigung abgetippt und sich dabei alle Mühe gegeben, keine Fehler zu machen. Was ihnen auch – besser als bei jeder Hausübung – gelungen war. Darunter die virtuos gefälschte Unterschrift, und der Klassenvorstand hatte die Geschichte ohne Probleme geschluckt.

Jetzt holten sie noch ihre Universalstöcke, die sie am Morgen bereits vorsorglich in einem Gebüsch vor der Schule versteckt hatten, und machten sich die Dörflingerstraße hinunter auf den Weg Richtung Wehrbär. Weil heute stand Stockkampf-Training auf dem Programm.

Den zwei Meter großen, ein Holzschwert quer im Maul tragenden Wehrbären, hatte damals, während des ersten Weltkrieges, ebenfalls der Krupp Arthur machen lassen. Gegen eine Bezahlung von einer Krone pro Stück konnten die Berndorfer dann Eisennägel in den Bären hämmern, und der Erlös wurde dem

Kriegshilfswerk gespendet.
Nachdem auf diese Weise aus dem hölzernen Bären der eiserne Bär geworden war, wurde er am unteren Ende der Idagasse, in eine etwa drei Meter hohe Steinhöhle gestellt und der Eingang mit einem massiven Stahlgitter gesichert.
Der Metzger Mario hat einmal einen Heimat-Vortrag gehalten und ihn mit der Behauptung beendet, der eingesperrte Wehrbär würde Berndorf an sich sehr gut widerspiegeln. Weil so ein eisenbewährter Bär, zumal auch noch mit einem Schwert bewaffnet, sei gewiss stark genug, sich die Welt zu erobern. Könne es aber wegen des Gitters eben nicht. Genau so sei auch Berndorf. Stark, aber gleichzeitig eingesperrt in dem, was es sich selbst erschaffen hat.
Woraufhin die Zuhörer zwar leicht verwirrt, aber trotzdem begeistert geklatscht hatten.
Bei der Höhle angekommen, salutierten die beiden Jungs vor dem Wehrbären und blieben dann eine Minute lang reglos stehen. Das nahmen sie ernst und machten es jedes Mal so, weil sie in einem Film einmal gesehen hatten, wie ein Samurai vor der Rüstung seines Meisters meditierte, bevor er in die finale Schlacht zog. In Ermangelung echter Samurai und zugehöriger Rüstungen hatten sie eben den Wehrbären zu ihrem Meister erwählt.
Danach kletterten sie über die Felsblöcke neben dem Tor, die an einen Hang gebaute Höhle hinauf. Oben überragten die Felsen den Boden und bildeten eine kleine Brustwehr, gerade hoch genug, damit Kinder sich wie auf einer Burgmauer fühlen konnten. Also

ein idealer Trainingsplatz für den Stockkampf.
Außerdem lag das Grundstück dahinter brach und verfügte über ausreichend Busch-Verstecke, in denen man nach dem Training heimlich rauchen, trinken, oder Pornohefte anschauen konnte.

Der Baier Markus flüchtete nach der Brücke, auf dem Gehsteig, die Hernsteinerstraße entlang weiter. Ein kurzes Stück hinter ihm der Werner Max, der langsam aber beständig aufholte.
Weil das muss man schon auch sagen: Was der Werner an Sympathie vermissen ließ, machte er durch körperliche Fitness wieder wett. Zweimal die Woche Dauerlauf und mindestens jeden vierten Tag ins Fitnesscenter. Hätte er am Vortag keinen Whiskey mit getrunken, wäre der Baier sicher nicht weiter als die 100 Meter bis zur Kreuzung Alexanderstraße gekommen.
So aber brauchte der Werner Max noch einmal 150 Meter, bis er vor der Fleischhauerei Hoppel nahe genug heran war, um die Hand nach dem Baier seiner Jacke auszustrecken.
Beim Johann Hoppel Fleischhauer gibt es übrigens auch ausgezeichnete Leberkäsesemmeln. Da scheiden sich regelmäßig die Geister, ob jetzt der Leberkäse vom Johann Hoppel in der Hernsteinerstraße, oder der vom Pepperl Hoppel beim Stadttheater besser ist. Die Einen sagen, der vom Johann ist ein bisschen feiner als der vom Pepperl, und die Anderen sagen umgekehrt.
Jedenfalls fehlte an diesem finalen Freitag wirklich

nur mehr eine Handbreit, und die Fleischerei Johann Hoppel wäre als finaler Amoklauf-Endpunkt in die Berndorfer Chronik eingegangen. Da hätte man Merchandising-mäßig dann sicher auch etwas machen können. Eine Berndorfer-Amokwurst vielleicht, oder auch eine Werner-Max-Blunzen.

Blöderweise kam aber genau in dem Moment die alte Herwig Johanna, ohne nach links oder rechts zu schauen, aus der Fleischerei.

Der Baier Markus flitzte gerade noch so an ihr vorbei, aber der Werner blieb mit seiner Hose am ausgefransten Rand ihres Einkaufskorbes hängen. Woraufhin der Einkaufskorb mitgerissen wurde. Und weil sie nicht rechtzeitig losließ, zuerst auch der Arm und dann der ganze Rest von der armen Johanna. Was wiederum den Werner Max aus dem Gleichgewicht und zu Fall brachte.

Natürlich wollte er sich gleich wieder aufrappeln, aber die inmitten ihren Wurstpackungen sitzende Herwig Johanna, geriet nach der ersten Schrecksekunde in Rage, klammerte sich mit einer Hand am Werner Max seiner Hose fest und begann ihn anzukeifen, von wegen, Sie Flegel, Sie unverschämter, was soll denn das und jetzt helfen Sie mir gefälligst wieder hoch...

Den Werner kostete es vier weitere kostbare Sekunden, bis er sich dem Griff der Alten entwinden konnte und wieder auf die Beine kam.

Also wieder Vorsprung für den Baier, der nun geradeaus, die Mittlöhnerstraße hinauf flüchtete. Inzwischen kam aber der Biermann mit dem blauen Ford

Escort angebraust, sah oben bei der Kreuzung Mitlöhnerstraße-Kruppstraße den Flüchtenden, und heftete sich an seine Fersen.
Gegen Ende der Mitlöhnerstraße fuhr er auf selber Höhe neben dem Baier Markus her und drängte ihn mit seinem Fahrzeug immer weiter nach rechts. Bevor er ihn jedoch ganz stoppen konnte, erreichte der Baier die nächste Kreuzung und bog nach oben, in die außerordentlich steile Rottergasse ein.
In der befand sich damals übrigens der Zahnarzt, bei dem der Durr und der Moritz ihren fiktiven Termin hatten. Bei den Jungs hieß der Zahnarzt nur Foltermeister Beißer-Reißer und im Falle eines bevorstehenden Zahnratsbesuches sprachen sie ahnungsvoll von einer baldigen Expedition in die Foltermeister-Beißer-Reißer-Straße.
Diese stapfte der Baier jetzt keuchend und so rasch wie möglich hinauf, weil ihm nach 500 Metern Sprint einerseits die Puste ausging, andererseits die 150 Meter lange Foltermeister-Beißer-Reißer-Straße mindestens 10% Steigung hat.
Letzteres kam ihm jedoch auch zugute, weil dem Biermann seine Reifen auf der glatten Schneefahrbahn durchdrehten und er einfach nicht vom Fleck kam. 10% Entkommens-Chance für den Baier, sozusagen.
Blöderweise hatte aber auch der Werner Max wieder aufgeholt und kam dem Baier nahe genug, um zu sehen, wie er nach links in die Klostermanngasse einbog.
Dort ging es wieder leicht bergab, und der Baier Mar-

kus lief die nächsten 50 Meter so schnell er noch konnte. Dann warf er einen Blick über die Schulter, sah nichts von seinem Verfolger und rannte nach links, hinter das Krupp-Mausoleum.

Das Mausoleum – ein hübscher, sandsteinfarbener Kuppelbau im neogotischen Stil – hat natürlich ebenfalls der Krupp Arthur für seine Familie, und natürlich sich selber bauen lassen. Gleich unterhalb davon, hat man irgendwann einen Kindergarten hingestellt.

Wozu der Metzger Mario schon bei vielen Gelegenheiten gesagt hat, dass dies ein sehr schönes Bild sei: Die Vergangenheit und die Zukunft von Berndorf, auf ein und demselben Fleckchen Erde, friedlich miteinander vereint. Diese Harmonie zwischen Alt und Jung gäbe es anderswo in Berndorf ganz sicher nicht.

Zwischen Mausoleum und Grundstückszaun verläuft ein Gehweg rund um das Gebäude. Diesem folgte der Baier Michael, bis er um die Gebäudeecke war. Dort lehnte er sich gegen das Eingangstor der Gruft, in der Hoffnung, sein Verfolger würde weiter die Straße entlang und damit an ihm vorbei laufen.

Am Fuße der Rottergasse hatte der Biermann das Bergauffahren mittlerweile aufgegeben und wendete mühsam seinen Wagen. Zwei Gendarmerieautos waren zwischenzeitlich auch im Einsatz und der Biermann gab ihnen per Funk das Fluchtgebiet des Amokläufers durch.

Dann fuhr er die Hernsteinerstraße hinauf weiter und bog bei der nächsten Kreuzung rechts in die

Harlesstraße ein.

Der Werner Max wäre tatsächlich am Mausoleum vorbeigelaufen, hätte er nicht zufällig nach links geblickt und auf dem kleinen Vorplatz eine einzelne Fußspur im ansonsten unberührten Schnee gesehen.
Und so weit konnte der Vorsprung vom Baier jetzt eigentlich nicht sein, dass er ihn die gerade Klostermangasse hinunter nicht mehr gesehen hätte.
Also folgte er der Fußspur zum Mausoleum.

Keine 150 Meter Luftlinie entfernt, bog der Biermann Matthias in die Harlesstraße ein und blieb dann mitten auf der Kreuzung Harlesstraße-Idagasse-Bärengasse-Klostermangasse-Dörflingerstraße stehen.
Falls der Baier oben links abgebogen war, könnte er entweder jeden Moment hier auftauchen, oder auch schon vorbei sein.
Er stieg aus dem Fahrzeug, um ein bessere Sicht zu haben. Warf einen Blick Richtung Wehrbären, schaute dann die Harlesstraße hinauf, hörte eine Polizeisirene, drehte sich weiter Richtung Klostermangasse und sah dort plötzlich den Baier Markus, aus keinen dreißig Metern Entfernung, in seine Richtung sprinten.
Noch einmal dreißig Meter dahinter der Werner Max, der irgendwie angeschlagen wirkte.
War er auch, wie sich dann herausstellte, weil der Baier sein Kommen irgendwie bemerkt und ihm in genau dem Moment, in dem er um die Ecke vom Mausoleum gebogen war, einen Faustschlag gegen

die Schläfe verpasst hatte. Zum Glück kein perfekter Treffer, aber hart genug, damit der Werner kurz Sterne gesehen hatte.

Dem Baier Markus pochte das Herz bis zum Anschlag. Er sah alles nur noch unscharf und bekam kaum noch Luft. So halb gewärtigte er den Biermann, der eine Pistole zog und rief, er solle stehen bleiben. Irgendwo eine Polizeisirene.
Er ignorierte den Biermann, der erneut etwas rief und lief einfach in zehn Meter Entfernung an ihm vorbei.
Die Harlesstraße herauf plötzlich ein Gendarmerieauto mit Blaulicht.
Richtungswechsel zur Idagasse. Von dort oben auch plötzlich Blaulicht.
In seiner Not, begann der Baier auf die Höhle des Wehrbären zu klettern.
Wieder die Stimme vom Biermann, dann plötzlich ein lauter Knall.

Oben auf der Wehrbärenhöhle, kauerten der Durr Roland und der Moritz Michael hinter dem Felsen. Sie hatten nämlich gerade am schneebedeckten, äußeren Rand des Felsens, drei Meter über dem Gehsteig, Balancekampf trainiert, als der blaue Ford Escort gekommen und auf der Kreuzung stehen geblieben war. Woraufhin sie natürlich befürchtet hatten, von jemanden schimpfen zu bekommen, weil sie hier auf einem Denkmal herumturnten. Also waren sie erstmal wieder hinter der Felsbrüstung verschwunden,

hatten dann vorsichtig einen Blick riskiert und gesehen, wie der Kriminalbeamte, der sie erst gestern mit Drogen erwischt hatte, aus dem Wagen stieg.
Jetzt ging ihnen natürlich doppelt der Reis und als sie dann plötzlich noch Polizeisirenen hörten, waren sie schon beinahe wieder davon überzeugt, dass nun endgültig Ende Gelände sei.
Sprich – Der Kriminalpolizist sie jetzt gleich mit Blaulicht verhaften lassen und in die Jugendstrafvollzugsanstalt bringen würde, weil sie entgegen ihrem gestrigen Versprechen, heute schon wieder dreimal Blödsinn gemacht hatten: Schulschwänzen, Denkmalschändung und geraucht hatten sie auch schon eine.
Ratlos blickte sich die beiden an und zuckten mit den Achseln. Dann plötzlich ein lauter Knall.
Von dem klingelte es ihnen noch in den Ohren, als sich plötzlich eine massige Gestalt, schwer keuchend, auf dem Felsen über ihnen erhob. Einen Moment lang sahen sie ganz deutlich das rote, vor Anstrengung verzerrte Gesicht und erkannten darin den Mann aus der Austerlitz Wohnung.
Und das Gesicht sah ganz genau so aus wie in dem Moment, kurz bevor der Mann dem Roland die Ohrfeige verpasst hatte.
Bei der Erinnerung an dieses Ungetüm von einer gesunden Watschen, rissen dem Roland die letzten Nerven. In einer Panikreaktion federte er mit einer Drehbewegung aus der Hocke hoch und hielt dabei seinen Universalstock mit ausgestreckten Armen von sich.
Der Stock beschrieb einen wunderschönen, leicht schräg geneigten Dreiviertelkreis, schwebte über den

Kopf vom Michael hinweg und traf den Baier Markus seitlich am rechten Oberschenkel.
Der Baier blickte verblüfft auf den Stock, den der Roland in dieser schreckensstarren Sekunde einfach weiterhin gegen sein Bein presste, schien den Schlag aber irgendwie gar nicht gespürt zu haben.
Doch im nächsten Moment, kam auch schon der Michael aus der Hocke und rammte dem Baier Markus das Stockende gegen das Kinn.
Das war einfach eine Reflexreaktion, weil sie das schon oft geübt hatten. Also beide hocken, Nummer eins macht Rundumschlag über den Kopf des anderen, Nummer zwei kommt hoch und holt zum finalen Schlag aus.
Nur das der Michael, aufgrund des beengten Kampfplatzes, dem Mann eben jetzt schon versehentlich, beim nach hinten ausholen, eine verpasst hatte.
Und genau an der richtigen Stelle, so komisch wie der Kerl jetzt die Augen verdrehte.

Der Biermann, der einen Warnschuss abgegeben hatte, sah wie sich der Baier auf der Wehrbärenhöhle aufrichtete. Im nächsten Augenblick erst ein Kind, dann ein zweites, und beide schlugen mit ihren Spielstecken nach dem Amokläufer, der jetzt plötzlich in sich zusammensackte und rücklings von der Bärenhöhle, drei Meter tief abstürzte.
Ende Gelände.

Und großer Showdown.
Der Biermann eilte zu dem bewusstlos am Boden lie-

genden Baier Markus. Mit ihm der Werner Max und die vier Beamten aus den beiden Gendarmerieautos, die der Zufall – oder manche sagen auch die Macht des Wehrbären – zur rechten Zeit hierher geführt hatte.

Jetzt zuerst Handschellen, dann Pulskontrolle durch den Biermann. Sicher ist sicher. Aber Puls eh deutlich spürbar und insofern alles gut.

Das wäre jetzt auch der Moment gewesen, in dem die beiden Jungs einen Fluchtversuch hätten wagen können. Aber daran dachten der Roland und der Michael gar nicht.

Viel mehr standen sie kreidebleich und wie angewurzelt auf der Wehrbärenhöhle. Später haben sie ihren ehrfürchtig lauschenden Mitschülern natürlich erzählt, das sei irgendwie so ein Moment der Ergriffenheit vom ersten, richtigen Stockkampf gewesen.

Aber in Wirklichkeit waren sie natürlich komplett geschockt. Weil es ist eine Sache, regelmäßig Stockkampf zu üben, aber eine ganz andere, tatsächlich jemand k.o. zu schlagen und zuzuschauen, wie der in die Tiefe stürzt.

Und hoffentlich nicht tot war, wie vor allem dem Michael immer wieder durch den Kopf ging. Hoffentlich nicht tot. Weil er war sich schon im Klaren darüber, dass sein Schlag den Mann vom Felsen befördert hatte. Zwar mit Ablenkung durch den Roland, aber trotzdem.

Angegeben hat er später nie damit sondern immer erzählt, dass der Roland und er den Amokläufer ganz gleichzeitig besiegt hätten. Diesbezüglich hat es später in ihrer Freundschaft auch nie Differenzen gegeben.

Jetzt blickte der Biermann nach oben und erkannte die beiden Jungs.
Kommt runter da.
Und dann, weil er sah wie blass die beiden waren, freundlicher Zuspruch in kollegialem Ton:
Gut gemacht. Ihr habt einen Verbrecher überwältigt. Kommt runter. Wirklich gute Arbeit.
Das wirkte gut genug, damit die beiden Jungs zögerlich vom Felsen kletterten. Dann winkte der Biermann sie zu sich heran und ging mit ihnen zu seinem blauen Ford.
Mittlerweile warteten schon einige Autos an der von den Polizeifahrzeugen blockierten Kreuzung, und ein Gendarm begann damit, den Lenkern zu bedeuten, dass sie umdrehen sollten.
Beim Ford angelangt erklärte der Biermann den beiden Jungs, dass er sie diesmal mit aufs Revier nehmen müsse, sie sich aber keine Sorgen machen sollten. Sie würden dann von ihm zu der Sache da jetzt als Zeugen befragt werden. Da sei nichts dabei, denn so wie es aussah, seien sie wohl die Helden des Tages. Oder *DerGanzenWoche*, wie er dann noch hinzufügte.
Das beruhigte den Moritz Michael und den Durr Roland.
Dann bat der Biermann sie, hinten in den Wagen zu steigen und kurz auf ihn zu warten. Er würde sie dann in ein paar Minuten aufs Revier zur Heldenbefragung bringen.

Ein gutes Händchen für Kinder hat der Biermann schon gehabt, das muss man auch einmal sagen.

Nach ein paar Minuten traf dann auch schon der Rettungswagen ein. Gerade als die Sanitäter die Bahre anhoben, kam der darauf festgeschnallten Baier Markus wieder zu Bewusstsein. Verschwommen sah er die Bärenhöhle und das massive, schwarze Gitter. Dahinter den eisernen Wehrbären. Reglos dastehend, mit dem Schwert quer im Maul.
So sperren sie mich jetzt auch ein, dachte er im letzten Moment, bevor ihm wieder schwarz vor Augen wurde.

Einstweilen beim Fleischer

Ja, habt ihr das gesehen, wie der die arme Johanna umgerannt hat! Na setz dich her da, Hannerl. Da auf den Sessel. Na habt ihr das gesehen? Geh, jetzt gebt ihr doch was zu trinken. Geht´s dir gut Hannerl?

Ich glaube, die haben jemand verfolgt.

Ja, aber keine Ahnung wen. Vielleicht den Austerlitz Mörder?

Geh. Glaubst der ist noch in der Nähe?

Weiß man ja nicht. Kommen ja bekanntlich immer zurück an den Ort ihres Verbrechens, die Mörder.

Grüß euch. Na ich sag's euch. Beim Bären oben alles abgesperrt. Polizei, Rettung, ich hab umdrehen müssen.

Na und was war dort? Hast du was gesehen? Die Hannerl hat vorhin einer umgerannt. Die hat der Franzl eben mit seinem Auto zum Doktor geführt, weil die so einen Schock gehabt hat.

Na ich habe nur gesehen, dass sie jemanden ins Rettungsauto getan haben. Vielleicht ausgerutscht oder so?

Geh! Die haben Jemanden verfolgt!

Echt? Wen denn? Den Amokläufer?

Nein, den Austerlitzmörder, hat vorhin wer gesagt.

Na so was. Dann hab ich den Austerlitz-Mörder gesehen?

Wahrscheinlich. Hast nicht gesehen, wie der ausschaut?

Nein leider. Viel zu weit weg und dauernd Polizisten davor. Aber wenn ich jetzt so nachdenke – böse hat

der schon gewirkt. Irgendwie.
Ja schaut, jetzt sind sie gerade vorbeigefahren! Rettung und hinten nach ein Gendarmerieauto. Und dahinter der Ding, der, na, der Bierdings, mit dem blauen Zivilpolizeiauto.
Echt? Na sicher der Mörder, wenn der auch dabei war.
Hinten hat er auch Jemanden drinnen gehabt. Zwei glaub ich, hat man aber schlecht gesehen. Vielleicht zusammengekauert, weil sie nicht wollen das man ihre Verbrechergesichter sieht.

Am Posten

Beim Betreten des Gemeindegebäudes am Kislingerplatz, das sich die Berndorfer Exekutive mit der Stadtverwaltung teilt, kam den beiden Jungs plötzlich der Unterweger Jack entgegen.
Im ersten Moment starrten sie ihn überrascht an, dann realisierten sie, dass es sich wohl doch nicht um den Unterweger handelte. Aber ganz bestimmt war es der selbe Mann, wie damals auf der Bank vor der Hauptschule.
Jetzt hielt er einen Stapel Akten in der Hand und klopfte an eine Bürotür. Der Michael und der Roland musterten ihn im Vorbeigehen aus dem Augenwinkel und mussten sich eingestehen, dass ihnen bezüglich der Ähnlichkeit wohl ihre Fantasie einen Streich gespielt hatte. Der Unterweger-Scheitel passte zwar, aber die Gesichtszüge waren doch irgendwie anders. Außerdem hatte der Beamte blaue Augen, und weil im Fernsehen damals andauernd die charismatischen Portraitfotos und Filmaufnahmen vom Unterweger gezeigt wurden, wussten beide Jungs, dass der Jack eigentlich mehr so eine braun-grüne Augenfarbe gehabt hatte.
Wer die junge Frau gewesen ist und warum der vermeintliche Jack so verzweifelt gewirkt hatte, blieb den beiden Jungs dann aber für immer ein Rätsel.

In den Räumlichkeiten der Exekutive, herrschte naturgemäß Hochbetrieb. Was bei einer Amtsstube, einem Besprechungsraum und einem Büro natürlich

schnell geht.
Glücklicherweise hatten sowohl der Baier Markus, als auch der Eichelberger Martin, ins Spital gebracht werden müssen. Sonst wäre es mit dem Platz eh schon eng geworden. Weil der Biermann belegte das Büro um die Aussage der beiden Burschen aufzunehmen, während der Pfarrer August im Besprechungszimmer vom Werner Max vernommen wurde.
Und in der Amtsstube musste das Tagesgeschäft der Gendarmerie weitergehen, da konnte man kein wichtiges Verhör führen.

Also ihr beiden. Jetzt sagt ihr mir noch, warum ihr nicht in der Schule wart.
Bis jetzt war eigentlich alles ganz gut für sie gelaufen. Der Roland und der Michael hatten dem Biermann erzählt, wie sie auf der Bärenhöhle Stockkampf geübt hatten, und wie er dann selber mit dem blauen Auto gekommen war, und so weiter, bis zum Sturz des Amokläufers.
Der Michael fasste sich ein Herz und gestand dem Biermann reumütig die Sache mit den gefälschten Entschuldigungen.
Der Biermann verkniff sich sein Schmunzeln diesmal nicht. Wodurch er den beiden Jungs gleich noch einmal sympathischer wurde. Eigentlich war der Biermann ja eh ein netter Erwachsener.
Der Roland überwand sich zu der Frage, ob sie jetzt dann schon gehen dürften. Sie würden sich auch gleich zurück in die Schule begeben, versprach er.
Aber da musste er den beiden einen Strich durch die

Rechnung machen und verkündete ihnen auch noch die Hiobsbotschaft, er würde jetzt ihre Eltern verständigen müssen, damit sie herkamen um sie abzuholen.
In diesem Fall blieb ihm auch wirklich nichts anderes übrig. Die beiden waren ja jetzt in einen der aufsehenerregendsten Kriminalfälle verwickelt, die es in Berndorfer je gegeben hatte. Da konnte er nicht einfach ihren Eltern nichts sagen.
Betreten blickten der Roland und der Michael zu Boden. Dann hob der Michael den Kopf und fragte kleinlaut, ob der Herr Inspektor das mit dem Beichtstuhl gestern auch erzählen würde.
Woraufhin der Biermann wieder kurz nachdenken musste. Dann schüttelte er den Kopf.
Ich weiß nicht. Wenn sie euch jetzt abholen, erzähle ich nichts davon. Sie werden ohnehin schon beunruhigt genug sein. Aber kann schon sein, dass ich ihnen später etwas davon sagen muss.
Also wieder Ungewissheit für die beiden Jungs. Wobei der Biermann sich aber mittlerweile keine Hoffnungen mehr machte, sie dadurch von blöden Ideen abhalten zu können.
Aber er wusste tatsächlich noch nicht, ob der Hanf in diesem Fall noch eine Rolle spielen würde. Das hing jetzt vor allem davon ab, was der Schulz August aussagen würde.

Der Herr Pfarrer erlebte ein weitaus unangenehmeres Verhör als die beiden Buben. Er tischte dem Werner Max in etwa die selbe Geschichte auf, wie zuvor

in der Kirche dem Herrn im Himmel. Nur, dass der Herr Kriminalbeamte Werner ein weitaus ungeduldigerer Zuhörer war, als der liebe Gott.
Viel mehr belastete er den Schulz August mit ziemlich schwierigen, theologischen Fragen. Also zum Beispiel, warum das mit der christlichen Nächstenliebe vom Schulz anscheinend nur für den Baier, aber nicht für den Eichelberger gegolten habe.
Auch nahm er ihn wegen des Beichtgeheimnisses in die Mangel. Ob denn der Baier tatsächlich willens gewesen war zu beichten, wollte er wissen. Denn sonst sei es ja keine richtige Beichte gewesen. Folglich gäbe es dann auch kein Beichtgeheimnis.
Das konnte der Schulz aber glücklicherweise parieren, indem er den Werner darüber aufklärte, dass es zwar keine Beichte in dem Sinne gewesen war, man es dafür aber durchaus als seelsorgerisches Gespräch betrachtet könne, welches genauso wie die Beichte, dem Beichtgeheimnis unterliege.
Diesbezüglich wusste der Werner Max dann auch keine Antwort. Weil die Sachlage war tatsächlich kompliziert. Sowohl in rechtlicher, als auch in theologischer Hinsicht.
Das Beichtgeheimnis ist nämlich bombenfest im österreichischen Strafgesetz verankert. Kein Geistlicher kann dazu gezwungen werden, ein Beichtgeheimnis preis zu geben. Auch wenn er unabsichtlich eines verrät, darf das vor Gericht nicht verwendet werden. Und sogar wenn der Pfarrer selbst es aussagen will, besteht diesbezüglich ein Vernehmungsverbot.
Das hatte der Werner Max in der Polizeischule ge-

lernt.
Theologie hatte er dort zwar nicht gehabt, vermutete aber, dass sich die Antwort auf die Frage, ob hier kirchliche Seelsorge oder Beihilfe zu einer Straftat betrieben worden war, wohl sehr lange hinziehen würde. Weil auf der einen Seite der gejagte Verbrecher, der sich Schutz suchend an den Geistlichen wendet. Auf der anderen Seite das Opfer, gefesselt, hilfsbedürftig.
Er glaubte dem Schulz August schon irgendwie, wenn der sagte, er hätte den Baier die ganze Zeit über zum Aufgeben bewegen wollen, und auch sein Bestes getan, damit die Geisel gut behandelt wird. Außerdem war er sich im Augenblick auch gar nicht sicher, ob er den Schulz August jetzt, nachdem der das lästige Wort Beichtgeheimnis ausgesprochen hatte, von Rechts wegen überhaupt noch weiter befragen durfte.
Trotzdem bohrte er noch etwas nach, wollte vom Schulz wissen, was der Baier in den fünf Tagen alles so getan und gesagt hätte.
Wirklich nervös war der Pfarrer Schulz aber nur wegen der Hanfpflanzen. Weil er ja gesehen hatte, wie der Biermann aus dem Theater kam und deshalb annahm, die Polizei würde über sein gärtnerisches Hobby Bescheid wissen.
Das mit dem Geiselnehmer war da wirklich das geringere Problem, weil vom Bischof bis zum Papst hinauf, würden sich alle hinter ihn stellen, von wegen schwerer geistlicher Gewissenskrise und eben Beichtgeheimnis. Aber Drogenanbau in der Sakristei der Kirche, das war ein ganz anderes Problem. Das würde

ziemlich sicher schlechte Presse geben, und schlechte Presse freute die Mutter Kirche prinzipiell nicht. Zumal die letzte mögliche Ausrede – von wegen jemand hätte ihm im seelsorgerischen Gespräch gebeten, die Pflanzen für ihn aufzubewahren – auch nicht funktionieren würde. Weil als Pfarrer durfte er zwar niemanden davon erzählen, wenn jemand ihm den Drogenanbau beichtete, aber unterstützen durfte er ihn dabei nicht.
Da hätte er kirchenintern sicher mit Konsequenzen zu rechnen. Versetzung in irgendein aussterbendes Bauerndorf mit 50 Einwohnern, oder etwas anderes in der Art vielleicht.
Entsprechend nervös war der Pfarrer Schulz, während der Werner Max ihn mit Fragen löcherte, deren Beantwortung er entweder mit Hinweis auf seine seelsorgerische Verschwiegenheitspflicht ablehnte, oder so formulierte, dass der Beamte dabei nicht mehr erfuhr, als er ohnehin schon wusste.
Aber die Frage wegen der Hanfpflanzen kam einfach nicht, und schließlich entließ der Werner Max ihn mit den Worten, er könne jetzt gehen, solle sich aber zur Verfügung halten und auch darauf einstellen, in ein paar Wochen vor Gericht aussagen zu müssen.
Was sich der Schulz August nicht zweimal sagen ließ.

Raschen Schrittes verließ der Schulz August das Revier, marschierte den Berg hinauf Richtung Margaretenkirche und weiter in das Pfarramtsgebäude hinter der Kirche, in dem er auch seine Wohnung hatte.
Dort setzte er sich an den Schreibtisch, hob den Hö-

rer vom darauf befindlichen Telefon ab und gab mithilfe der Drehscheibe die Telefonnummer seines vorgesetzten Bischofs ein. Dem er dann die ganze Sachlage – mit Ausnahme vom Hanf natürlich – schilderte.

Der Bischof verstand, dass dies für einen Geistlichen natürlich eine sehr schwierige Situation gewesen ist und beruhigte den Pfarrer Schulz, indem er ihm den Schutz der Kirche versicherte. Weil das Beichtgeheimnis sei nun mal unantastbar, wenngleich auch eine schwere Bürde für den Priester. Aber der Schulz habe schon ganz richtig gehandelt und er selbst würde jetzt gleich am Polizeirevier anrufen und den Beamten davon in Kenntnis setzen, dass alles was der Schulz vielleicht über den Amokläufer gesagt habe, dem Beichtgeheimnis unterliege.

Dann wies er den Schulz August aber auch noch darauf hin, dass man ihn wohl in eine andere Gemeinde versetzen werde müssen. Wegen dem Gerede der Leute. Weil Beichtgeheimnis hin oder her – einen guten Eindruck mache das natürlich nicht, wenn der Stadtpfarrer fünf Tage lang einen Amokläufer samt seiner Geisel in der Sakristei einer Kirche verstecke.

Was der Schulz August einsichtig zur Kenntnis nahm, obwohl es ihm in Berndorf eigentlich immer gut gefallen hatte.

Währenddessen trafen der Papa vom Roland und die Mama vom Moritz Michael im Gendarmerieposten ein.

Die Moritz Sonja ganz mütterlich beunruhigt, von we-

gen um Gottes Willen, du armes Kind und ist dir eh nichts passiert.
Der Durr Horst ganz väterlich grantig, von wegen Herr im Himmel nochmal, was hast du jetzt schon wieder ausgefressen?
Der Biermann klärte sie über die Geschehnisse auf, beschränkte sich aber wie versprochen nur auf die tagesaktuellen Ereignisse.
Daraufhin natürlich Nachfrage von den Eltern in Richtung der Jungs, was sie denn um die Uhrzeit beim Bären gemacht hätten, warum sie denn nicht in der Schule gewesen seien?
Schmunzelnd hörte der Biermann zu, wie die Buben erneut die Sache mit den gefälschten Entschuldigungen beichteten. Wobei der Roland – wohl in der Hoffnung, damit Strafmilderung zu bekommen – anmerkte, ihm würde seit einigen Tagen tatsächlich ein Backenzahn wehtun, das solle man vielleicht wirklich einmal vom Meister Beißerreißer anschauen lassen.
In Anbetracht der Umstände, verzichteten der Durr-Papa und die Moritz-Mama aber auf eine Moralpredigt.
Der Biermann erklärte den Eltern, sie könnten die Kinder jetzt nach Hause bringen. Wahrscheinlich würden sie später vor Gericht dann eine Aussage machen müssen.
Das war es dann auch schon wieder, und die Jungs durften gemeinsam mit ihren Elternteilen den Posten verlassen.
Artig verabschiedeten sie sich per Handschlag von dem Herrn Kriminalinspektor, der dabei noch einmal

zu der Heldentat gratulierte, ihnen aber auch mit sanftem Tadel in der Stimme empfahl, ihre Stockkampfübungen künftig außerhalb der Schulzeiten durchzuführen.

Vor dem Amtsgebäude – übrigens 1878 ursprünglich als Volksschule errichtet – bot die Moritz Sonja dem Durr Horst an, den Roland auch gleich mitzunehmen und heim zu bringen. Es sei ja kein großer Umweg und der Horst müsse sicher noch arbeiten.
In Wirklichkeit war es so, dass der Sonja der Roland immer ein bisschen leid tat. Weil sein Papa entweder dauernd in der Firma oder im Wirtshaus saß, und seine Mama magersüchtig und wohl mit ihren eigenen Problemen beschäftigt war.
Das muss man nämlich schon auch sagen: Wenn sich die Sonja damals nicht fast genau so viel um den Roland gekümmert hätte, wie um ihr eigenes Kind, dann wäre aus ihm vielleicht nicht so ein guter Mensch geworden, wie er heute einer ist.
Dem Durr Horst war das nur recht und die Sonja fuhr mit den zwei Buben zuerst zum Roland nach Hause. Dort erzählte sie der der dürren Durr Lisi alles und die Lisi seufzte ein bisschen, schien aber irgendwie gar nicht so richtig bei der Sache zu sein.
Was vor allem daran lag, dass sie nicht nur magersüchtig war, sondern auch oft irgendwelche Tabletten nahm, von denen sie irgendwie glücklich, aber auch geistesabwesend wurde. Die Tabletten sind ihr dann auch ein paar Jahre später, als der Roland schon ein gut aussehender junger Mann war, zum Verhängnis

geworden. Nicht die Magersucht hat sie dahingerafft, sondern eine Überdosis. Ob versehentlich oder absichtlich, weiß man nicht.
Aber so oder so eine traurige Geschichte.
An diesem Tag jedoch, durfte der Roland bis zum Abend noch mit zum Michael und beide verhielten sich ziemlich ruhig. Einerseits, weil sie noch immer ein bisschen unter Schock standen, andererseits weil bis jetzt noch niemand etwas von Hausarrest gesagt hatte. Da hofften sie, dies würde auch so bleiben, wenn sie sich nur unauffällig genug verhielten.

Die Moritz Sonja, telefonierte aber natürlich gleich nach der Rückkehr mit ein paar Freundinnen.
Der Durr Horst, unterhielt sich mit einem Bekannten beim Chinesen.
Die Durr Lisi redete geistesabwesend mit der Nachbarin.
Das Polizeiaufgebot bei der Marienkirche war natürlich auch einigen Leuten aufgefallen.
Kunden der Fleischerei kannten alle Details dazu, wie die arme Herwig Johanna von einem rücksichtslosen Gesetzeshüter zu Boden gerissen worden war.
Einige notorische Aus-dem-Fenster-Gucker, die Teile der Verfolgungsjagd gesehen hatten, sowie die Fahrer der wartendes Autos auf der Kreuzung beim Wehrbären, trugen ebenfalls ihren Teil dazu bei.
Und am frühen Nachmittag wusste bereits ganz Berndorf über alle Details der Verfolgungsjagd Bescheid. Beziehungsweise nicht nur über die Verfolgungsjagd, sondern über alle Zusammenhänge bezüglich Mord-

Samstag, Amoklauf-Montag, Theaterbrand-Mittwoch und finalem Freitag.

Im Café Stangl

Hast schon gehört? Den Mörder von der Austerlitz Angelika haben sie heute geschnappt! Na was glaubst du wer das war?
Ja weiß man das? Ich habe nur gehört, dass sie ihn durch halb Berndorf verfolgt haben.
Ihr Exmann war das! Der Baier Markus! Das hat mir der Anderlich Hansl erzählt. Der ist nämlich gerade vom Bäcker raus gekommen und hat den Baier bei der Fleischerei gegenüber vorbei laufen sehen. Der eine Polizist hat ihn verfolgt. Der Dings. Na. Der Unsympathische.
Der Werner?
Ja, genau. Hat einfach die alte Herwig Johanna aus dem Weg gestoßen. Voll brutal.
Na und beim Bären haben sie ihn dann geschnappt?
Ja. Der ist auf die Höhle geklettert, weil überall auf der Kreuzung schon Polizei war. Geschossen haben sie ja auch drei mal auf ihn. Aber nicht getroffen. Und oben auf der Höhle waren zwei Kinder, die haben mit ihren Spielstöcken nach ihm geschlagen und dann ist er abgestürzt.
Echt? Was für Kinder leicht?
Der Durr-Bub. Weißt eh, von der dürren Lisi das Kind. Und der Moritz Michael.
Von der Sonja der Sohn?
Ja genau.
Na haben die keine Schule gehabt?
Schon. Aber geschwänzt halt. Weißt ja eh wie die sind in dem Alter.

Also mein Kind hat das nie gemacht.
Ja. Na wurscht. Und weißt wo sich der Baier überall versteckt hat?
In der Marienkirche hat die Hedwig mir beim Billa erzählt.
Ja genau. Aber vorher hat er sich im Theater versteckt. Am Schnürboden angeblich. Weiß man nicht so genau. Aber ziemlich sicher, weil es dort ja gebrannt hat. Wahrscheinlich war er so nervös und hat dauernd geraucht.
Und wie die Feuerwehr gekommen ist, hat er natürlich weg vom Theater müssen.
Da ist er rüber in die Marienkirche. Wahrscheinlich hat er den armen Pfarrer August auch gleich als Geisel genommen.
Na und wer war jetzt die Geisel die er vom Billa mitgenommen hat?
Weiß man nicht so genau. Aber die Theresa war gerade im Theaterpark spazieren und hat gesehen wie sie ihn hinten aus der Sakristei gebracht haben. Kein Unsriger auf jeden Fall, hat sie gesagt. Und die Theresa kennt ja alle Leute, also wird das schon stimmen. Aber die Helga hat gemeint, laut der Beschreibung von der Theresa, könnte das so ein Mann sein, der ein paar Mal bei der Austerlitz gewesen ist. Weißt ja eh – bei der gehen die Männer aus und ein wie die Kundschaft im Supermarkt. Oder sind wohl gegangen, besser gesagt.
Aber warum hat der Baier die Austerlitz umgebracht? Die waren doch schon lange geschieden?
Na wegen der Eifersucht wahrscheinlich. Hab ich erst

in der *DieganzeWoche* gelesen, dass die meisten Morde deshalb geschehen. Angeblich ist er nämlich immer noch verliebt in sie gewesen. Hat mir der Schurl einmal erzählt. Der hat ja früher einmal mit ihm beim Durr gearbeitet, bevor er in der Berndorfer Fabrik angefangen hat.
Ah ja, der Baier war ja auch beim Durr angestellt. Schon ein komischer Zufall oder? Also das ausgerechnet dem Durr sein Bub auf dem Bären war, und der Mörder auch für den Durr gearbeitet hat.
Ja schon. Aber warum glaubst du, hat er die Austerlitz ausgerechnet dort im Schmied-Wald umgebracht? Und warum hat sie nur Unterwäsche angehabt, bei der Kälte. Und das mit dem Gesicht?
Keine Ahnung. Wer weiß schon was in so einem vorgeht. Vielleicht hat er es nicht mehr ertragen, sie anzuschauen.
Glaubst? Aber gut – psychisch war der ja schon immer ein bisschen Ding, der Baier. Ist immer gleich aufgegangen wie ein Germknödel, wenn ihn etwas geärgert hat. Vorbestraft war er ja auch, hat mir mal wer gesagt.
Ja, eh wegen Körperverletzung. Angeblich war er kurz vor dem Mord noch hier. Hat mir der Kellner gerade vorhin erzählt. Kannst du dir das vorstellen? Das einer da sitzt – vielleicht gerade an dem Tisch wo wir jetzt auch sitzen – und dann einfach raus geht und die Austerlitz umbringt?
Na wer weiß schon, was in so einem Psychopathen-Hirn vor sich geht. Wobei – Ganz unschuldig daran, ist die Austerlitz vielleicht eh nicht gewesen.

Weil – sei mir nicht bös, über Tote soll man ja nicht schlecht reden – aber eine Kanaille ist die schon gewesen. Natürlich trotzdem tragisch und so. Aber wenn man dauernd mit so vielen Männern und wahrscheinlich auch Drogensüchtigen und so herumtut, wer weiß – vielleicht hat sie ja so ein Aids gehabt und den Baier damit angesteckt? Na kann ja sein!

Und genau in dem Moment ist die Austerlitz Angelika bei der Schiebetür ins Café Stangl hereingekommen und vor der Mehlspeisvitrine im Eingangsbereich stehen geblieben.
An den Tischen im vorderen Bereich des Café, von denen aus man den Eingangsbereich sah, verstummten die Gespräche einen Augenblick lang. Dann begann man damit, die Information, dass die Austerlitz-Leiche gerade zur Tür hereingekommen war, flüsternd nach hinten weiterzusagen.
Die Verkäuferin hinter der Vitrine starrte die Austerlitz ebenfalls einen Moment fassungslos an, reagierte dann aber sehr professionell und fragte freundlich, was die Angelika denn haben wolle.
Im hinteren Bereich des Café verrenkte man sich die Köpfe, um einen Blick auf die Totgeglaubte zu erhaschen. Einige taten auch so, als müssten sie sich plötzlich ein wenig die Beine vertreten, um dadurch einen Blick über die Bar hinweg auf die Wiedergängerin zu erhaschen.
Gesagt hat aber natürlich niemand etwas zu ihr.
Und weil der Berndorfer und die Berndorferin von Geburt aus begnadet im heimlichen Tratschen und

Klatschen sind, bekam die Angelika von all dem auch nichts mit.
Sie verließ – herzlich von der Verkäuferin verabschiedet – mit zwei Stück Erdbeertorte im Gepäck wieder das Café.
Und weil sie die Woche bei einer Freundin in Tirol, auf einem abgelegenen Bauernhof verbracht hatte – ohne Fernsehen, Radio oder Zeitung – wusste die Angelika nichts von Mord, Amoklauf und Festnahme ihres Ex-Mannes, oder der einwöchigen Geiselhaft ihres Sado-Maso Partners.
Arglos marschierte sie – ihren kleinen, neongrünen Reisetrolli im Schlepptau – durch die Sechshauserstrasse, dann weiter ein Stück über die Hochstraße, und schließlich die Karlstraße hinauf zu ihrer Wohnung in die Kuhlmannstraße.
Wobei sie natürlich noch von mehreren Leuten gesehen wurde. Noch bevor sie ihre Wohnung erreicht hatte, gab es erste Gerüchte, dass sie mit dem Baier möglicherweise unter eine Decke gesteckt, und irgend eine Frau – warum auch immer – gemeinsam mit ihm ermordet hatte. Vielleicht irgendwelche perversen Sexspielchen oder so, die aus dem Ruder gelaufen waren.

Austerlitz Angelika

Als die Angelika bei ihrer Wohnung ankam, bemerkte sie das aufgebrochene Schloss und dass jemand die Sachen in ihrer Wohnung durchwühlt hatte. Weil die Polizei keine Nachricht hinterlassen hatte, dachte sie daraufhin natürlich an einen Einbruch und rief beim Gendarmerieposten an.

Dort leitete ein freundlicher Gendarm sie direkt an den Bezirksinspektor Gallup weiter. Der war ein wenig überrascht, weil er ja trotz allem angenommen hatte, dass der Leichenfund vom Samstag und das gleichzeitige Verschwinden von der Austerlitz in Zusammenhang miteinander standen.

Zugleich war er aber auch im Stress, weil am frühen Abend eine Familienfeier anstand und er vorher noch dringend in sein Büro nach Baden musste. Also erzählte er der Austerlitz in groben Zügen was geschehen war und bat sie, in einer Dreiviertelstunde herzukommen. Man brauche nämlich ohnehin ihre Aussage.

Die Austerlitz war ein bisschen schockiert, aber nicht wirklich überrascht. Sie war sich immer schon sicher gewesen, dass der Markus wegen seines Aggressionsproblems eines Tages austicken und einen großen Blödsinn machen würde. Weswegen sie ja auch den Kontakt zu ihm – von den gelegentlichen Telefonaten einmal abgesehen – gemieden hatte.

Seufzend begann sie damit, die durcheinander geworfenen Pornovideos wieder ordentlich in das Regal zu stellen. War ja klar, dass die Polizisten das wohl natürlich besonders interessiert hatte. Aber peinlich war der Angelika das nicht. Weil sexuell war sie eben wirklich sehr aufgeschlossen.

Der Biermann Matthias und der Werner Max waren zwischenzeitlich ins Unfallkrankenhaus nach Wiener Neustadt gefahren, wohin man den Baier und den Eichelberger gebracht hatte. Natürlich nicht ins selbe Zimmer und mit zwei Gendarmen als Bewachung für den Baier.
Mit dem Baier Markus war aktuell aber eh nichts anzufangen. Der hatte eine Schädelfraktur, eine gebrochene Schulter und mehrere angeknackste Rippen. Außerdem war er generell körperlich völlig erschöpft, weil er während seines Kirchenaufenthaltes natürlich immer nur bruchstückhaft geschlafen und sich auf seiner Flucht dann auch noch völlig verausgabt hatte.
Von daher, lag er jetzt ruhiggestellt in seinem Einzelzimmer und war aktuell nicht vernehmungsfähig.
Weshalb die beiden Beamten erst einmal die Aussage vom Eichelberger Martin aufnahmen. Dem ging es auch nicht all zu gut, weil ihm der Baier von den Lebensmitteln, die der Pfarrer jeden Tag gebracht hatte, immer nur sehr wenig abgegeben hatte. Außerdem war es ja natürlich auch eine Folter, fünf Tage lang auf einen unbequemen Holzstuhl sitzen zu müssen. Auf Betreiben des Pfarres hin, hatte ihm der Baier Markus zwar immer wieder die Fesseln gelöst, aber logischerweise immer nur von einer Hand, oder einem Bein, damit er die Gliedmaßen ein bisschen be-

wegen konnte.
Aber schlecht durchblutet war natürlich trotzdem alles gewesen, und die letzten drei Tage lang hatte der Eichelberger immer wieder starke Muskelkrämpfe gehabt. Und geschlafen hatte er natürlich ebenfalls kaum.
Natürlich haben im Nachhinein ein paar Leute gewitzelt, für den Eichelberger könne das alles nicht so schlimm gewesen sein. Weil er ja eh sado-maso und so. Aber das kann man natürlich nicht vergleichen, weil sado-maso erstens freiwillig und zweitens meistens auch nicht lebensgefährlich ist.
Wobei – ganz umsonst ist die Erfahrung für den Eichelberger auch nicht gewesen. Weil sein Workshop – Repertoire hat er ein paar Wochen später um diverse Entführungs- und Geiselhaft Rollenspiele erweitert.
An diesem finalen Freitag jedoch, war er einfach nur froh, mit dem Leben davon gekommen zu sein. Weil zum Schluss, als es an der Tür pochte, während der Baier ihm die Pistole an den Kopf hielt und ihn anherrschte, er solle jetzt endlich gestehen, hatte er schon wirklich Todesangst gehabt. Aber zum Glück hatte sein Entführer dann nur in eine Ecke des Raumes geschossen, um ihn zu erschrecken.
Der Biermann fragte ihn, warum er eigentlich nicht einfach gestanden hatte. Woraufhin ihm der Eichelberger erklärte, er hätte Angst gehabt, der Baier würde dann erst recht wieder einen Wutanfall bekommen und ihm im Affekt erschießen. Weil so ein aufbrausendes Temperament, das hätte er bislang noch nie erlebt.

Dann wollt er seinerseits von den beiden Polizisten wissen, warum sie ihm denn am Sonntag, bei ihrem Besuch in seiner Wohnung, nichts vom Verschwinden der Austerlitz gesagt hatten. Und ob man denn schon etwas über ihren Verbleib wisse.
In dem Moment, klingelte dem Biermann sein ultramodernes Nokia 1011. Er fischte das klobige Ding aus der Seitentasche seiner Jacke, hob ab, hörte zu, steckte das Handy wieder weg und teilte dem Eichelberger mit, er habe gerade erfahren, dass die Angelika wieder in Berndorf aufgetaucht und bei bester Gesundheit sei.
Dann wandte er sich an den Werner Max und gab ihm den Auftrag, die Aussage vom Eichelberger fertig aufzunehmen und zu schauen, ob er danach vielleicht doch noch mit dem Baier würde reden können. Er selbst müsse jetzt aber sofort zurück nach Berndorf. Zwecks Einvernahme von der Austerlitz. Anordnung vom Herrn Bezirksinspektor.
Dann verabschiedete er sich auch schon und eilte aus dem Krankenzimmer, bevor der Eichelberger oder sein Kollege weitere Fragen stellen konnten.

Als er am Gendarmerieposten in Berndorf eintraf, wartete die Angelika dort bereits auf ihn.
Vor dem Gendarm im Innendienst natürlich erst mal förmliche Begrüßung. Also guten Tag und kommen Sie bitte mit in mein Büro.
Im Büro dann natürlich alles locker per du, aber natürlich auch ein bisschen eine eigenartige Stimmung. Wie das eben so ist, wenn man vor zwei Jahren ein

kurzes Gspusi gehabt hat und dann plötzlich wieder alleine in einem Raum miteinander sitzt.
Näher gekommen waren sich die beiden damals in der Kuhstall-Bar in Baden. Der Biermann gerade mitten in seiner Midlifecrisis, inklusive Eheproblemen und von daher öfters alleine unterwegs. Die Angelika eher zufällig da, als Begleitung von irgend einer Bekannten, die der Matthias danach nie wieder gesehen hatte.
Näher gekommen waren sie sich dann zwangsläufig, weil der Biermann – groß, massig, sehr viel älter als sie – perfekt in ihr Beuteschema gepasst hat. Darauf ist sie halt gestanden. Und in den Biermann sein Beuteschema hat damals sowieso alles gepasst, was jünger als er und halbwegs fesch war.
Wo warst du denn die ganze Woche? Wir haben schon alle geglaubt, du bist die Leiche, die beim alten Bahnwärterhäuschen gefunden worden ist.
Dann, irgendwie fast schüchtern:
Außer ich. Weil ich kenne dich ja besser. Ich hab gleich gewusst, dass du nicht die Leiche warst. Wegen dem Muttermal.
Woraufhin die Angelika lächeln musste. Weil sie hatte den Biermann immer gerne gehabt, auch wenn ihr natürlich von Anfang an klar gewesen ist, dass da nicht mehr als eine kurze Affäre rauskommen würde. Dann erzählte sie ihm von der Freundin in Tirol, die dort auf ihrem abgeschiedenen Bauernhof lebte. Wobei sie nicht nur Freundinnen waren, sonder auch Arbeitskolleginnen. Weil entgegen dem Gerede der Leute in Berndorf, war die Austerlitz Angelika weder

arbeitslos noch hat sie sich jemals in ihrem Leben prostituiert. Sexuell aufgeschlossen war sie. Das schon. Aber gearbeitet hat sie als Kolumnenschreibern für eine kleine, feministische Frauenzeitschrift. Freiberuflich. Kolumne und gelegentlich auch andere Artikel, über Emanzipation, Sexualität und solche Sachen eben.
Das hat sie aber meistens von zuhause aus machen können und die Texte per Post an die Redaktion geschickt. Aber in Berndorf wusste das niemand, weil die Austerlitz nicht unter ihrem richtigen Namen geschrieben hat. Aus Sicherheitsgründen, weil man als Frauenrechtlerin in der 90er Jahren immer noch vielen Leuten ein Dorn im Auge war. Sowohl Männern, die um ihre Machtpositionen fürchteten, als auch Frauen, die den Unterschied zwischen dem gesellschaftlichen Zwang und der Freiheit, zuhause am Herd zu stehen und sich um die Kinder zu kümmern, nicht auf die Reihe bekamen.
Dass die Leute darüber hinaus schlecht über sie redeten, weil sie eben mit Männer verkehrte wie es ihr beliebte, war ihr schon bewusst, aber egal. Verwandte hatte sie ja keine mehr in Berndorf, und alle anderen ihr wichtigen Sozialkontakte lebten in Richtung Baden oder Wien und waren genau so feministisch wie sie.
Die Wohnung in Berndorf hatte sie bislang eigentlich nur behalten, weil sie sehr preisgünstig, und ihr Gehalt als Kolumnistin eher sehr mager war.
Außerdem, so die Meinung von der Angelika, schadete es nicht, wenn man der Berndorfer Bevölkerung

ein bisschen vorlebte, wie emanzipierte, sexuelle Freiheit aussah.
Wobei man sagen muss, dass da bezüglich öffentlicher Meinung, trotz der Bemühungen von der Angelika, seit den 90ern nicht viel weiter gegangen ist.
Weil ein Mann, der viele Frauen hat, stößt sich die Hörner ab, ist halt ein geiler Hecht, ein Lebemann, eine Frauenheld, im schlimmsten Fall noch ein Macho. Eine Frau die das selbe tut, ist eine Schlampe.
An diesem Denkschema, hat sich seit damals nicht wirklich viel verändert. Weder in Berndorf noch sonst wo.
Aber wie gesagt – der Austerlitz war die öffentliche Berndorfer Meinung über sie ja ohnehin egal.
Nachdem sie dem Biermann erzählt hatte, wo sie gewesen war, und dass der Baier manchmal immer noch mit ihr telefoniert hatte und verliebt in sie gewesen ist, erzählte der Biermann ihr von den Geschehnissen während ihrer Abwesenheit.
Dann redeten sie noch ein bisschen privat, von wegen, wie es dem Biermann denn jetzt ginge, mit seiner Ehe und seiner Midlifecrisis und überhaupt. Das war ein sehr gutes Gespräch, weil prinzipiell hätten der Matthias und die Angelika schon gut zusammen gepasst. So von der Psychologie her. Weil waren ja beide gute Menschenkenner und im Bett hatten sie auch viel Spaß miteinander gehabt. Aber so verliebt, dass da mehr daraus hätte werden können, waren sie dann eben doch nicht gewesen.
Freundschaftlich liebevolles Verhältnis eben.
Und das ist ja auch etwas Schönes.

Also verabschiedeten sie sich voneinander, so wie man sich eben verabschiedet, wenn man einmal etwas miteinander gehabt hat, sich immer noch gut versteht aber beide wissen und akzeptieren, dass man nicht mehr miteinander ins Bett gehen wird.
Letzteres, weil dem Biermann seine Ehe, mit dem abklingen seiner Midlifecrisis, wieder besser geworden war, und die Austerlitz ihm das auch von Herzen gönnte.

An diesem Abend hat die Austerlitz noch im Spital angerufen und gefragt, ob sie mit dem Eichelberger reden kann. Das ging aber nicht, weil es im Krankenzimmer kein Telefon gab, und man den Eichelberger aufgrund seines Zustandes jetzt nicht herholen wollte. Man versicherte ihr aber, es ginge ihm den Umständen entsprechend eh gut und man würde ihm ausrichten, dass sie angerufen hatte.
Dann setzte sich die Angelika an ihren Schreibtisch und begann eine Text über Kleinstädte und eifersüchtige Männer.

Zur selben Zeit, ging der Biermann alleine in seinem Büro noch einmal den Fall durch. Vor allem die Aussage vom Pfarrer August interessierte ihn. Also ob der in der Nervosität vielleicht selber etwas von den Hanfpflanzen verraten hatte. Weil er selbst hatte dazu bislang seinem Kollegen und dem Gallup nur mitgeteilt, er wäre zum Nachdenken in den Theaterpark gegangen, hätte dort den Hausmeister getroffen und sei mit ihm ins reden gekommen, wobei der Lang so nebenbei komische Geräusche erwähnt hätte, die ihm aufgefallen wären, als er am Donnerstag ein Dankgebet an den Herren gesprochen hatte, weil der das Theater vor den Flammen verschont hatte.

Diese abenteuerliche Geschichte glaubten ihm natürlich weder der Werner Max, noch der Gallup Friedrich. Aber sogar dem Werner Max war klar, dass gute Kriminalbeamte eben oft auch etwas für sich behalten müssen.

Der Biermann las zufrieden, dass der Pfarrer von sich aus nichts über die Pflanzen gesagt hatte. Außerdem stand in dem Bericht vermerkt, dass der Bischof angerufen und verkündet hätte, alles was der Herr August gesagt habe, unterliege dem Beichtgeheimnis.

Gut. Darum konnte sich dann die Rechtsabteilung kümmern.

Jedenfalls bestand also keine Notwendigkeit, die Sache mit den drei Hanfpflanzen offiziell werden zu lassen. Erstens war das ohnehin nur eine kleine Menge, zweitens würde da nicht viel dabei rauskommen, drittens wären eben erstens und zweitens die ganze Schreibarbeit nicht wert.

Müde rieb sich der Biermann die Augen.

Dann holte er die Tatortfotos und sah sich die Bilder der entstellten Leiche erneut an. Irgend etwas daran erschien ihm komisch.

Abschied

Der Metzger Mario muss damals so um die 23 oder auch 24 Jahre alt gewesen sein. Ein bisschen jünger als die Austerlitz Angelika auf jeden Fall. Als Künstler war er da noch nicht wirklich bekannt. Weil damals hat er noch so seltsame, modern-impressionistische Sachen auf die Leinwand gepinselt. Das hat eigentlich keinen interessiert.
Berühmt geworden ist er dann erst mit seinen Aquarellen. Weil, wie in jeder Kleinstadt, gibt es natürlich auch in Berndorf viele Leute, die sehr stolz auf ihr Heimatstädtchen sind. Die hängen sich dann auch schon einmal ein schönes Aquarell von einer Berndorfer Sehenswürdigkeit ins Wohnzimmer.
Oder zumindest ein Mini-Bild von der Lindenkapelle aufs Klo. Je nachdem, wie stark die Heimatstadtliebe eben ausgeprägt ist.
Doch ein Markt für so etwas ist prinzipiell da und den hat der Metzger Mario dann auch zu bedienen gewusst. Aber damals eben noch nicht, weil er jung und wild und modern und expressionistisch war.
Also das Gegenteil der alten, zahmen, beschaulichen Kruppstadt.
Gekannt hat der Metzger Mario aber immer schon alle interessanten Leute in Berndorf. Also natürlich auch die Austerlitz und den Pfarrer August.
Mit dem August ist er am letzten Tag vor dessen Abreise aus Berndorf, drei Monate nach dem Amoklauf, im Pfarrhof zusammengesessen.
Weil der Schulz August ist damals wirklich strafver-

setzt worden. Nach Oberösterreich, aber Gott sei Dank eh nicht in eine aussterbende 50-Seelen Stadt, sondern nach Linz, zur Unterstützung eines schon etwas betagteren Geistlichen.
An diesem schönen Maitag, während sie im Garten vom Pfarrhof miteinander rauchten, hat sich der Metzger Mario noch einmal vom Pfarrer Schulz erzählen lassen, wie es denn zugegangen war, dass er einerseits zur katholischen Kirche, andererseits zum Hanf rauchen gekommen war.
Also erzählte ihm der Schulz August – Sohn eines Deutschen und einer Österreicherin, beide ohne jeglichen kirchlichen Background übrigens – erneut, wie er als Siebzehnjähriger einen schweren Mopedunfall gehabt hatte. Kein Helm, Nacht, ein paar Bier, kaputtes Licht, Kreuzung, Auto, Frontalabschuss. Klassiker eben.
Aber auch wirklich schwerer Unfall, inklusive Nahtoderfahrung, bevor der Notarzt ihn ins irdische Dasein zurück reanimiert hatte. Danach wochenlang Spital, schwere Kopf- und Rückenverletzungen, Knochenbrüche und einiges mehr, womit man eben so rechnen muss, wenn das Moped statt den erlaubten 40 km/h doppelt so schnell geht, man frontal in ein Auto fährt und dann über das Fahrzeug hinweg, gegen einen erstaunlich stabilen Bretterzaun geschleudert wird.
Aber durch die Nahtoderfahrung ist der Schulz August damals auf den lieben Gott aufmerksam geworden. Oder der liebe Gott auf ihn, wie der Seelsorger im Spital es damals mehrmals ausgedrückt hatte.

Jedenfalls ist der August ab dem Zeitpunkt von allem, was mit Gott zu tun hatte, absolut fasziniert gewesen. Gleichzeitig litt er nach dem Unfall aber auch an chronischen Schmerzen, denen die Ärzte damals einfach nicht Herr wurden. Diesbezüglich vertraute der Schulz August anfangs auf den lieben Gott. Aber während er dann Matura machte und sich hernach für das Priesterseminar einschrieb, wurden die Schmerzen, anstatt nachzulassen, immer schlimmer. Ein Kollege im Priesterseminar empfahl ihm dann, es einmal mit Hanf zu versuchen.

Der ja nicht nur ein Rohstofflieferant ist, sondern auch eine Heilpflanze.

Natürlich hat der Schulz August da anfänglich moralische Bedenken gehabt, von wegen Drogen und angehender Priester und ob es jetzt eine Prüfung Gottes sei und er der Versuchung widerstehen müsse, oder ob umgekehrt sein Herrgott ihm hiermit Hilfe sandte. Er machte sich ein bisschen schlau über das Thema und fand heraus, dass die Anhänger des Rastafarianismus – eine auf Jamaika, dem Christentum entsprungene Glaubensrichtung – auf rituelle Weise Hanf rauchen, um danach besser über Gott meditieren zu können.

Also versuchte er es ebenfalls und siehe da: Es half gegen die Schmerzen. Und seinem Gott fühlte sich der August auch näher.

Danach begann er dann relativ schnell damit, sein eigenes Gras anzubauen. Einerseits weil es so billiger war, andererseits weil ihm das Gärtnern auch Spaß machte. Aber immer nur drei oder vier Pflanzen. Ge-

rade so für den Eigenbedarf.
Weil verkauft hat der Schulz August nie etwas. Er hat auch nie jemanden dazu verführt, Drogen auszuprobieren. Aber mit denen, von denen er wusste, dass sie kiffen, ohne es an die große Glocke zu hängen, hat er ganz offen darüber geredet und dann natürlich auch gelegentlich mit ihnen geraucht.
Aber nicht einfach so zum Spaß, sondern um ihnen Gott näher zu bringen.
Weil der Schulz August war wirklich ein sehr spiritueller Mensch. Also kein Bibel-moralinsaurer Prediger, sondern ein einfühlsamer Priester mit dem innigen Wunsch im Herzen, den Menschen zu helfen.
Deswegen hat ihn die Sache mit dem Baier und dem Eichelberger, damals seelisch auch sehr mitgenommen. Weil er wusste ja, dass der Baier an sich ein guter Kerl war, aber eben ein Aggressionsproblem hatte, gegen das auch der Hanf machtlos gewesen war. Andererseits konnte aber natürlich auch der Eichelberger nichts dafür.
Also hatte sich der August bemüht, allen beiden so gut zu helfen wie es nur ging, ohne den Baier an die Weltlichkeit auszuliefern.
Diesbezüglich hatte er den Werner Max beim Verhör damals also nicht angelogen.

Auch darüber haben sie an diesem letzten Nachmittag vom Pfarrer August in Berndorf natürlich geredet. Über Gewissenskrisen und Moral, aber auch darüber, wie viele unwahrscheinliche Zufälle in diesem Fall zusammengekommen waren.

Weil das war ja – so der Metzger Mario damals zum Schulz August – fast wie in einem der Schwänke, die der Dvorak Felix immer für die Sommerfestspiele im Stadttheater hernahm.
Woraufhin der Schulz erwiderte, die Wege des Herrn seien eben unergründlich. Dann gab er den Joint an den Metzger Mario weiter und fügte hinzu, es sei ihm aber schon öfter aufgefallen, dass der liebe Gott in Berndorf anscheinend eine Vorliebe dafür hatte, seinen Willen durch die unwahrscheinliche Verkettung vieler kleiner Zufälle durchzusetzen.
Weil wäre der Deutsche Krupp Alfred auf seinen Geschäftsreisen durch ganz Europa nicht zufällig nach Berndorf gekommen, und hätte er dort nicht im Jahr 1843 die Berndorfer Metallwarenfabrik gegründet, und hätte sein Bruder Herrmann Krupp dieses Unternehmen nicht übernommen, und hätte der Herrmann Krupp es nicht seinem Sohn, dem Arthur Krupp vererbt, weil er mit seinem anderen Sohn, dem Carl Krupp als Nachfolger unzufrieden war, und wäre der Arthur Krupp nicht so ein Menschenfreund gewesen und hätte sich nicht um die Infrastruktur und die Menschen in seiner Stadt gekümmert, dann wäre Berndorf vielleicht bis heute ein unbedeutendes, kleines Bauerndorf geblieben.
Darüber haben der Metzger Mario und der Schulz August dann eine Weile lang schweigend nachgedacht, bis der Mario den Joint im Aschenbecher auf dem Gartentischchen ausdämpfte.
Dann redeten sie natürlich auch noch darüber, wie sich das mit der Leiche beim alten Bahnwärterhäus-

chen aufgeklärt hatte. Ein weiterer Zufall, wie er nur in einer Kleinstadt wie Berndorf passieren konnte. Eine tragische Geschichte.
Aber eben auch eine andere Geschichte, weil die Leiche ja mit dem Amoklauf vom Baier nur indirekt zu tun gehabt hatte.

Und danach noch so?

DieGanzeWoche hatte in ihrer nächsten Ausgabe am darauffolgenden Mittwoch natürlich eine fette Schlagzeile auf dem Titelblatt:
Polizei durchsucht falsches Haus! Fataler Irrtum auf der Suche nach dem Berndorfer Amokläufer.
Eigentlich hatte der Baier Helmut gar nichts über die Hausdurchsuchung bei ihm schreiben wollen. Aber weil in den fünf Tagen nach dem finalen Freitag, die Tageszeitungen bereits alle guten Schlagzeilen verbraucht hatten, benötigte man als Wochenmagazin natürlich irgend etwas für die Titelseite, was sonst noch niemand gebracht hatte.
Der Helmut hat die Sache dann aber sehr clever gelöst, indem er der Hausdurchsuchung selbst nur einen kleinen Teil des fünf Doppelseiten langen, reichlich mit Fotos der Marienkirche bebilderten Artikels widmete. Dieser Teil las sich dann auch eher wie ein Loblied auf die Polizei, von wegen alles sei absolut korrekt abgelaufen, die Beamten hätten nur ihre Pflicht getan und aufgrund der Sachlage sei das Missverständnis auch absolut verständlich gewesen.
Jedenfalls sei diese Hausdurchsung ein Beweis dafür, wie korrekt und gewissenhaft die Exekutive – vor allem auch die in Berndorf – arbeiten würde.
Wie versprochen, vergalt ihm dieses Loblied der Herr Bezirksinspektor dann auch mit Insiderinfos zu Kriminalfällen in Berndorf, was natürlich dazu führte, dass Berndorf öfter in der *DieGanzeWoche* auftauchte, als andere Kleinstädte.

Die Beziehung zwischen dem Biermann Matthias und dem Werner Max ist nicht besser geworden.
Der Werner hat einige Wochen später tatsächlich eine Beschwerde über die Arbeitsauffassung vom Biermann geschrieben. Am Gallup Friedrich vorbei, direkt an die nächst höhere Instanz, die sich jedoch nicht zuständig gefühlt und die Beschwere wieder eine Instanz nach unten, also direkt an den Gallup, zurückgereicht hat.
Woraufhin der Herr Bezirksinspektor dem Werner Max ein langes, persönliches Gespräch gewährte.
In welchem er ihm zuerst klar machte, dass er vom Menschlichen her jetzt sehr enttäuscht vom Werner Max wäre. Weil er wisse schon, dass der Biermann seine eigenen Methoden habe. Aber die seien nun einmal erfolgreich. Immerhin habe er ja sowohl den Amoklauf-Fall, als auch den Fall mit der vom Weinknecht Franz gefundenen Leiche, mehr oder weniger im Alleingang gelöst.
Dann hatte der Gallup aber so getan als würde er einlenken und eingeräumt, er könne sich schon vorstellen, dass es mit dem Biermann vielleicht nicht immer leicht ist. Und weiter, dass er einen so jungen und engagierten Kriminalbeamten wie den Werner, in Berndorf eigentlich für fehl am Platz halte. So einer würde doch irgendwohin gehören, wo er seine Fähigkeiten auch zum Einsatz bringen könnte.
Kurz – er brachte den Werner dazu, um eine Versetzung anzusuchen und ließ hernach seine Beziehungen spielen, damit diesem Ansuchen so rasch wie

möglich stattgegeben wurde.
Der Werner Max verschwand also auf Nimmerwiedersehen in einem Polizeiposten, in einem Wiener Gemeindebezirk mit außerordentlich hoher Verbrechensrate. Woraufhin dem Werner Max nicht mehr fad war und am Posten in Berndorf endlich wieder interne Ruhe einkehrte.
Der Biermann selbst begann ab seinen 50er damit, immer längere Krankenstände zu nehmen und regelmäßig auf Kur zu fahren. Weil er es schon ein bisschen mit dem Rücken hatte.
Mit 58 durfte er dann in die Frühpension.
Heute ist er so etwas wie die kriminalistische Koryphäe von Berndorf. Weil nach seiner Pensionierung hat er seine Arbeit in gewisser Weise fortgesetzt. Sprich – sitzt nach wie vor oft in den diversen Lokalen in Berndorf, plaudert mit den Leuten und erfährt dadurch alles mögliche. Jetzt sogar noch mehr als damals, weil die Leute weniger Scheu haben, mit einem Kriminalbeamten zu plaudern, wenn der schon in Pension ist.
Deshalb reden auch die jungen Polizisten in Berndorf gerne mit dem Biermann Matthias, wenn sie mal in einem Fall nicht weiterkommen. Weil so ein Wissen um die Geschichte und Zusammenhänge der Berndorfer Unterwelt, das hat sonst keiner mehr in Berndorf.
Und natürlich behält der Biermann auch heute noch vieles für sich. Weil so funktioniert die Kriminalistik in Kleinstädten: Du sagst mir etwas, ich sage vielleicht dir etwas, ich behalte für mich was du gesagt

hast, aber dafür sagst du mir dann auch beim nächsten mal etwas ...

Der Baier Markus hat ein paar Jahre ins Häfen müssen. Weil das waren ja keine Kavaliersdelikte. Geiselnahme, Gendarm angeschossen, Freiheitsberaubung, natürlich auch die schwer verletzte Adamczyk Jaroslawa, die er auf der Flucht angefahren hatte.
Aber das Gefängnis hatte ihm tatsächlich geholfen. Da wurde er sich seines Aggressionsproblems dann endlich auch selbst bewusst und machte eine Therapie. Die dürfte auch genutzt haben, weil bis heute ist der Markus nicht mehr straffällig geworden.
Nach dem Häfen ist er dann sogar kurz nach Berndorf zurück gekommen. Aber das ging dann nicht, weil ihn natürlich ein jeder gekannt und sich vor ihm gefürchtet hat. Also ist er kurz darauf nach Wien gezogen.
Angeblich hat er seine Aggressionen mit der Therapie so gut in den Griff bekommen, dass er sich dann irgendwann sogar mit dem Eichelberger Martin aussöhnte. Aber da weiß man nicht, ob das wirklich stimmt.

Der Eichelberger Martin musste nachher noch eine Woche im Spital verbringen. Darüber hinaus hat er auch psychologische Betreuung in Anspruch genommen und sich – soweit man weiß – ganz gut von dem Trauma erholt.
Heute ist er ja ebenfalls schon 71 Jahre alt und lebt – weil das SM-Geschäft immer fantastisch gelaufen ist –

in einer geräumigen Villa am Stadtrand von Wien. Sadomaso in dem Sinne macht er dort nicht mehr, aber irgend etwas mit Sex für Senioren und Seniorinnen.
Was genau weiß man nicht. Irgendwie eine Art Club oder so. Auf jeden Fall mit sehr, sehr hoher Mitgliedsgebühr. Angeblich bringt er dort junge Damen und Herren mit alten Herren und Damen zusammen. Oder umgekehrt. So irgendwie eben.

Die Austerlitz Angelika hat die günstige Wohnung dann zwei Jahre später wirklich aufgegeben und ist nach Baden gezogen.
Heute erinnert man sich eigentlich nur noch an sie, wenn man gelegentlich auf den Amoklauf beim Billa zu sprechen kommt. Weil der ist im kollektiven Gedächtnis der Stadt natürlich eingebrannt, und wird auch 26 Jahre später noch, immer wieder mal zum Kaffeehaus-Gespräch.
Sexuell freizügig ist die Austerlitz geblieben. Geheiratet hat sie nie und auch keine Kinder bekommen.
Der Metzger Mario war irgendwann einmal mit ihr für drei Jahre zusammen. Dann haben sie sich aber in Frieden wieder voneinander getrennt.
Sonst weiß man aber nicht viel über die Austerlitz und der Metzger Mario sagt auch nichts.

Über den Metzger Mario selber muss man eh nichts schreiben. Den kennt man in Berndorf ja ohnehin.

Der Bauchstich Django ist kurz nach der Verhaftung

vom Baier Markus ebenfalls wieder ins Häfen gegangen. Weil sich herausstellte, dass der Freund von dem der Baier seine Pistole damals illegal kaufte, die Waffe vorher seinerseits vom Bauchstich Django erworben hatte.
Woher der Bauchstich Django die Glock gehabt hatte, verriet er damals trotz langem Verhör durch den Werner Max nicht.
Wie gesagt – harter Knochen der Django. Der hat dem Werner Max sein hämisches Grinsen damals einfach hingenommen. Und dann angeblich die nächsten drei Jahre im Häfen ausschließlich darüber nachgedacht, wie er dem Werner Max das heimzahlen wird.
Aber ob oder wie er das dann wirklich getan hat, weiß man nicht. Da reden weder er selber noch seine Spezl darüber. Was ein Indiz dafür ist, dass der Bauchstich Django tatsächlich was gemacht hat.

Der Schulz August ist nach Linz verschwunden und in Berndorf nie wieder gesehen worden. Der Metzger Mario hat aber den Kontakt mit ihm ein bisschen gehalten und unlängst erzählt, der Schulz wäre nach wie vor in Linz und habe unlängst vom Erzbischof irgendeine Auszeichnung für seine vorbildliche, erfolgreiche Jugendarbeit erhalten.

Der Lang Thomas ist Hausmeister geblieben, wozu der Schnürbodenschlüssel, den ihm der Biermann im Tausch gegen Informationen ausgehändigt hatte, natürlich beitrug.
Seine Tochter, die Lang Barbara, hat vom Michael

und vom Roland natürlich erzählt bekommen, dass ihr Papa Drogen angebaut hat. Woraufhin die Barbara ihn gefragt, und er ihr dann in Ruhe alles erklärt hatte.
Vom dem Hanf, hat dann auch tatsächlich niemand, der es nicht wissen sollte, je erfahren. So unglaublich das auch klingen mag.

Für die zwei angekokelten Bretter auf dem Schnürboden hat es dann tatsächlich eine Ausschreibung gegeben. Nach mehreren Sondersitzungen einigte man sich, fünf Tage vor Beginn der Sommerspiele, endlich auf eine Fachfirma aus Weißenbach. Die waren tatsächlich vom Fach, aber auch nicht unbedingt günstig. Sie montierten die selben Bretter, die auch der Bauhof-Tischler im Lager stehen gehabt hätte, auf genau die selbe Art und Weise, wie es auch der Tischler gemacht hätte. Waren dabei aber zu zweit und hatten natürlich auch die Wegzeit ins Angebot gerechnet.
Kostenpunkt für die ganze Aktion waren jedenfalls ein paar tausend Schilling. Weil natürlich die beiden Sachverständigen ihren Zeitaufwand und ihre Expertise ebenfalls in Rechnung gestellt hatten.

Joseph and the Amazing Technicolor Dreamcoat war, so wie alle Schulmusicals unter der Leitung vom Walser Heinrich, ein voller Erfolg mit Standing Ovations und mehren Vorhängen. Was einerseits an den Regiekünsten vom Walser Heinrich lag, und andererseits daran, dass sich das Publikum zum größten Teil aus dem verwandtschaftlichen Anhang der Nachwuchsschauspieler zusammensetzte. Trotzdem wurden nur sehr wenige bis keine der Darsteller später Berufsschauspieler.

Der Durr Roland und der Moritz Michael haben durch die ganze Geschichte natürlich eine gewisse Berühmtheit erlangt. Bei den Schulkollegen und Freunden waren sie danach sowieso Helden. Denen haben sie in eigenen Kursen dann auch die Amokläufer-Stockkampf-Abwehrtechnik beigebracht und sich dafür mit Süßigkeiten, Zigaretten und Pornographie bezahlen lassen.
Ihre Eltern, die von den anderen Blödheiten nie etwas erfahren haben, sahen in Anbetracht der Umstände über Hausarrest wegen Schule schwänzen hinweg.
Im Großen und Ganzen haben der Roland und der Michael die Sache auf jeden Fall ohne gröberes Trauma überstanden.
Entgegen manchen Unkenrufen, sind zwei ganz normale, berufstätige Erwachsene aus ihnen geworden.
Na ja, vielleicht nicht ganz normal, vor allem der Roland nicht, was wahrscheinlich mit seiner dürren, tablettensüchtigen und früh verstorbenen Mutter zusammenhängt. Aber nichts Schlimmes.
Ein bisschen eigen eben. Auch der Michael.
Aber wie gesagt – nichts Schlechtes. Nur ein bisschen Ding halt.
Jedenfalls sind aus ihnen keine Drogensüchtigen geworden. Auch keine Verbrecher und auch keine Nichtsnutze.

Warum hätte so etwas auch aus ihnen werden sollen? Wegen ein bisschen heimlich rauchen, heimlich trinken, heimlich Porno schauen, unbefugtem Betreten von baufälligen Gebäuden, Blödsinn in der Kirche machen oder Schule schwänzen?
So etwas in der Art haben wir als Kinder damals doch alle gemacht, oder?
Eben. Und falls nicht – selber schuld.

Schuld. Darüber ist auch viel diskutiert worden, in den Wochen nach dem Fall. Also wer jetzt eigentlich an allem Schuld war.
Da haben ein paar Chauvinisten gesagt, die Austerlitz mit ihrer offenen Sexualität sei schuld. Weil wäre sie beim Baier Markus geblieben, so wie sich das für eine Frau gehört, wenn sie schon einmal verheiratet ist, dann wäre das alles nie passiert.
Viele haben natürlich auch gesagt, der Baier sei schuld. Weil er eben keine Selbstbeherrschung habe.
Dann hat sich die Sache mit dem Notruf irgendwie herumgesprochen. Weil der Durr Horst am finalen Freitag, abends bei der Kundenpflege, nach ein paar Schnäpsen versehentlich jemanden davon erzählt hatte.
Da haben die Leute dann geschlussfolgert, dass eigentlich der Notruf schuld sei. Beziehungsweise natürlich auch die beiden neugierigen Jungs. Weil ohne dem Notruf hätte es keinen Polizeieinsatz gegeben. Ohne diesen Polizeieinsatz hätten weder die Polizei selbst, noch die Leute geglaubt, dass die Leiche im Schmied-Wald die Austerlitz sei. Da wäre gar nieman-

den aufgefallen, dass die Austerlitz zufällig auch gerade verschwunden war. Folglich hätte auch der Baier nicht geglaubt, dass seine geliebte Angelika umgebracht worden ist und wäre nicht Amok gelaufen.
Auf jeden Fall aber, sagten die Leute dann zum Schluss immer, sei das eine unglückliche Verkettung von Zufällen gewesen.
Der Metzger Mario hat aber bereits damals schon immer gesagt, dass die Zufälle alleine zu rein gar nichts geführt hätten.
Weil wirklich schuld sei am Ende ja die Freude der Berndorfer Stadtbevölkerung an Klatsch und Tratsch gewesen.
Womit er recht hatte. Weil hätte man sich nicht so das Maul über die Austerlitz Angelika zerrissen, oder wäre man zumindest vorsichtig mit der unbelegten Behauptung gewesen, die Leiche beim alten Bahnwärterhäuschen sei die Austerlitz, dann wäre der Baier Markus wohl ebenfalls nicht ausgetickt.
Was aber die Leute nicht gerne gehört haben. Weil es ist ja normal, dass man bei so etwas redet und es hätte ja keiner ahnen können, dass der Baier alles gleich so ernst nimmt und so ausrastet.

Und es stimmt schon – gegen das blöde Gerede der Leute kann man eh nichts machen.
Aber ein bisschen eine Lehre muss die Sache den Menschen damals trotzdem gewesen sein. Weil noch heute sagen sie in Berndorf, wenn mal wieder jemand besonders heftig klatscht und tratscht, dass derjenige aufpassen soll, damit nicht wieder wo eine

falsche Leiche gefunden wird.
Weil ganz erholt, hat sich die Krupp Stadt von den damaligen Geschehnissen bis heute nicht.

Na und? Wer war jetzt die Leiche?

Am Sonntag Abend, nach dem finalen Freitag, saß der Biermann Matthias zuhause in seinen Hobbyraum. Den hatte er sich damals auch während seiner Midlifecrisis eingerichtet. Im Keller. Also weit weg vom Obergeschoss und damit von seiner Frau im Schlafzimmer.

Aber eigentlich hatte der Biermann nie irgendwelche Hobbys gehabt. Weshalb der Raum auch nur Couch, Couchtisch, Fernseher und Kühlschrank enthielt.

Aber der Biermann empfand es als Hobby genug, mit einem kalten Bier in der Hand dazusitzen und sich Sportübertragungen im Fernseher anzuschauen.

Sein Blick wanderte zum Heizkörper an der Wand. Auf diesem lagen die konfiszierten Hanfblüten und die Pfeife vom Michael seinem Opa.

Der Matthias überlegte eine Weile lang hin und her. Es war ja jetzt doch schon viele Jahre her, seit er zum letzten Mal etwas geraucht hatte. Ein großer Kiffer war er ohnehin nie gewesen. Ist auch schwierig, weil man als Kriminalbeamter natürlich immer damit rechnen muss, eine Routinekontrolle auf Drogen zu haben. Aber so häufig waren die Kontrollen dann auch wieder nicht. So hin und wieder, einfach zur Entspannung, konnte man da schon ein bisschen etwas konsumieren. Und die letzte Woche war ja in der Tat sehr aufreibend gewesen.

Also stand der Biermann auf, ging zum Heizkörper, nahm das Marihuana, roch daran und betastete es. Ganz trocken waren die harzigen Blütentrauben im-

mer noch nicht. Aber gemischt mit trockenem Tabak würde sich das Zeug schon rauchen lassen.
Tabak hatte er ebenfalls da. Im Kästchen unter dem Fernseher. Eine Stange ungarische Lucky Strike. Weil als Genussraucher zündete er sich hin und wieder gerne eine an. Aber wirklich nur selten. Ungarisch deshalb, weil er unlängst den Adamec Gregor zufällig dabei erwischt hatte, wie er aus einem versteckten Fach unter dem Boden seines Kofferraumes mehrere Zigarettenstangen nahm und in einem Hofer-Plastiksackerl verstaute, um sie damit in seine Wohnung zu tragen.
Jetzt war das natürlich noch keine Straftat, weil es ja sein konnte, dass der Adamec die Zigaretten ganz legal durch den Zoll nach Österreich gebracht hatte. Also hat der Biermann erst einmal ein lockeres Gespräch mit ihm angeknüpft und gefragt, wie es denn in Ungarn aktuell so sei, ob es dort auch gutes Essen gäbe, was die Zigaretten aktuell eigentlich kosten und ob sie denn auch gut schmecken würden.
Woraufhin der Adamec, der bekanntermaßen häufig Ausflüge nach Ungarn machte, dem Matthias ganz von sich aus eine Stange Lucky Strike aufdrängte.
Als Geschenk. Zum kosten.
Das hatte der Biermann gerne angenommen. Weil eine Bestechung oder so war das ja nicht, weil er zu dem Zeitpunkt ja gerade Mittagspause gehabt und nicht geamtshandelt, sondern nur gesmaltalkt hatte.
Jetzt nahm sich der Biermann also zwei Lucky Strikes, riss das Papier seitlich auf, bröselte den Tabak auf den Tisch, rupfte ein bisschen etwas von den Blü-

ten ab, mischte beides zusammen und stopfte es locker in die Pfeife.
Dann lehnte er sich zurück und legte die Füße auf den Couchtisch.
Mit dem blauen FPÖ-Feuerzeug, welches ihm der Adamec zu den Zigaretten gleich dazu geschenkt hatte, zündete er sich die Pfeife an und machte einen vorsichtigen Lungenzug.
Der Rauch kratzte ziemlich.
Der Biermann hustete, trank einen Schluck Bier hintennach und nahm noch einen Zug. Der schon etwas weniger kratze.
Dann wieder ein Schluck Bier, noch ein Zug, noch ein Schluck Bier und so weiter, bis sowohl das Bier leer, als auch der Pfeifeninhalt verglüht war.
Die nächsten zehn Minuten saß der Biermann Matthias dann wie paralysiert auf der Couch und starrte den Fernseher an, in dem irgendwelche Skispringer irgendeine Schanze hinunter sprangen und dann scheinbar schwerelos durch die Luft segelten. Ein gutes Gefühl wird das schon sein, dachte der Biermann und musste dann plötzlich breit grinsen, weil ihm vor Augen stand, wie er selbst wohl in so einem anliegenden Skispringer-Anzug ausschauen würde.
Dann drifteten seine Gedanken ab. Weg vom Skispringen. Weg auch von dem Amoklauf-Fall. Tausend Gedanken gingen dem Biermann da durch den Kopf.
Aber keiner davon unangenehm.
Ein wirklich gutes Gras hat der Schulz August da angebaut gehabt.
Dann fielen dem Biermann die Augen zu und er sank

in einen erholsamen, aber nichts desto trotz traumreichen, Schlaf.
In dem Traum, den er nach dem Aufwachen noch ganz deutlich vor Augen hatte, sah er sich selbst im Café Sunshine an der Bar sitzen. Von seinem Platz aus konnte er beobachten, wie im Hinterzimmer der Baier Markus und der Eichelberger Martin friedlich eine Partie Billard miteinander spielten.
Dann saß plötzlich eine Frau neben ihm. Dunkelhaarig, rehbraune Augen. Die Austerlitz, dachte der Biermann im Traum. Dann lächelte die Frau und an den schlechten, bräunlich gelb verfärbten Zähnen erkannte er, dass es sich doch nicht um die Angelika handelte.
Aus dem Hinterzimmer winkte ihm der Baier freundlich zu und der Eichelberger streckte seinen Daumen grinsend in die Höhe.
Dann küsste der Biermann die Frau, trotz der schlechten Zähne und des bestialischen Mundgeruchs.
Als er im nächsten Moment aufwachte, wusste er, wer die Leiche beim alten Bahnwärterhäuschen war.

Am Montagmorgen schickte der Biermann dann den Werner Max nach Pottenstein, zur Wohnung von der Neudorf Nadine. Mit dem Auftrag zu schauen, ob die Nadine da war, und falls nicht, ein bisschen herum zu fragen, ob sie denn jemand seit Samstag voriger Woche gesehen hätte.
Und tatsächlich traf der Werner die Neudorf weder in ihrer Wohnung an, noch hatte sie in den letzten Ta-

gen irgendjemand gesehen.
Also überprüfte man, ob es sich bei der Leiche vielleicht tatsächlich um die Neudorf Nadine handelte und siehe da – anhand einiger Röntgenbilder, die einem komplizierten Unterarmbruch zeigten, konnte man kurz darauf tatsächlich bestätigen, dass die Leiche die Nadine war.
Die war zuvor niemanden abgegangen, weil sie – so haben die Leute in Pottenstein und Umgebung sie genannt – eine versoffene, blöde und bösartige Schlampe gewesen ist.
Bei der es auch durchaus öfter vorkam, dass sie ihre Wohnung mal ein oder zwei Wochen gar nicht verlassen hat, sondern mit ein paar Flaschen Schnaps vor dem Fernseher versumpft ist.
Wirklich gemocht hat sie eigentlich niemand, und obwohl sie prinzipiell ja fesch war, ist sie aufgrund ihres fatalen Zahnzustandes und ihres fauligen Atems sogar von den männlichen Säuferkollegen nur selten angebaggert worden.
Selbiges war natürlich auch der Grund, warum man über die Zahnarztunterlagen nichts herausgefunden hatte. Weil die Neudorf Nadine einfach nie zum Zahnarzt gegangen ist.
Aber dem Biermann ist es damals – während seiner Midlifecrisis und im ärgsten Suff natürlich – trotzdem einmal passiert, dass er vom Sunshine mit der Nadine mit nach Hause ging. Was am nächsten Tag natürlich ein ziemlich Schock für ihn war.
Er machte sich damals schleunigst vom Acker, natürlich ohne die laut schnarchende Nadine aufzuwe-

cken, und fand es sehr tröstlich, dass der Alkohol seine Erinnerung an die letzte Nacht weitestgehend ausgelöscht hatte.
Aber jetzt, dank des guten Hanfs vom Pfarrer August, hatte er sich im Traum daran erinnert und nach dem Aufwachen begriffen, warum ihm der Körper von der Leiche so bekannt vorgekommen war.
Erzählt hat er das natürlich niemand, sondern dem Gallup und seinen Kollegen gegenüber, von einer kriminalistischen Intuition gesprochen.
Woraufhin der Gallup Friedrich ihn wie gewohnt gelobt hatte, und der Werner Max wie gewohnt eifersüchtig gewesen war.

Nachdem nun also zumindest die Identität der Leiche geklärt war, musste man aber immer noch feststellen, wer sie dort wie und warum umgebracht hatte.
Also sah man sich den Fall noch einmal ganz genau an: Leiche, bekannte Alkoholikerin, nur in Unterwäsche, Gewalteinwirkung gegen den Kopf im Bereich des Gesichtes mit einem stumpfen Gegenstand, altes Bahnwärterhäuschen, Fundort nur ein paar Schritte von den Schienen weg.
Schienen.
Züge.
Und da kam die Ermittlungsgruppe Austerlitz – respektive jetzt Neudorf – auf die Idee, dass es sich möglicherweise vielleicht doch nicht um einen Mord, sondern um einen Unfall handelte. Unwahrscheinlich zwar, aber nicht gänzlich unmöglich, dass die Neudorf Nadine so unglücklich gegen den fahrenden Zug

getaumelt war, dass dieser sie irgendwie am Gesicht erwischt hatte.
Also überprüfte man die entsprechenden Züge und tatsächlich: An einem davon fanden sich seitlich am Triebwagen einige Blutspritzer.
Woraufhin der Zugführer befragt wurde. Der aussagte, nichts gesehen, aber möglicherweise ein eigenartiges Geräusch gehört zu haben.
Auf die Nachfrage warum möglicherweise, antwortete der Zugführer, es käme auf diesem Teil der Strecke öfter vor, dass Steine oder Äste oder Anderes auf den Schienen liegen würde. Schon mehrmals habe er auch zwei Kinder davonlaufen sehen, die es anscheinend lustig fanden, diese Dinge auf die Gleise zu legen. Von daher gäbe es dort also öfter seltsame Geräusche und er könne jetzt nicht konkret sagen, ob das auch am Samstag so gewesen war. Die Polizei solle aber doch bitte einmal dorthin schauen und versuchen, den beiden Lausbuben das Handwerk zu legen, bevor da noch ein Unglück passiere.
Die Gerichtsmediziner verglichen dann die Verletzungen der Leiche mit der Seite des Triebwagens und kamen zu dem Schluss, dass es wohl tatsächlich so gewesen war. Also, dass die Neudorf mit dem Gesicht voran gegen den Zug geprallt war, der ihr daraufhin so gut wie jeden Knochen im Gesichtsschädelbereich gebrochen und die Haut großflächig abgeschürft hatte.
Durch die Wucht des Aufpralls war sie dann zurückgeschleudert worden. Musste danach allerdings noch kurz gelebt haben und ein Stück weiter fort gekro-

chen oder getaumelt sein, weil sie weiter von den Schienen entfernt lag, als durch den Zusammenprall möglich.
Laut den Medizinern war das durchaus denkbar. Ein Moment des Schocks, die letzten, nur noch halb bewussten Fluchtbewegungen. Eine reine Instinkthandlung, so wie auch ein vom Jäger angeschossenes Wild meist noch eine gewisse Strecke zurücklegt, bevor sein Kreislauf kollabiert.
Bei der Neudorf Nadine war nicht mehr eindeutig festzustellen gewesen, was genau bei ihr zum Kreislaufstillstand geführt hatte. Von den Knochensplittern waren schwere Hirnverletzungen verursacht worden. Der Schock selber konnte unbehandelt natürlich auch immer tödlich sein und da die Nadine ja nur Unterwäsche angehabt hatte, konnte auch die Kälte mitgespielt haben.
Die Unterwäsche stellte die Kriminalisten vor ein weiteres Problem. Warum war die Neudorf mitten im Winter fast nackt dort unterwegs gewesen. Und wenn es tatsächlich ein Unfall war, wo war ihre Kleidung jetzt? Bei einem Mord könnte der Täter sie mitgenommen haben, aber so?
Oder war die Nadine vielleicht absichtlich von jemanden gegen den fahrenden Zug gestoßen worden?
Also suchte man noch einmal weiträumig die Gegend um den Tatort ab und fand in einer Halle der ehemaligen Fleischwerke, tatsächlich Kleider und Schuhe, die von der Größe her passten und in denen sich auch die Geldbörse samt Führerschein von der Neudorf fanden.

Das mussten der Durr Roland und der Moritz Michael bei ihrer Durchsuchung damals übersehen haben. Obwohl sie selber in späteren Jahren immer wieder betonten, sie hätten wirklich alles komplett abgesucht gehabt. Wahrscheinlich hätte jemand die Kleidung dort erst im Nachhinein platziert.
Der Kleidungsfund war dann aber auch der letzte Hinweis im Neudorf Fall. In weiterer Folge fand man nämlich weder einen Hinweis auf Fremdbeteiligung, noch einen plausiblen Grund, warum die Nadine gegen den Zug hätte laufen sollen.
Weil Alkohol war im Blut der Leiche zwar nachgewiesen worden. Aber nur 1,5 Promille. Was für einen Gelegenheitstrinker zwar ein sehr passabler Vollrausch ist, bei der Neudorf als geübter Säuferin aber wohl kaum dazu geführt hätte, dass sie sich irgendwie auf das alte Fabriksgelände verläuft, sich dort bis auf die Unterwäsche auszieht, dann weiter in Richtung Schienen taumelt, den Bahndamm dann sogar noch überquert, danach aber wieder zurück will – vielleicht weil ihr klar wird, dass sie ihre Kleider nicht an hat – und dabei mit dem Gesicht voran gegen den vorbeifahrenden Zug rennt.
Auf andere Drogen hatte man ihr Blut natürlich auch getestet, aber nichts gefunden.
Auf jeden Fall sehr mysteriös das Ganze.
In weiterer Folge hat sich sogar der Biermann die Zähne an der Sache ausgebissen. Obwohl er danach noch wochenlang in dem Fall ermittelte und in verschiedensten Lokalen mit verschiedensten Leuten plauderte.

Aber letztendlich musste man die Sache als tragischen Unfall ad acta legen.
Was natürlich verständlich, aber weder für den Biermann Matthias noch für die Leute in Berndorf, Pottenstein und dem restlichen Triestingtal, eine wirklich befriedigende Antwort ist.
Für den Biermann ist es der einzige Fall, den er während seiner Karriere in Berndorf nicht zur Gänze hat lösen können. Das lässt ihm bis heute keine wirkliche Ruhe nicht.
Und den anderen Leuten natürlich auch nicht, weswegen nach wie vor viele Gerüchte darüber kursieren, wer wann und wie und weshalb, die arme Nadine vor 26 Jahren gegen den Zug gestoßen hatte.

Deshalb: Wenn Sie nun nach der Lektüre dieses Buches nach Berndorf kommen, dann gehen Sie in ein beliebiges Lokal und fragen Sie einfach nach.
Denn obwohl dies hier eine fiktive Geschichte ist, finden Sie sicher sehr schnell jemanden, der Ihnen trotzdem detailliert Auskunft über diesen Fall, sowie über eh alles andere auch geben kann.

Hast schon gehört? Die Austerlitz besucht jetzt den Baier regelmäßig im Häfen.

Echt? Na wahrscheinlich reden sie darüber, wie sie die arme Nadine vor den Zug gestoßen haben.

Glossar

(Für alle, die nicht ordentlich Deutsch können)

Abbusseln: Jemand mit Küssen bedecken.

Amtshandeln: Eine offizielle amtliche Handlung vornehmen.

Blad: Dick, beleibt, füllig.

Dom: Dominanter Part in einer SM-Beziehung

Flitschen, Flitscherl: Flittchen. Abwertende Bezeichnung für eine Frau, die gerne und viel Umgang mit Männern hat.

Häfen: Justizstrafvollzugsanstalt.

Hurenbeidl: Huren und die Hodensäcke (Beutel) des Mannes. Sehr abfällige Bezeichnung für einen nichtsnutzigen Menschen.

Jemanden doppelt der Reis gehen: Doppelt Angst haben.

Jemanden eine tuschen: Eine Watsche geben

Kieberer: Exekutivbeamter

Kripplviecher: Krüppelvieh, Krüppeltier. Abwertung vom Mensch zum Tier, das noch dazu abgemagert und verkrüppelt ist.

Ö3: Österreichischer, öffentlich rechtlicher Radiosender, mit vorwiegend seichtem Inhalt.

Obstler: Aus Obst gebrannter Schnaps. Kann ähnlich wie Wein verkostet werden, macht aber mehr Spaß.

Palaver: Langwieriges, meist eher oberflächliches Gespräch, bei dem in der Regel auch nichts Gescheites dabei herauskommt. Also ähnlich wie bei Besprechungen am Arbeitsplatz.

Pappalatur: Mundwerk

Rotzpipen: Rotzbengel. Lausbube. So was wie der Durr oder der Moritz.

Schlafittchen: Alte Bezeichnung für Hemd- oder Jackenkragen.

Seiterl: 0.3 Liter, meist Bier.

Spechtler, spechtln: Jemand heimlich (beim Geschlechtsverkehr) beobachten.

Spezl: Irgendwas zwischen Bekannter und Freund.

Spleen: Tick, Marotte, Schrulle

Stante pede: Stehenden Fußes. Jetzt sofort, sogleich,

unverzüglich.

Stierte: Stieren, starren, stur etwas anschauen.

Sub: Devoter Part in einer SM-Beziehung

Watsche: Ein Schlag ins Gesicht mit der flachen Hand. Schlägt man mit dem Handrücken, spricht man auch von: „Jemanden eine Verkehrte auflegen".

Weibsner: Weiber, Frauen, Angehörige des weiblichen Geschlechts.

33066178R00176

Printed in Poland
by Amazon Fulfillment
Poland Sp. z o.o., Wrocław